KB268528

웃음과 눈물의 흰 가운

웃음과 눈물의 흰 가운

한 의사의 흔들리는
삶으로 그려낸
자전적 소설

배규룡 지음

차례

제1장

웃음과 눈물의 서막

한눈에 반하다	9
어떤 사랑에 대하여	12
전환점, 도시 아이가 되다	17
큰누나의 결혼	31
청풍 아저씨와 공산주의의 그림자	35
지워지지 않은 상처로 남은 존재	40
폭력 조직을 만들다	42
좌절된 전교 수석의 꿈	45
살미에서의 새로운 시작	47
사냥개 이야기	51
나의 부재중 연풍에서 생긴 일들	54
행운, 그리고 사춘기의 뒤늦은 방황	56
행복과 불행의 교차, 영원한 것은 없다	60
산포중포의 바보 붕어, 그리고 영웅이 된 날	75

제2장

흰 가운의 무게

불만이 가득한 마취과 레지던트　　　83

결혼, 그리고 인연　　　89

갈말의 결맹(結盟)　　　98

화천 메기와 한탄강의 바보 물고기들　　　101

리본브리지와 비무장지대의 낚시　　　103

들것과 공책, 그리고 그녀　　　105

도하의 결맹, 알자회 사건　　　108

삐삐, 군대에서 태어난 개　　　111

1980년대의 군인, 사라지지 않는 그림자　　　116

왜소한 의무중대장, 부하를 지키는 일　　　120

기강이 무너진 밤, 참사　　　125

영어, 그리고 미군 하사관　　　130

하루만에 병원 오너가 되다　　　132

공포의 첫 주, 그리고 심장의 경고　　　135

제천, 그 밤의 병원　　　137

살비집과 형제들 이야기　　　140

딸들의 교육에 관하여　　　143

의료 분쟁과 행정 사고, 생사의 갈림길　　　150

오만과 겸손　　　154

축구 시합 로비와 야외 가든에서의 파티   156

동업의 해산과 주식 대폭락   158

연풍초등학교 동창회와 첫사랑   161

새로운 취미   169

또 한 번의 위기, IMF   173

다시 병원으로, 그리고 춤과 영어의 시간   175

사랑한다고 말하라   179

모든 죽음은 슬프다   183

적십자병원에서의 직장 생활   185

충주의료원장이 되다   188

의사는 환자의 언어로 말해야 한다   192

슬픈 얼굴의 사랑   195

주말부부와 드럼, 그리고 작은 불   197

새 병원으로의 이사   200

신축 병원 개업식   205

병원 경영 악화   206

깃발, 그리고 기본적인 애국에 관하여   210

의사들의 반란   215

의료원장직을 마무리하며   219

마지막으로 충주의료원장 시절을 되돌아보며   225

웃음과 눈물이 머물다 간 자리   227

작가 인터뷰   233

제1장
웃음과 눈물의 서막

사람이란 참 신기하다.

아직 어렸지만
우리는 그때부터 이미 알고 있었던 게 아닐까.
어떤 시선은 때론 그냥 스쳐 지나가는 게 아니라
본능적으로 마음에 각인된다는 걸.

말도 설명도 필요 없이.
그저 서로를 향한 시선 하나만으로 무언가를 알아챈 순간.

한눈에
반하다

제1장 웃음과 눈물의 서막

　　　　　　내가 태어난 곳은 문경새재의 충청도 쪽에 있는 연풍이다. 소재지에 사는 아이들을 제외하고는 본교가 있는 면 소재지까지는 산을 몇 개 넘어야 닿을 수 있는 거리였다. 1, 2학년 분교 아이들은 너무 어려 길을 오갈 수 없었기에, 3학년이 되어야 비로소 본교에 다닐 수 있었다.

　나는 면 소재지에 있는 본교를 다녔다. 초등학교 2학년 종업식 날, 그곳에서 분교에 다니다가 처음으로 본교에 온 그녀를 만났다. 강당의 내 옆자리에는 처음 보는 여자아이가 앉아 있었다. '아, 세상에 이런 여자애가 다 있지?' 싶었다.

　그녀의 이름은 Sun. 나는 Dragon. 그날, 나는 처음으로 누군가에게 한눈에 반했다. 7살이었지만 분명 느낄 수 있었다. '어떻게 사람이 이렇게 예쁠 수 있지?' 눈을 뗄 수가 없었다. 그와 이야기하다가 잘 보이고 싶었다. 시치미를 떼고 자랑하려고, "너, 우등상 받니?" 하고 내가 먼저 물었다. "아니, 너는?" 그녀가 조용히 답하고 되물었다. 나는 사실 받을 예정이었지만, 서프라이즈를 위해 고개를 저었다. "나도 못 받아…." 거짓말이었다.

　잠시 후, 내 이름이 호명됐다. 나는 상을 받으러 나가면서 그녀를 곁눈질했다. '혹시 놀랐을까? 내 모습을 멋지다고 생각했을까?' 그때 그녀의 표정이 또렷하게 기억나지는 않지만, 그 순간의 떨림만큼은 평생을 따라왔다.

그로부터 얼마 지나지 않아 나는 3학년이 되었고, Sun과 같은 반이 되었다. 시골의 작은 학교라 한 학년당 고작 3학급뿐이었다. 우리는 바로 옆줄에 앉았다. 그녀는 맨 앞자리였다. 나는 키가 작았으나 맨 뒷자리에 있었다. 난 전혀 조용하지 않은, 장난꾸러기였기 때문이었다.

나는 하루 종일 앞자리에 앉은 그녀를 바라보았다. 그녀는 연필을 움직이며 공책에 무언가를 쓰고 있었고, 나는 그 움직임을 눈으로 따라가며 아무 이유 없이 웃고 있었던 것 같다. 그렇게 조용히 바라보던 어느 순간, 그녀가 뒤를 돌아봤다. 우리는 눈이 마주쳤다. 잠깐, 정말 아주 짧은 순간, 그저 마주친 것뿐이었다. 아무 말도 없었고, 아무 표현도 없었다. 그녀는 곧 다시 고개를 돌려 앞을 보았고, 나도 어색함에 시선을 피했다.

그런데 이상했다. 한순간의 그 짧은 눈 맞춤이 왜 그렇게 오랫동안 내 기억 속에 남았는지. 그리고 그로부터 40년이 지난 어느 날, 우연히 그녀와 이야기를 나누게 된 자리에서 그때 그 순간 그녀가 뒤를 돌아보다가 나와 눈이 마주쳤다는 이야기를 먼저 했다. 신기한 일이다. 나 혼자서만 기억하는 일인 줄 알았는데, 그 단 한 번의 마주침을 그녀도 기억하고 있었다. 그 순간 나는 깨달았다. 서로 눈이 마주쳤던 단순한 그 일이, 사실은 그녀에게도 같은 울림으로 남아 있었던 것이다.

사람이란 참 신기하다. 아직 어렸지만 우리는 그때부터 이미 알고 있었던 게 아닐까. 어떤 시선은 때론 그냥 스쳐 지나가는 게 아니라 본능적으로 마음에 각인된다는 걸. 말도 설명도 필요 없이. 그저 서로를 향한 시선 하나만으로 무언가를 알아챈 순간. 아주 오래전 문경새재 산골 작은 학교 교실에서 우리는 그렇게 아무 말 없이 서로를 기억하게 되었다.

그렇게 산골 마을의 초등학교 시절은 4학년 말까지 나무에서 떨어져 뇌진탕을 겪은 것 외에는 별다른 사건 없이 흘러갔다. 수업, 산길, 점심 도

웃음과 눈물의 흰 가운

시락, 종소리, 계곡물, 그리고 Sun. 내가 매일 반복했던 것들이었다. 눈에 띄는 성취도, 특별한 일도 없었지만 내 마음속에서는 어떤 계획이 자라나기 시작했다. 그녀를 내 곁에 두고 싶었다. 늘 바라보는 것만으로는 부족했다. 그녀와 함께하고 싶었고, 어른이 되어도 계속 같은 줄, 같은 교실에 앉고 싶었다.

그런데 시골 아이들에게 방법이란 게 있을 리 없었다. 우리에게는 세상을 알려 줄 TV도, 멘토도 없었다. 가끔 손에 들어오는 만화책이 세상을 미리 엿볼 수 있는 유일한 창구였다. 그 속의 주인공들은 대개 이랬다. 사법고시에 합격한 판사, 적을 무찌르고 나라를 구하는 장군, 과거에 장원급제해 임금 앞에 나서는 선비. 나는 그들을 '롤모델'이라 부를 줄도 모르고 그저 무작정 멋지다고 생각했다. 그리고 결심했다. 나도 그런 사람이 되어야겠다고.

장군이든, 판사든, 장원급제 선비든. 그렇게 힘 있는 사람이 되어서, 내가 정말 원하는 단 한 가지를 손에 넣고자 했다. 그게 뭐였느냐고? 맛있는 빵도, 두꺼운 이불도, 기름진 밥상도 아니었다. 깜찍하게도, 나는 Sun을 내 사람으로 하고 싶었다. 결혼이라는 이름을 통해서. 그래서 나는 판사가 되기로 결심했다. 만화책 속 그 멋진 사람들처럼, Sun에게 어울리는 사람이 되기 위해서. 어렸지만, 그건 사랑이었다. 말없이 혼자 품은, 조용하지만 단단했던 어린 산골 소년의 첫 번째 인생 설계도였다.

그러나 반에서 가장 키가 크고 잘생겼으며, 공부도 운동도 노래도 잘하는 반장이 그녀와 자주 대화하는 것을 보았다. 그녀도 싫지 않은 듯 보였다. 나는 하루 종일 그녀를 보고 있었기 때문에 사소한 모든 것을 기억하고 있다. 나는 어렸지만, 어렴풋이 그런 감을 잡고 질투를 보내곤 했다. 가끔 그 반장을 헐뜯기도 하면서.

어떤 사랑에
대하여

판사가 되어 Sun을 얻고 싶다는 그런 큰 꿈 외에, 작은 소망도 품었다. 바로 뱀장어나 메기를 잡아 보는 것이었다. 어느 날 문경으로 가는 길에 산 중턱으로 난 길을 오르다가 푸드덕 날아가던 꿩과 후다닥 뛰어 도망가던 산토끼를 보았다. 산에도 토끼가 살다니, 잡아 보고 싶다는 마음이 들었다. 또 닭처럼 커다랗지만, 모양은 그보다 훨씬 더 예쁜 꿩도 잡아 보고 싶었다.

마을을 휘감고 흐르는 시냇물은 늘 맑았다. 여름이면 친구들과 발가벗고 냇물에 뛰어들었고, 올갱이도, 징게미도, 미꾸라지도, 붕어도 잡을 수 있었다. 하지만 뱀장어나 메기 같은 큰 물고기는 그림의 떡이었다.

그때 우리 옆집에 정말 부러운 가족이 살고 있었다. 문경새재에 주둔한 부대의 군의관. 하얗고 잘생긴 장교 아저씨. 그의 아내는 도시에서 온 듯 고왔고, 아들도 얼굴이 도회적이었다.

그는 하루는 카빈총을 들고 우리가 놀고 있던 동산으로 왔다. 나중에 내가 새 잡으러 올라가다 떨어진 그 나무 아래 서더니 '땅!' 하고 나무 위로 사격했다. 까마귀가 한 마리 투득 하고 떨어졌다. '총도 잘 쏘네. 그런데 까마귀는 잡아서 뭐 하게? 먹지도 못하는데?'라고 생각했다.

가끔 그 군의관과 위생병들은 군용 지프차를 타고 아침 일찍 집으로 돌아왔다. 그 장교 아저씨가 손에 들고 있는 박스 안에는 놀랍게도 뱀장어와 메기가 하나 가득 들어 있었다. 하나도 아니고, 가득히 배터리로 잡았다고 했다. 자동차 배터리를 이용해 강에 전기를 흘려 물고기를 기절시키는 방식이라 했다. 아이들에게는 그 말이 마치 마법처럼 들렸다.

나는 진심으로 그게 부러웠다. 자동차도, 장교 제복도, 잘생긴 얼굴도 아니었다. 그 바구니. 그 안에 넘실대던 뱀장어와 메기. '나도 배터리가 하나 있었으면…. 나도 총이 있었으면….' 아무에게도 말하지 않았지만, 그게 그 시절 내 작은 꿈이었다. 아버지와 낚시 가서 '나도 언젠가 피라미 말고 메기, 뱀장어를 잡고 말 테야.'라고 다짐했다.

금융조합에 다니시던 아버지는 무척 엄격한 분이었다. 늘 나를 앉혀 놓고 훈계를 하시기 일쑤였다. "너는 힘이 없어서 힘쓰는 일을 해서는 먹고 살 수 없다. 그러니 공부를 해야 한다." 하며 공부에 집착하셨다. 그러나 학교에 다니면서 숙제를 하면 공부를 한 것이라고 생각하던 내게, 숙제가 없는 날 방 안에서 공부를 한다니, 있을 수 없는 일이었다. 게다가 나보다 큰 아이들이 날 무서워했기 때문에, 내가 왜 힘이 없다고 하시는지도 이해할 수 없었다. 틈만 나면 친구들과 놀러 나갔고, 집에 있는 땔감 장작을 부엌칼로 깎아 장군들이 쓰던 멋진 칼을 만들거나 썰매를 만드는 걸 좋아했다.

따라서 성적표는 늘 대부분이 수였으나 우가 한두 개, 미도 있었던 듯하다. 이는 아버지에겐 나쁜 성적이었다. 성적표를 받는 날은 '우'와 '미' 때문에 야단맞거나 얻어맞기도 했다. 당시에는 그런 아버지가 나를 사랑한다고는 꿈에도 생각하지 않았다. 아버지는 내게 그저 무서운 사람이었다. 낚시를 다닐 때는 늘 나를 데리고 가셨는데, 그게 딱히 싫지도 좋지도 않았다. 그래서일까, 아버지와 피라미 낚시를 하는 시간은 설렘과 동시에 두려움이 느껴졌다. 물고기가 잡히면 나도 좋았다. 은빛으로 빛나는 피라미가 아버지의 낚싯대에 걸리면 나도 가서 보곤 했다. 미끼는 물벌레를 썼다. 돌 아래 붙은 모래집을 부수면 그 속에서 꿈틀거리는 벌레가 나오는데, 1센티미터가 안 되며 연필심보다는 조금 굵었다.

그걸 미끼로 썼다. 가끔 부엌칼로 장작을 다듬다가 들키면 혼나곤 했지만 낚시를 가서 혼난 적은 없었다. 그런데 아버지를 따라 낚시를 갔던 어느 날 한 사건을 겪었다. 나는 평소처럼 아버지를 말없이 따라나섰고, 아버지는 묵묵히 전주질을 했다. 그런데 내가 여울을 건너가려다 그만 미끄러졌다. 물이 빠르게 흘렀고, 나는 발을 디딜 새도 없이 그냥 떠내려가기 시작했다. 누워서 두둥실 떠내려가니 하늘이 빠르게 움직였고, 구름이 스쳐 갔다.

그 순간, 아버지가 물속으로 뛰어들었다. 어디선가 허겁지겁 달려와 내 몸을 낚아채듯 끌어올렸다. 나는 물을 토했고, 기침을 했다. 온몸이 젖은 채 그의 팔에 안겨 있었다. 그리고 그 짧은 순간, 나는 아주 발칙한 생각을 했다. '아버지는 맨날 나를 때리는데, 왜 내가 죽을까 봐 놀라지? 이상하네.' 이상했다. 무서웠다. 그리고 어쩐지 서글펐다. 그 순간까지, 나는 아버지가 나를 사랑한다고 단 한 번도 생각해 본 적이 없었다. 그러나 그 물속에서 아버지의 당황한 얼굴을 보며, 그 손끝의 떨림을 느끼며, 나는 아주 처음으로, '혹시 아버지도 나를 사랑하는 건 아닐까?' 하는 생각을 하게 되었다.

그런데 지금, 성인이 된 내가 내 아이들을 바라보며 문득 등골이 서늘해질 때가 있다. '혹시 내 아이들도 나를 보며 그때 내가 했던 발칙한 생각을 하고 있는 건 아닐까?' 항상 삐딱한 둘째는 내게 가끔 맞곤 했기 때문이다. "맨날 혼내는 아빠가, 왜 내가 다치면 그렇게 놀라?"라고 묻는다면, 나는 아이들에게 뭐라고 대답해야 할까? 그때, 나는 너무 어렸고, 너무 발칙했고, 너무도 솔직했다. 그리고 어쩌면, 너무나 정직했는지도 모른다.

　그날 일을 생각하니 어릴 때 있었던 위험했던 사건이 떠오른다. 초등학교 4학년 어느 봄날, 나는 평소처럼 나의 영원한 놀이터였던 동산에 올랐다. 내 절친한 친구 철이와 함께였다. 그날은 봄기운이 완연했고, 나뭇가지마다 새들이 갓 깨어난 새끼들을 데리고 짹짹거리고 있었다. 잘 날지 못하는 새끼 새들이 어설프게 날갯짓을 하며 가지 사이를 오르내렸다. 우리는 호기심과 장난기가 발동해, 새끼 새를 잡아 보자며 나무에 올라가기로 했다.

　먼저 철이가 나무를 탔다. 나는 그 뒤를 따라갔는데, 그 나무는 커다란 바위에 기대어 자란 나무였다. 나는 바위 위에서 나무를 타기 시작했다. 올라가면서도 머릿속에 떠오른 생각은 명확했다. '이 나무에서 떨어지면 그대로 바위로 떨어질 텐데…. 머리가 박살 나면 백 퍼센트 죽는다.' 죽음을 실감하며 올라간 순간이었다. 얼마나 올라갔을까, 갑자기 새끼 새 하나가 후드득 날더니 내 눈앞 가지에 앉았다. '이게 웬 떡이냐!' 싶은 마음에 나뭇가지를 잡고 있던 오른손을 떼는 순간, 왼손으로 잡고 있던 가지가 '뚝' 하고 부러졌다.

　순간 나는 생각했다. '망했다.' 그 이후의 기억은 없다. 정신을 차려 보니, 누군가 내 얼굴을 꿰매고 있었다. 병원이라고 하기에는 너무 허술한 공간, 위생병 출신의 사람이 의사 노릇을 하던 시골의 작은 치료소였다. 나중에 들은 이야기로는, 나는 나무에서 떨어지며 바위에 머리를 부딪혀 그대로 정신을 잃고 쓰러졌다고 했다.

　철이는 나를 업고 내려오려 했지만 아이 몸으로는 역부족이었다. 그때 근처에서 놀던 다섯 살쯤 되는 어린아이가 나의 엉덩이를 밀어 주며, 눌이서 동산을 내려왔다고 한다. 한참을 내려오던 중 정신이 든 나는 "내려 달라."고 했고, 철이는 나를 내려놓았다. 나는 그 근처의 어떤 집으로 들어갔으나 그곳이 우리 집이 아니라는 걸 깨닫고 다시 나오더니 또 쓰러졌다고 한다. 철이는 또다시 나를 업고 달려 치료소까지 데려갔다.

지금 판단하면 의식명료기(lucid interval)로 경막외출혈이 의심되는 증상으로 정밀검사가 필요한 순간이었다. 그 사고로 인해 내 오른쪽 얼굴에는 지금도 흉터가 남아 있다. 당시에는 몰랐지만, 아마 두개골에도 손상이 있었고 경막외출혈도 있었을 것 같다. 시간이 지나며 한쪽 두개골이 조금 다르게 성장한 걸 보면 그렇다. 복부에도 찰과상이 있었던 것으로 보아, 떨어지는 중간에 나뭇가지에 걸려 충격이 완화되었기에 살아남을 수 있었던 듯하다.

그 일 이후로 나는 종종 생각했다. "높은 데서 뛰어내려 자살하는 사람들은, 떨어지는 순간 정신을 잃으니 큰 고통 없이 죽겠구나…." 그렇게 죽음이 나를 스쳐 지나갔다. 분명 백 퍼센트 죽을 수밖에 없는 상황이었는데, 어떤 운명에서였는지 살아남았다. 이처럼 나는 자주 위험한 순간을 겪었다. 그래서 부모님은 어렵게 얻은 귀한 아들인 나 때문에 수없이 마음을 졸였다.

전환점,
도시 아이가 되다

우리 마을엔 '동산'이라 부르는 작은 산이 하나 있었다. 봄이면 진달래가 피었고, 특히 벚나무가 많았는데 벚꽃이 피면 장관이었다. 여름이면 그늘이 시원했으며, 가을이면 바람이 바삭했고, 겨울이면 뽀드득 눈이 밟히는 우리만의 놀이터였다.

내가 1학년 때인 1954년에는 이 동산에 군대가 주둔했다. 그때 청풍에 산다는 친척 아저씨가 나를 업고 자기 부대 막사로 데려가서 하룻밤 군인들과 잔 기억이 있다. 그곳 부엌에 가니 엄청 큰 누룽지가 있었고, 아저씨는 그것을 내게 주었다. 그리고 내게 말을 걸곤 했다. 내가 학예회에서 무용을 했었는데, 짝꿍(지서 주임의 딸)을 데려와서 춤을 한 번 더 춰 보라고 하기도 했다.

동산 자락엔 향교가 있었고, 그 옆으로 중학교가 자리 잡고 있었다. 5학년 봄, 그날도 나는 친구와 동산에 올랐다. 한참을 놀다 보니 목이 말랐다. 우린 자연스레 중학교 우물로 내려갔다. 두레박을 돌려 물을 퍼 올리고, 시원한 우물물을 들이켰다.

그 순간, 어디선가 세퍼드 한 마리가 후다닥 뛰쳐나왔다. 우리는 당황했다. 친구는 본능처럼 뒤돌아 뛰기 시작했다. '도망가면 더 쫓아오는데…' 하는 생각이 순간 머리를 스쳤다. 하지만 이미 개는 흥분했고, 친구를 쫓던 눈길이 곧 나를 향했다. 나도 결국 도망치기 시작했다. 그리고 순식간이었다. 그 커다란 개는 나를 그대로 덮쳤다.

엎어진 내 몸에 개가 올라탔다. 그러고는 내 옆구리를 물었다. 살을 물고, 흔들었다. 그게 그렇게 아픈 줄 몰랐다. 숨이 막혔다. 비명도 나오지 않았다. 어디선가 어른들이 뛰어나왔다. 선생님 가족들이었다. 그 개를 간신히 떼어냈고, 나는 풀려났다. 배를 내려다보니 옷이 찢어졌고, 살가죽엔 개 이빨 자국이 뚜렷하게 나 있었다. 그들이 무슨 가루약 같은 걸 뿌려 주었고, 나는 멍한 정신으로, 집으로 향했다.

마을 어귀에 다다랐을 때, 내 앞에 아버지가 서 계셨다. 소식을 들은 듯했다. 나는 안심했지만 동시에 심장이 뛰기 시작했다. 왠지 모르겠지만 또 맞을 것 같았다. 그리고 정말로 아버지의 손이 올라갔다. "개가 무서운 줄도 모르고…!" 그게 잘못이라는 듯 나는 다시 맞았다. 그날 나는, 개에게도 물렸고, 아버지에게도 맞았다. 몸보다 마음이 훨씬 더 아팠다. 개에게 물리는 게 그리 위험한 일인지 그땐 몰랐다. 게다가 나는 집에 돌아가는 길이 더 무서웠다.

그 개는 내 인생을 뒤바꿔 놓았다. 개에게 물린 그날 이후, 며칠이 지나고서야 어른들의 얼굴이 심각해졌다. 그 셰퍼드가 혹시 광견병에 걸린 건 아닐까 의심된다고 했다. 의사들은 광견병 예방 주사를 15일 동안 매일 맞아야 한다고 말했다. 그 말을 들은 나는 희미하게 미소 지었다. 사실 나는 오래전부터 도시 아이가 되고 싶었다. 우리 마을, 문경새재 아래 작은 산골은 자연과 순수로 가득했지만 어딘가 답답했다.

나는 한번은 어머니에게 조심스럽게 말했다. "어머니, 저 충주로 전학 가면 안 될까요?" 어머니는 놀란 얼굴로 왜냐고 물었고, 나는 대답했다. "아버지랑… 같이 살고 싶지 않아요." 어머니는 조금 웃으셨지만, 그 웃음엔 어딘가 당황한 기색이 섞여 있었다.

충주에는 내 누나들이 살고 있었다. 큰누나는 중학교 영어 선생님, 둘째 누나는 고등학생, 셋째 누나는 중학생. 그들은 도시 사람들이었고, 나는 그들과 함께 살고 싶었다. 도시에서, 도시 아이처럼 말끔한 책가방을 메고, 말끔한 운동화를 신고, 말끔한 말투로 말하는 아이가 되는 것. 그게 내 꿈이었다.

결국 광견병 예방 주사 때문에 나는 충주로 전학을 갔다. 그리고 충주사범 부속국민학교라는 곳에 들어갔다. 모든 것이 새로웠다. 건물도, 책상도, 선생님도, 아이들도. 말투도 달랐고, 옷차림도 달랐으나 놀이도 달랐다. 낯설었지만 설레었다. 그렇게 나는 자의 반, 타의 반으로 '도시 아이'가 될 수 있었다.

큰 개에게 물렸던 그 사건 하나가 내 삶을 산골에서 도시로 옮겨 놓았다. 그러니까, 아이러니하게도 내게 꿈을 선물해 준 건 그 무시무시한 짐승이라고 할 수 있었다.

나는 버스 창가에 앉아 문경새재에서 뻗어 나온 작은 고갯길, 수안보로 향하는 작은 새재를 넘고 있었다. 고개를 넘으며 문득 이런 생각이 들었다. "국민학교도 충주, 중학교도 충주, 고등학교도 충주에서 다니겠지. 그 이후는 어찌 될지 모르지만… 결국 나는 다시는 어머니와 함께 살 수 없겠구나."

그 생각에 가슴 어딘가가 먹먹해지기 시작했다. 마음속에서 아이 하나가 작게 울먹였나. 전학 가는 학교는 충주에서도 이름난 귀족학교라 불렸다. 하지만 내 눈에는 학교도 작고, 별다른 게 없어 보였다. 학년마다 남자 한 반, 여자 한 반이 있었다. 산골 학교보다 더 작은 느낌이었다. 나를 데려간 큰누나는 그 학교 교사로 있는 친구를 통해 미리 선생님께 인사를 드려 놓았다고 했다.

　담임 선생님은 나를 교실 앞에 세우고 말했다. "오늘 전학 온 학생이다. 공부를 아주 잘한다. 아마 너희들보다 잘할 거다." 그 말에 나는 화들짝 놀랐다. '선생님, 그렇게 말씀하시면 안 돼요….' 나는 산골에서도 수석을 해 보지 못했다. 아버지에게 맞으면서도 "너는 왜 수석을 못 하냐!" 하는 말을 들었다. 통신표엔 '수'가 많았지만 항상 2~3개는 빠져 있었다.

　선생님의 말 한마디에 아이들의 시선이 내게 모였다. 옆자리에 앉은 아이가 나를 바라보았다. 그 애는 내 글씨를 흘끗 보더니 코웃음을 쳤다. "애, 글씨 나보다 못 쓴다." 더 큰 문제는 집에 갈 때 벌어졌다. 내 신발이 사라진 것이다. 어떤 아이가 내 신발을 들고 내 앞에서 히죽거리며 놀리고 있었다. 나는 "신발 줘." 하고 조심스럽게 말했다. 하지만 그는 주지 않았다. 나는 어쩔 줄 몰라 하며 서 있었다. 낯선 도시, 낯선 학교, 낯선 아이들….

　그때, 예전에 전학 전에 큰누나를 통해 잠깐 인사했던 큰누나 제자의 동생 하나가 다가왔다. 그 아이는 나를 보더니 속삭였다. "야, 싸워. 다른 애들이 편들면 내가 못 하게 해 줄게." 나는 회심의 미소를 지으며 '일대일이면… 할 수 있지.'라고 생각했다. 그렇게 때리려는 마음의 결심을 한 후 "신발 줘!"라고 말하면서 앞으로 다가갔다.

　그는 신발을 잡은 손을 왼쪽 옆구리 쪽으로 가져갔다. 내가 때리려는 것을 눈치채지 못한 듯 무방비한 상태였다. 그때 바로 나는 주먹을 내질렀다. 싸움이 붙었다. 나는 체구가 작았지만 산골에서 씨름하며 자란 몸이었다. 나는 그 애를 붙잡아 힘껏 눌러 깔고 앉았다. 이겼다고 생각했다. 원래 그게 싸움의 룰이었다. 깔고 앉으면 끝이었다.

　그런데 아이들이 나를 떼어냈다. "아직 안 끝났어!" 그 아이가 다시 달려들었다. 우리는 또 싸웠다. 또 이겼다. 또 깔고 앉았다. 그러나 아이들은 또 나를 떼어 놓았다. 또 싸움이 붙었다. 그렇게 싸움은 점점 길어졌고, 나

웃음과 눈물의 흰 가운

는 점점 지쳤다. 나의 승리는 명백했으나, 끝내 공식화되지 않은 채 흐지부지 끝이 났다.

다음 날, 그 아이는 눈 한쪽이 시커멓게 멍이 든 채 반쯤 감겨 있었다. 나는 그걸 보며 아주 조용히 나만의 승리를 곱씹었다. 그렇게 나는 도시 아이가 되었다. 첫날부터 싸움으로 존재를 증명하지 않으면 누구도 내 자리를 인정하지 않는 곳이었다. 하지만 산골의 아이였던 나는 도시에서도 버틸 수 있었다. 버티는 것이 아니라 자리 잡을 준비가 되어 있었다. 그렇게 태어나서 처음으로 남을 때려 보았다.

도시에는 산골에는 없는 '전기'가 있었다. 나는 건전지의 음극과 양극을 연결할 때 찌릿하게 느껴지던 그 감각이 신기했다. 그래서 어느 날, 전구를 빼고 소켓에 손가락을 넣었다. 강렬한 전류가 흐르며 온몸이 전율했다. 죽을 수도 있는 짓이란 걸 그땐 몰랐다. 나는 그 찌릿함이 좋아 여러 번 그렇게 했다. 전기는 밤 12시까지만 들어왔고, 그 이후에는 촛불이나 초롱불을 켰다.

충주의 집에 사는 우리 누나들은 그 촛불 아래서 매일 밤 불꽃처럼 타올랐다. 큰누나는 새벽 4시에 일어나 초롱불을 켜고『코리아 헤럴드』라는 영어 신문을 펼쳤다. 옆에는 다 해진, 하지만 한 손에 다 들기도 어려운 영어사전이 놓여 있었다. 출근 전까지 그 신문을 단 한 줄도 빠뜨리지 않고 읽었다. 하루도 거르지 않았다.

둘째 누나와 셋째 누나는 시험 기간이면 친구들을 불러 모았다. 밤 12시까지 책을 펼치고, 정전이 되면 곧바로 준비해 둔 초에 불을 붙였다. 그 촛불 밑에서 시험 공부라는 걸 했다. 나는 그 모습을 보고 처음으로 시험은 그냥 보는 게 아니라 공부를 해서 보는 것임을 알게 되었다.

하지만 난 학교생활이 고통스러웠다. 전학을 오기도 했고, 예방 접종을 하러 다니며 여러 날 결석한 탓에 진도가 달랐다. 학교에서는 이미 수판 놓기 수업이 끝난 상태였다. 나는 수판 공포에 빠졌다. 시험이라도 보게 되면 아무것도 쓸 수 없다는 무력감이 나를 짓눌렀다. 공포 속에 시간은 흘렀고 중간고사가 다가왔다. 그때 나는 누나들처럼 시험 공부를 하기로 결심했다. 촛불 아래 앉아, 산골에서는 한 번도 해 본 적 없던 '시험 공부'라는 것을 했다.

시험이 끝났다. 그리 잘 본 것 같진 않았다. 그런데 며칠 뒤, 성적표가 나왔다. 점수만이 아니었다. 석차까지 적혀 있는 성적표였다. 내 이름 옆에는 '1등'이라는 글자가 또렷이 박혀 있었다. 그 순간, 내 안에 깊숙이 숨어 있던 무언가가 조용히 울었다. 산골 학교에서는 아무리 해도 한 번도 못 해 봤던 그 '1등'을 도시에서 처음으로 해낸 것이다.

일요일이 되자 나는 손에 성적표를 들고 버스로 2시간을 달려 연풍 집으로 돌아왔다. 아버지는 그 종이를 받아 들고 한참을 바라보더니 말없이 내 머리를 쓰다듬으셨다. 그 눈빛에서 나는 느꼈다. '이제 아버지가 나를 보물처럼 사랑하는구나.' 그렇게 나는 존재를 증명했다. 산골에서 벗어나 도시에서도, 아니 어디서든 나는 나를 만들어 낼 수 있는 아이라는 것을.

나는 드디어 도시에서도 통하는 우수한 학생이 되었다. 그 학교는 사범학교 부속국민학교였고, 그래서 봄이 되면 사범학교 3학년 학생들이 교생 실습을 나왔다. 올해도 예외는 아니었다. 남자 교생 몇, 여자 교생 몇이 반마다 배정되었다. 아이들은 조금 들뜬 분위기 속에서 그들을 맞이했다.

그중에서도 한 여자 교생은 눈에 띄게 예뻤다. 그녀가 교실 문을 열고 들어올 때, 마치 한 송이 백합꽃이 갑자기 책상들 사이로 들어온 것만 같았다. 말수가 적고 웃음은 조용했다. 하지만 웃을 때 눈꼬리가 접히는 모습이 아름다웠다. 우리 반 아이들뿐 아니라 남자 교생들도 가슴이 뛰었으리라.

한 남자 교생은 말투나 걸음걸이가 건들건들한 데가 있었다. 그는 언제나 셔츠 깃을 세우고, 교무실 복도를 느릿하게 걸었다. 우리는 그가 그 예쁜 교생을 좋아하고 있다는 걸 말하지 않아도 눈치챌 수 있었다. 그뿐만 아니라, 아마도 교생 실습을 나온 모든 남자 교생들이 그녀에게 마음이 있었을 것이다. 그건 어린 우리조차도 느낄 수 있을 만큼 분명했다.

그러던 어느 날, 학교가 한창 조용한 시간이었다. 우리 반 앞 복도에서 웬일인지 시끄러운 소리가 들려왔다. 나가 보니 예쁜 교생 선생님이 울고 있었다. 아무렇지 않게 앞머리를 넘기던 그 손으로 얼굴을 감싸고 소리 없이 흐느꼈다. 그 앞에는 그 건들건들한 남자 교생이 보였다. 목소리가 높았고, 말은 잘 들리지 않았지만 우리는 본능적으로 알아차릴 수 있었다. ‘아, 뭔가 잘못된 말을 한 게 분명하구나.’

나중에 들은 이야기였다. 남자 교생 몇이 쉬는 시간 장난삼아 이야기 나누던 중, 그 건들거리던 교생이 말했다고 한다. “저 교생은 내 마누라야.” 웃자고 던진 말이었겠지. 하지만 그 말은 결국 다른 못된 남자 교생을 통해 그 예쁜 여자 교생에게 전해졌다. 그리고 그 순간부터 모든 장난은 끝이 났다. 교생 선생님은 아이들 앞에서 울었고, 분위기는 싸늘하게 가라앉았다.

그날 오후엔 수업이 제대로 되지 않았다. 우리는 어린 나이였지만, 그 장면을 통해 무언가를 배웠다. 농담도 경계를 넘으면 사람에게 큰 상처를 줄 수 있다는 것을. 몇 십 년 후 못된 친구가 비슷한 짓을 해서 내가 감당하기 힘든 고통을 겪는 일이 생기리라고는 그때는 생각지 못했다. 장난을 핑계 삼아 나를 곤경 속에 빠뜨리려는 사이비 친구가 존재할 수 있다는 걸 몰랐었다. 그런 존재를 빨리 알아차려야 했는데.

그날 이후 그 예쁜 교생 선생님은 더 이상 웃지 않았다. 그리고 실습이 끝나고 돌아갈 때, 우리는 복도 끝에서 그녀의 뒷모습을 오래도록 바라보았다. 그때 우리는 어린 마음에도 세상엔 우리가 모르는 감정들이 있다는 걸 조금은 알게 되었다.

그렇게 교생 선생님들과 함께 웃고, 울고, 떠들며 보냈던 한 학기가 끝나고 여름 방학이 되었다. 그 건들건들한 남자 교생은 어쩐 일인지 나를 좋게 본 모양이었다. 방학 전날, 그는 내게 책 한 권을 내밀었다. 겉표지가 딱딱하고 왠지 귀한 종이로 만든 것처럼 번들거리는 두꺼운 책이었다. "이거, 방학 동안 읽고 독후감 써 와라."

나는 책을 받아 들고 제목을 보았다. 『셰익스피어 전집』. 그 이름은 들어 본 적이 있었다. 영국의 아주 유명한 작가. 어려운 글을 많이 쓴 사람. 그러나 내가 그 책을 읽을 수 있을까? 책 두께만 해도 겁이 났다. 그 속에 든 건 알 수 없는 영어 이름, 낯선 이야기들. 나는 가방에 조심스레 책을 넣었다.

그리고 방학이 시작되자마자 고향, 문경새재 이쪽 충청북도 연풍의 산골 마을로 돌아왔다. 오랜만에 돌아온 집은 바람 냄새부터 달랐다. 부드러운 흙냄새와 처마 끝을 스치는 매미 소리, 그리고 어디선가 풍겨 오는 참외 냄새.

그렇게 무섭기만 하던 아버지는 내 성적표를 받은 이후로 완전히 다른 사람처럼 변했다. 아버지는 도로를 향해 있는 집 마루 끝에 앉아 지나가는 연풍 학교 선생님을 억지로 불러 음료수를 대접하면서 내 성적표를 자랑하듯 보여 드리곤 했다. 그 선생님의 칭찬을 듣고 즐기시는 듯 보였다. 그런 아버지의 모습은, 내가 알던 무서운 분이 아니었다.

그날 이후 나는 아버지의 보물단지였고, 그런 아버지를 실망시키지 않아야겠다는 부담이 어린 마음속에 자리 잡기 시작했다. 교생 선생님이 준 세익스피어 책은 첫 장부터 〈베니스의 상인〉으로 시작됐다. 처음엔 어려울 줄 알았는데 놀랍게도 그 이야기는 정말 재미있었다. 너무 웃겼다. 가슴살을 딱 1파운드만 잘라내야 하고, 그 계약서에는 피는 언급되어 있지 않으니 피가 나지 않게 잘라내야 한다니? 너무 우스웠다.

사람들의 계약과 복수, 우정과 사랑, 무대가 아닌 책 속에서 펼쳐지는 연극 같은 장면들. 그 책을 읽고 있노라면 산골의 여름이 런던의 오래된 극장처럼 느껴졌다. 독후감이 뭐 하는 것인지도 모르던 나는 독후감 쓰는 것이 걱정이었지만, 책장을 넘길수록 세상에 대해 한 발짝씩 다가가는 기분이 들었다.

산골로 돌아온 기쁨 속에서도 나는 자주 Sun을 떠올렸다. 하지만 그는 방학 동안 산 몇 개 너머 자기 마을에 머무르고 있었다. 가끔 5일장에 나타나기도 했는데 나는 앞집의 착하고 순한 친구 석이를 시켜 그가 장에 나왔는지 알아봐 달라고 했다. "Sun이 왔대!" 하는 소식을 들으면 나는 몰래 장터 근처로 나가 멀리서 그의 모습을 바라보곤 했다. 그렇게라도 그를 볼 수 있다면 그날 하루는 괜히 더 반짝였다.

여름날이면 우리는 산포중포라는 이름의 개울에서 미역을 감았다. 바위 밑으로 펑펑 터져 나오는 지하수, 맑아서 속이 다 보이고 차가워서 오래 몸을 담글 수도 없던 그 물. 우리는 벌거벗은 채 큰 바위 위에 물개들처럼 누워 햇볕을 쐬며 몸을 말리곤 했다.

그날도 그랬다. 눈을 감고 있다가 무심코 눈을 뜨니 개울가로 그녀가 지나가고 있었다. 한 번도 본 적 없던 장면이었다. 그 길을 지나면 그녀의 마을로 가는 길이라고 들었지만 정말로 지나가는 건 처음이었다. 너무 급한 나머지 나는 벌거벗고 있다는 것도 잊은 채 나도 모르게 아무 소리나 질러 버렸다. 하지만 그녀는 고개도 돌리지 않고 못 본 척 지나가 버렸다. 나는 더 이상 아무 말도 하지 못했다.

말매미가 극성을 부리면 여름은 끝, 여름방학도 끝나고 도시의 학교로 돌아가야 하는 날이 다가왔다. 하루라도 더 늦게 가고 싶어 등교하는 날 새벽 첫차를 타기로 하고 일찍 잠자리에 들었다. 그러나 그 새벽은 개구리 소리가 유난히 요란했다. 나는 졸린 눈을 비비며 아직 어두운 길을 걸었다.

집을 떠나려니 매우 슬펐다. 그 이후로 나는 개구리 울음소리를 좋아하지 않게 되었다. 개구리가 울면 왠지 떠나야 할 것 같은 마음이 들었고, 그때마다 가슴 한구석이 싸늘해졌다.

방학이 끝나고 다시 학교로 돌아갔을 때, 나는 마음이 무거웠다. 분명 교생 선생님이 『셰익스피어 전집』을 읽고 독후감을 써 오라고 했는데, 어떻게 써야 하는지 몰라 쓰지 못했기 때문이었다. 다행히도 개학 후에 그 말은 쏙 들어가 버렸고. 조용히 책을 반납하는 것으로 끝이 났다. 그러나 그 책은 내 안에 무언가를 남겼다. 어린 나이에 셰익스피어를 읽을 수 있었다는 것, 무엇보다도 그 책이 '지루한 고전'이 아니라 지독히 재미있는 이야기들이라는 사실이 내게 충격처럼 다가왔다.

우리 학교는 도시에 있는 일종의 귀족학교였다. 사범학교 부속국민학교. 이 학교에는 도서관이 있었다. 처음 문을 열고 들어갔을 때, 나는 숨이 멎는 줄 알았다. 책이 이렇게 많이 모여 있는 곳은 처음이었다. 그 속엔 『15소년 표류기』, 『로빈슨크루소』, 『천로역정』같은 기가 막히게 재미있는 이야기들이 숨어 있었다. 나는 마치 보물창고를 발견한 듯 이 책들을 하나하나 꺼내 읽기 시작했다.

활자 하나하나가 살아 움직이는 듯했고, 내 머릿속엔 전에 없던 상상력과 세계가 자라났다. 그 영향이었을까. 어느 날 교지에 실릴 글을 내 보라고 해서 두 편을 써냈는데 둘 다 채택되었다. 나는 처음으로 글을 써서 누군가에게 인정받는 기쁨을 맛보았다. 책을 읽으며 넓어진 사고는 글로 옮겨지며 또 다른 길을 만들어 갔다.

나는 어느덧 6학년이 되었고, 내가 1등을 했다는 소식은 아버지의 마음에 큰 불을 지피고 말았다. 아버지는 서울로 가야 한다고 생각했다. 서울 경기중학. 아버지는 자신이 서울에서 상업학교를 다녔던 기억을 떠올리며, 나 역시 서울에서 배워야 한다고 굳게 믿고 게셨다.

할아버지는 지주였다. 아버지는 공부를 하기보다 산과 들에서 뛰어놀던 분으로, 작은 체구에도 씨름을 잘해 씨름판을 즐겼다고 했다. 그 시절에 아버지는 서울에서 지금으로 치면 상업계 중고등학교인 '경성상공실무학교'라는 곳을 다녔는데, 기여 입학으로 쌀 13가마니를 냈다고 했다. 식량이 귀했던 그 시절에는 아주 큰 금액이었다. 서울로 공부하게 가겠다는 아버지에게 할아버지는 "내가 네게 물려준 땅만 해도 충분한데 왜 서울로 가려고 하느냐?"라고 묻기도 했다고 한다.

그렇게 상업학교를 마친 아버지는 금융조합이라는 지금의 은행에 취직해 연풍으로 발령을 받아 오셨고, 나는 그곳에서 태어났다. 아버지는 서울에서 공부를 해 세상 돌아가는 것을 깨달았기 때문에, 상업학교를 졸업한 후 일본 동경으로 유학을 가고 싶어 하셨다. 그러나 어머니가 가지 못하게 했다고 한다.

나중에 세월이 흐른 후 어머니에게 물어보았다. '그때 동경 유학을 다녀오셨다면 아마 은행 총재까지도 올라갔을지 모르는데 왜 못 가게 하셨어요? 지주였으니 학비 걱정은 안 해도 되는데….' 하고 말이다. 어머니는 웃으며 그러잖아도 그때도 이미 학력 차이가 너무 나서 불안한 상태였는데,

동경 유학까지 다녀오면 분명 무슨 사단이 날 것이 틀림없어 못 가게 하셨다 한다.

어머니는 정치적 안목이 있는 똑똑한 분이셨다. 학교를 다니지 않았지만 춘원의 작품을 비롯해 엄청나게 많은 문학 작품을 읽으셨다 한다. 시동생들 뒷바라지를 위해 충주에서 밥을 해 줄 때, 시동생들이 빌려다 줘서 읽었다 한다. 정치적 안목이 높아 먼 훗날 아버지께서 돌아가신 후 우리 집에서 함께 살 때도 늘 며느리 자랑만 하고 다니셨다. 노인정에서 며느리가 아주 훌륭하고 부모에게 잘하니 효부상을 줘야 한다고 주장해서, 효부상까지 타게 하셨다. 이런 시어머니를 싫어할 며느리가 있겠나? 내가 보기엔 그다지 잘하는 것 같지는 않았는데도 말이다.

아버지는 서울에서 학교를 다니셔서 교육의 중요성을 누구보다도 잘 알았고 그런 분이기에 내 1등이라는 성적에 더 큰 의미를 부여하셨던 것이다. 하지만 나는 알고 있었다. 내 실력으로 경기중학 입학은 역부족이라는 사실을. 아무런 특별한 대비도 하지 않은 상태에서 경기중학의 문제집을 펼쳤을 때, 특히 산수 문제 앞에선 도무지 손쓸 수 없었다.

나는 그것을 명확히 자각했지만 아버지는 달랐다. 자신의 경험과 믿음을 바탕으로 나를 서울로 보내야 한다는 의지를 꺾지 않으셨다. 졸업이 가까워지고 먼저 입시가 시작된 충주 사범학교 부속중학교에 시험을 치렀다. 그리고 나는 2등으로 합격했다. 수석은 아니었지만 나로서는 충분히 좋은 결과였다.

그러나 한편으론 아버지를 실망시킬지도 모른다는 묘한 불안이 가슴에 남았다. 아버지의 꿈은 어쩌면 나의 길보다 컸고, 나는 그 꿈의 무게를 어린 나이에 이미 짊어지고 있었는지도 모른다. 나는 그 시절, 그렇게 문학에 눈뜨고, 도서관을 사랑하고, 글쓰기를 시작하고, 아버지의 꿈과 나의 현실 사이에서 조용히 흔들리고 있었다.

충주사범학교 병설중학교에 합격한 나는 안도감이라는 작은 섬을 하나 확보한 채 다시 한번 아버지의 꿈을 좇아 경기중학 시험에 도전하게 되었다. 병설중학교의 시험이 먼저였 고 경기중학은 그보다 늦은 일정이었기에 나는 '물러설 땅'이 있다는 안심 속에서 아버지의 야망에 응답한 셈이었다.

큰누나가 나를 데리고 서울 시험장까지 동행해 주었다. 누나는 충주여고를 수석으로 졸업한 뒤 준비 없이 서울대학 시험을 쳤다가 떨어진 후, 수도여자사범대를 마치고 바로 모교의 영어 교사로 발령받은 수재였다.

아마도 학교 다닐 때의 지적 명성이 그녀의 취업에 결정적인 도움이 된 듯했다. 나는 그런 누나를 따라 처음으로 서울이라는 도시의 깊숙한 골목으로 들어섰다. 그것이 내 첫 서울행은 아니었지만, '경기중학 입시'라는 특별한 목적을 안고 간 서울은 전혀 다른 행성처럼 느껴졌다.

시험장 안에서, 나는 곧 무력감에 사로잡혔다. 시험 문제는 나에게 말도 안 되는 수준이었다. 손댈 수 있는 문제가 거의 없었다. 산수, 국어, 사회 과목 모두. 어디에서도 익숙한 문장이 보이지 않았고, 문제는 나와 아무런 대화도 나누지 않았다. 그날 본 시험 대부분 기껏해야 50점을 넘기지 못했으리라 생각했다. 그만큼 난이도가 압도적이었다. 이후 경기중학이라는 이름은 이제 내게 현실을 넘어선 공포로 남았다.

내가 그들보다 잘한 수 있는 것은 휴식 시간에 강당에 놓여 있던 뜀틀을 넘는 것뿐이었다. 내 키보다도 더 높아 보이는 뜀틀을 나는 쉽게 넘을 수 있었는데, 그들은 넘을 생각도 못 하는 멍청이들이었다.

그날 나는 시험이 끝나기도 전에 명백한 낙방을 실감했고, 채점 결과를 기다릴 필요도 없이 세상이 얼마나 넓은지를, 그리고 내가 얼마나 작은지를 처음으로 온몸으로 받아들이게 되었다. 그리고 한 가지가 분명해졌다. 경기중학은 더 이상 단순히 진학을 위한 목표가 아니라 나의 한계를 드러낸 상징, 즉 내가 넘어설 수 없다고 느낀 첫 번째 벽이었다는 것을.

나는 그렇게 서울이라는 도시와, 그 속의 경기중학이라는 이름 아래 처음으로 큰 좌절을 경험했다. 그리고 다시 충주로 내려가는 기차 안에서 마음속으로 조용히 되뇌었다. "세상은, 너무 넓고, 나는 아직 너무 작다."

웃음과 눈물의 흰 가운

큰누나의
결혼

충주에 있던 우리 집은 그 당시 많은 집과 마찬가지로 초가집이었다. 방이 셋이었고, 그중 하나는 세를 놓았다. 세를 든 사람은 충주의 비료 공장에서 일하는 근로자였다. 그 시절 우리나라에 공장이란 게 거의 없던 시절, 충주에 하나 있던 그 비료 공장은 이 작은 도시를 공업도시라 부를 정도로 중요한 존재였다.

우리 집은 터가 넓진 않았지만 아담한 마당이 있었고, 그 마당 가장자리에 분홍빛 국화 몇 포기가 자라고 있었다. 가을이 되면 은은하게 피어나는 그 국화꽃이 나는 무척 마음에 들었다. 어느 해엔가, 나는 국화를 번식시키기로 결심했다. 조심스레 뿌리를 나누어 마당 가운데 원형 화단 가장자리를 따라, 그리고 담장 아래쪽으로도 줄지어 심었다. 처음엔 별문제 없이 잘 자라더니, 가을이 되자 마당 전체가 국화꽃으로 뒤덮이는 장관이 벌어졌다.

분명 한 종류였던 분홍빛 국화가 어찌된 일인지, 노랑, 빨강, 흰색, 보라 등등 세상 모든 색깔의 국화가 다양하게 피어나고, 심지어 크기도 소국, 중국, 대국으로 나뉘며 마치 서로 다른 종이 뒤섞인 듯한 풍경이 연출되었다. 나는 그 현상이 너무도 신기했고, 어린 마음에도 무언가 기적 같은 느낌을 받았다.

하지만 문제는 큰누나의 스타킹이었다. 이슬 맺힌 국화밭을 지나 출근

해야 하는 큰누나의 스타킹이 늘 젖었고, 나는 그 일로 종종 꾸중을 들어야 했다. 그럼에도 불구하고, 국화꽃으로 덮인 마당은 아침이면 이슬에 반짝였고, 해가 뜨면 꽃잎마다 생기를 머금으며 충주의 한가한 아침을 장식하는 명소가 되었다.

큰누나는 그때 중학교 영어 선생님이었다. 스물셋, 작은 체구에 아주 예쁜 얼굴, 게다가 공부도 잘했던 수재로 당시 충주에서는 가장 인기 있는 아가씨 중 하나였다고, 적어도 나는 그렇게 믿고 있었다. 학교에 갈 때면 도시락에 핸드백에 양산까지 들 수는 없었기에, 이웃에 살던 눈이 아주 큰 '왕눈이 누나'가 도시락 당번을 자청했다.

지금은 상상하기 어렵겠지만, 그 시절엔 선생님의 도시락을 드는 것 자체가 큰 영광이었다. 왕눈이 누나는 여자중학교에 다니는 나보다 한 살 많은, 눈이 크고 예쁘장한 소녀였고 내게도 왠지 모르게 설레는 마음을 안겨 주던 인물이었다.

하루는 학교가 끝나고 국화가 가득한 마당에서 놀고 있는데, 대문이 살그머니 열리더니 누군가가 조심스럽게 얼굴만 내밀었다. 바로 왕눈이 누나였다. 수줍게, 아무 말도 없이 나를 바라보았다. 국화꽃을 얻고 싶어 하는 것이 틀림 없었다. "꽃… 꺾어 줄까요?" 하고 조심스레 묻자, 활짝 웃으며 고개를 끄덕였다.

나는 국화꽃을 안을 수 없을 만큼 있는 대로 양껏 꺾어 한 아름 가득 안겨 주었고, 왕눈이 누나는 그 꽃을 안고 한없이 행복한 얼굴로 돌아섰다. 그날의 햇살, 그녀의 수줍은 미소, 그리고 국화향이 함께 어우러진 장면은 지금까지도 내 마음 한 구석에 아름답게 남아 있다.

그 무렵 큰누나에게 청혼의 편지가 도착했다. 전달자는 충주의 병원에서 일하는 젊은 간호사였고, 그 편지는 어떤 6.25전쟁 참전 장교 출신의 청년이 큰누나에게 보낸 것이었다. 아침 출근 시간이 되면 큰누나가 그가 근무하는 가게 바로 앞을 지나며 가게 유리창에 자신의 모습을 비춰 보고 가면서 그의 눈에 띈 것이었다.

사진이 함께 들어 있었지만 큰누나는 한 번 보고 "웃기는 사람"이라며 내던졌다. 하지만 그 청년은 포기하지 않았다. 다른 사람들을 통해 여러 차례 만남을 시도했고 결국 큰누나를 만나게 되었다. 그 자리에서 큰누나는 단호하게 말했다. "사법고시에 붙고 오면, 그땐 결혼을 생각해 보죠." 이 말이 농담이었는지 진담이었는지는 몰라도, 그 청년은 진심이었다.

정말로 책 보따리를 짊어지고 절에 들어가 공부를 시작했고, 1차는 붙었지만 2차에서 낙방하기를 수차례. 그렇게 세월이 흘렀지만, 둘의 관계는 끊어지지 않고 이어졌다. 결국 사법고시에 합격하지 못한 채 결혼까지 이르게 되었고, 이 사실에 격노한 아버지는 결혼식에 참석하지 않았다.

큰누나는 다급한 마음으로 같은 학교에 계시던 작은아버지의 손을 잡고 결혼식장에 입장했다. 아버지의 입장에서 보면 학력도 없는 사람이, 똑똑하고 예쁜 아버지의 보물 1호 큰딸을 훔쳐간 셈이었고, 당시 사회 분위기상 '불상사'처럼 여겨졌는지도 모른다. 하지만 나의 눈에는 누나는 그날도 국화꽃 밭을 걷던 모습처럼, 당당하고 아름다웠다.

장이 바뀌고, 내 삶에도 새로운 역할이 찾아왔다. 그 중심엔 내 새로운 롤모델인 큰누나가 있었다. 우리 옆방에는 충주 비료공장에 다니는 기술자가 세 들어 살았다. 그런데 그가 말하기를, 공장 내에서 꽤 중요한 직책을 맡고 있던 비료공장 미국인 기술고문이 한국인 친구를 원한다는 이야기를 전했다.

그 기술고문인 백인 할아버지의 이름은 '피터(Peter)'인데, 어느 날 그가 큰누나를 그 할아버지에게 소개해 주었다. 큰누나는 원어민과 영어 회화 연습을 하는 기회를 얻게 되었다. 그 백인 할아버지에게는, 젊고 예쁜 한국인 지식인 여성과 대화할 수 있는 기회이니 행운이었을 것이다. 피터는 가끔 우리 집에도 방문하곤 했다.

한 번은 피터를 만나러 갔을 때 귤 한 상자를 선물로 주셨다. 그 양이 제법 많아서 우리는 평소엔 귀하게만 여기던 귤을 실컷 먹을 수 있었다. 그때 피터는 자신이 미국으로 돌아갈 때 우리 큰누나를 미국에 데려가고 싶다는 제안을 했다. 양녀로 삼고 싶다는 의미였을까? 예쁘고 젊은 큰누님에게 다른 생각이 있었을지도 모른다. 하지만 그 당시 큰누나는 이미 자신의 미래에 대한 꿈도 있었고, 사랑하는 사람도 있었다. 그래서 그 제안은 이루어지지 않았다. 그렇게 큰누나는 그 시절엔 드물게 영어로 대화를 할 수 있는 진짜 실력자였고, 그 실력은 주변 사람들에게도 알려지게 되었다.

한번은 피터가 학교로 큰누나를 찾아갔다고 한다. 사람들이 놀라서 다른 영어 선생님을 찾아가 외국인이 왔다고 했는데, 그 영어 선생님은 당황해하며 나서지 않았다 한다. 그 당시는 회화를 할 수 있는 영어 선생님이 드물었던 것이다. 피터가 큰누나를 만나러 온 외국인이라는 것을 알게 되자, 누나가 나가서 모든 것을 유창한 영어로 해결했다 한다. 당시 우리나라에는 영어 회화를 배울 만한 교육기관이 별로 없었다. 충주 비료공장 덕에 기술 고문으로 와 있던 미국인들이 있어 그렇게 귀중한 기회를 얻을 수 있었다.

큰누나가 비료 공장에 갔을 때, 한 고등학생이 외국인 여성들과 사진을 찍으려 했다고 한다. 그 외국인 여성들이 고등학생을 끌어안고 사진을 찍으려 하니 그 고등학생이 부끄러워 죽으려고 했다고 웃으며 전했는데, 그 수줍음 많던 충주의 고등학생은 훗날 전 세계를 움직이는 UN 사무총장이 된 반기문이었다. 그는 비료공장에서 훈련한 영어로 전국 영어 경시대회에서 우승해 케네디 대통령 취임식에 참석하게 된다.

청풍 아저씨와
공산주의의 그림자

6.25전쟁이 막 끝났을 무렵, 내가 살던 산골 마을엔 가난만이 가득했다. 산에는 아직도 빨치산이 득실거렸고, 사람들은 어둠이 내리면 일찍이 문을 걸어 잠그곤 했다. 연풍에서 동쪽을 바라보면 '신선봉'이라는 바위산이 있었는데, 동네 어른들은 그곳에 유독 빠르고 힘센 공비가 숨어 살고 있다고 했다. "여럿이 덤벼도 못 당한다."는 말이 돌았다. 나중에 안 일이지만 그곳은 월악산 신선봉으로, 연풍에서도 볼 수 있었다.

그렇게 충주로 옮겨와 새로운 학교와 사람들에 적응해 가던 어느 날, 작은아버지 댁에 손님 한 분이 들렀다. 우리는 그분을 '청풍 아저씨'라 불렀다. 내가 1학년 때 '청풍 아저씨'라는 군인 한 분이 나를 동산에 있는 자기 부대에 데리고 간 적이 있는데 그분이 바로 이 청풍 아저씨와 같은 분인지는 잘 모르겠다. 정확한 관계는 알 수 없었지만, 청풍 지역의 집안 분이라는 건 분명했다. 그분이 들려준 이야기는 아직도 내 기억 속에서 하나의 영화처럼 선명하다.

청풍 아저씨는 당신이 중학생이던 열여섯 살 무렵에 학교에서 집으로 돌아오는 길에 공비들에게 납치되었다고 한다. 납치된 소년은 곧 그들의 일원이 되었다. 낮에는 은신하고, 밤이면 보초를 서고 마을을 습격하는 일에 동원되었다. 한번은 탈출을 시도한 일행들이 붙잡혔다. "실탄도 아깝다.”고 말하며 공비 연대장은 그들의 등을 엎드리게 하고, 대검으로 한 사람씩 찔러 죽였다.

청풍 아저씨 앞에서 칼이 멈췄고, 그에게는 일어나라고 하고 그다음에 엎드린 사람들은 차례로 찔러 죽이면서 가다가 또 한 명의 어린 소년 공비에게 일어나라고 하고 나머지는 다 대검으로 찔러 죽였다. 그 후 두 명의 소년 공비에게 “너희 둘은 아직 어리니 살려 준다. 언젠가는 연대장, 중대장이 될 것이다. 탈출할 생각은 말고 열심히 근무해라.”라고 했단다. 그렇게 훈시가 끝났다.

산채에는 여공비들도 있었다. 그들이 아침에 밥을 하기 위해 아궁이에 불을 땔 때 불을 쬐고 있었는데, 한 여성이 불 앞에서 그에게 말했다. “탈출하려면 같이 보초 서는 동료를 찔러 죽이고 도망가야 해. 안 그러면 다 잡혀.” 그날 밤, 실제로 보초가 졸고 있는 틈을 타 칼을 들었지만, 그는 차마 그를 찌르지 못했다. 밤마다 함께 밥을 먹고 이야기를 나누던 친구였기 때문이었다.

며칠 후, 연대장은 그를 불렀다. “이제 결혼할 나이다. 이 아가씨와 말이나 나눠 봐라.” 스무 살이 된 여공비였다. 아버지가 국군에게 살해당해 원수를 갚으려고 자진 입산했다고 했다. 그는 직감했다. 이 여자와 살면, 언젠가는 그녀 손에 죽을 수도 있겠구나. 그런 그에게 연대장은 말했다. “결혼식을 위해 마을 약탈을 한 번 더 나간다. 마지막으로 너도 함께 가라.” 약탈은 예정대로 진행됐다. 마을의 양식은 송두리째 빼앗겼고, 사람들은 공포에 떨며 그 자리에 얼어붙었다. 그는 마음을 다잡았다. 오늘이 아니면 기회는 없다.

깜깜한 밤, 임무를 마친 공비들이 도랑을 따라 귀대하는 중간에, 도랑 옆 가시덤불 속에 숨었다. 뒤따르던 후위 공비들이 지나갔고, 그 뒤를 국군이 또 지나갔다. 모두 지나간 후, 그는 지서를 찾아갔다. 그러나 우선 그 지서가 공비들에게 점령당한 상태인지 확인해야 했다. 공비가 지서를 접수했을 때도 서로 '김 순경, 이 순경'이라고 호칭하기로 되어 있었다. 그러니 그 안에 있는 사람들이 경찰들인지 아니면 경찰인 척하는 공비인지 확인이 쉽지 않았다.

밖에서 몰래 엿보며 진짜 경찰인지 아닌지를 가늠하고 있던 찰나, "손들어!" 하는 소리에 화들짝 놀라 손을 들었다. 경찰이 "누구냐?"라고 물어 피난민이라 둘러댔다. 그러니 경찰은 "피난민이 이깨에 왜 총을 매고 있냐?"라고 물었다. 총을 잊은 것이다. 경찰은 어둠속에서 반대편 쪽으로 양손을 딱딱 치면서 걸어가라고 했다. '죽이려 하는구나.' 생각하고 손바닥을 딱딱 치며 걸어가니, 다시 손바닥을 딱딱 치며 뒤로 돌아 내려오라고 했다.

그는 그렇게 시키는 대로 치며 돌아서서 오다가 길옆을 보니 열린 문이 있는 집이 있어 그 속으로 뛰어 들어갔다. 그때 양옆에서 경찰 두 명이 양팔을 붙잡아 생포되고 말았다. 그는 곧 유치장에 갇히고, '자수한 납치 피해자'가 아니라 '생포된 공비'가 되었다. 다음 날 동네 사람들이 몰려와 구경했다. "에이, 빨갱이면 빨간 줄 알았더니 아니네." 그러고는 실망한 듯 돌아갔다. 다행히 나중에 중학교 교장 선생님의 증언과 여러 정황이 받아들여져 그는 무죄로 풀려났다. 비로소, 그는 평범한 일상으로 돌아올 수 있었다.

청풍 아저씨가 말했다. "공비들은 솔잎에 생쌀을 씹으며 싸웠지. 그 정신력은 대단했어. 국군도 그만큼만 해냈다면, 이 나라는 벌써 통일됐을지도 몰라." 그의 말은 한 시대를 관통한 진심이었다. 나는 훗날 『태백산맥』, 『고요한 돈강』을 읽으며, 그가 말했던 세계가 단순한 허구가 아니었음을 깨달았다. 또, 내가 살던 살미의 양조장집 아들은 동경 유학까지 다녀온 엘리트였지만, 평생 사회에 나서지 못한 채 위암으로 세상을 떠났다는 이야기도 떠올랐다. 그의 죄목은 '공산주의자'였다. 아이러니하게도, 진짜 공산주의자들은 부르주아였다. 당대 최고의 부잣집 아들, 교육받은 지식인, 엘리트들이 이상적 이념에 매료되었던 것이다.

공산주의를 한 문장으로 요약하면 이렇다. "능력에 따라 일하고, 필요에 따라 소비한다." 능력 100인 사람이 100을 벌지만 가족이 없어 10만 필요하면 10만 가져가고, 능력 10인 장애인이 가족이 많아 소득 100이 필요하면 100을 받는 세상. 이론으로만 본다면 완벽하다. 마치 종교처럼 이상적이다.

그러나 현실은 달랐다. 100의 능력을 지닌 이가 10밖에 못 가져가자, 점점 10의 일만 하게 된다. 그러니 10의 일을 하고 100을 가져갈 수 있는 생산이 이루어지지 않게 되어 결국 생산이 무너지고, 분배도 무너진다. 공산주의는 무한한 사랑으로 이루어진 이타적 사회에서만 가능할 뿐, 이기심을 기반으로 한 사회에서는 작동하지 않는 꿈이었다. 무한한 사랑으로 이루어진 사회는 가정뿐이다. 가정에서 아버지는 능력 100으로 일하고, 아들은 능력 0이면서도 100을 쓴다. 아무도 불평하지 않는다. 왜냐하면, 무한한 사랑이 있기 때문이다.

공산주의가 이상적으로 성공 가능한 이데올로기가 될 수 있는 유일한 조건은 무한한 사랑을 전제로 한 사회, 바로 가정과 같은 공동체여야 한다는 것이다. 사람들은 공산주의가 악마의 이데올로기이자 망해서 이 세상에 거의 없어진 것으로 알고 있다. 하지만 사실 공산주의는 전 세계에서, 가정 단위에서 대 성공을 거두고 있는 이데올로기이다.

즉, 공산주의의 기원은 가정 경제였다. 가정 경제 모델을 국가 단위에 적용해 공산주의라 한 것으로, 가정 단위에서는 성공했지만 이기심이 바탕이 된 국가 단위에서는 실패한 것이다. 국가 단위에서는 공산주의는 실패한 종교이자, 실현 불가능한 이상주의일 뿐이고 공산주의 실험이 끝난 지금은 실현 불가능한 이상주의일 뿐이다.

청풍 아저씨의 삶은 영화보다 극적이었다. 나는 그 이야기를 들으며, 소년병이 된 중학생의 슬픔과, 인간 본성의 이기심과 이상 사이에서 흔들린 한 시대의 그림자를 느꼈다. 그리고 다시 한번 묻는다. "우리는 무엇을 위해 믿고, 누구를 위해 희생하는가?"

지워지지 않은
상처로 남은 존재

우리 집은 모두 아홉 남매였다. 세 누님이 먼저 태어나고, 그다음에 내가 태어났다. 나는 부모님이 기다리고 기다리던 아들이었고, 그래서인지 어릴 적부터 특별 대우를 받으며 자랐다. 기대가 큰 만큼 엄격함도 따랐다. 나는 사랑받는 동시에 아버지께 맞기도 했다.

그러던 어느 날, 또 한 명의 아들이 태어났다. 그러나 그는 세상의 문턱을 온전히 넘지 못한 채, 태어날 때부터 장애를 가지고 있었다. 그 존재는 우리 가족 모두에게 깊은 슬픔을 남겼고, 특히 나에게는 어릴 적부터 지워지지 않는 상처로 남았다.

아기였을 때, 내가 무심코 그를 밟았던 기억이 있다. 그 일이 내 동생의 장애와 관련이 있는 건 아닌지, 어린 나는 말 못 할 죄책감에 시달리곤 했다. 조금 더 자라서 학교에서 상을 타고 '똑똑한 아이'라는 소리를 들을 때면, '하나님이 집집마다 동일한 재능을 나눠 주는데 우리 형제들에게 나누어 주는 재능을 내가 너무 많이 받아 버려 동생의 몫이 줄어든 것이 아닐까?' 하는 생각에 마음이 무거웠다.

성인이 된 뒤에야 그가 앓던 것은 '몽고증'이라는 유전적 질환 때문이라는 것을 알게 되었다. 하지만 그 사실조차 나를 온전히 자유롭게 해 주진 못했다. 내 무의식은 이미 오래전부터 동생의 고통을 나의 것으로 삼고 있었던 것이다. 나는 생각했다. 언젠가 내가 결혼을 하게 되면, 동생과 함께 살아가겠다고. 혹시 아내가 그 삶을 받아들이지 못하면 어쩌지, 학력이나 조건을 떠나, 동생을 가족으로 품어 줄 수 있는 사람이어야 한다고 스스로에게 다짐하곤 했다.

그러나 내 동생은 결국 스무 살이 조금 넘은 나이에 조용히 세상을 떠났다. 태어난 후 단 한 번도 '사람다운 대접'을 받아 보지 못한 채, 그저 어딘가에 놓여 있는 존재처럼 살다가 그렇게 갔다. 남겨진 우리는 모두 가슴속에 상처 하나씩을 안게 되었다. 형제인 우리도 이런데, 부모님의 심정은 얼마나 고통스러웠을까. 이렇게 해도 이해할 수 없을 그 마음을, 지금도 조용히 떠올려 본다.

초등학교 1학년, 낯선 얼굴들과 함께 새로운 반에서 어울리기 시작했다. 그중 덩치 큰 남자아이가 있었는데, 이유도 없이 나를 때리곤 했다. 조용한 곳에서 맞는 건 참을 수 있어도, 문제는 항상 여자아이들 앞에서 때린다는 것이었다. 그건 정말 참을 수 없었다. 일대일로는 도저히 승산이 없었다.

그러던 어느 날, 나의 단짝 철이가 말했다. "우리 둘이 힘을 합쳐서 한번 엎어 버리자." 오, 듣던 중 가장 반가운 말이었다. 철이 역시 같은 이유로 고통받고 있었던 것이다. 우리는 작당했다. 작지만 강한 '폭력 조직'의 결성이었다.

철이가 먼저 그를 향해 덤볐고, 녀석이 철이에게 집중하는 순간, 나는 뒤에서 살짝 그의 머리를 건드렸다. 그는 나를 향해 돌아섰고, 이번엔 철이가 다시 그의 뒤통수를 툭 건드렸다. 몇 번의 반복 후 그는 상황의 심각성을 깨달았는지 갑자기 엉엉 울기 시작했다. 우리는 주먹 한 번 휘두르지 않고 승리했다.

그날 이후, 반에서 가장 무서웠던 아이는 순식간에 계급의 최하위로 내려갔다. 이 사건은 내게 하나의 신념을 심어 주었다. "혼자 힘으로 안 되면, 조직을 만들어서라도 정의를 실현하라." 이후 나는 수많은 '작은 조직'을 만들었다. 군대에서는 '갈말의 결맹', '도하의 결맹'을 결성했다. 어쩌면 나는 항상 나만의 작은 부족을 만들어 그 안에서 존재감을 키워 온 것인지도 모른다.

인류학자 마빈 해리스는 말했다. "인간은 자신이 1인자가 되기 위해 수없이 작은 사회를 만든다." 프란스 드 발의 『침팬지 정치』에서도 유사한 장면이 등장한다. 2인자와 3인자가 각각 1인자에게 도전했다가 모두 패했지만, 둘이 연합하자 결국 1인자를 끌어내리는 데 성공했다. 그 결과 새로운 1인자는 암컷과 교미할 기회도 늘고, 더 많은 먹이를 차지했다. 정치란, 권력이란, 어쩌면 침팬지에게서 시작된 것이다. 어린 시절, 내 야망의 기원도 어쩌면 거기서 비롯된 것 아닐까.

나는 장난이 심하고 떠들기를 좋아하는 학생이었다. 중학교 2학년 충주사범 병설중학교 때, 원한 맺혔던 일이 한 가지 생각난다. 담임 선생님이 학교 수업 분위기를 일신한다고 한 가지 투표를 제안했다. 반에서 수업 시간에 제일 많이 떠드는 아이를 투표로 선발한다는 것이다. 그리고 선발된 아이들은 손바닥을 자로 맞는 벌을 받았다.

나는 단연코 압도적인 표차로 일등을 했는데, 자로 손바닥을 맞는 것이 그다지 크게 아프지는 않았지만 기분이 몹시 나빴다. 이 불명예스러운 자리에 뽑히다니. 난 조용히해야겠다고 반성하기보다는, '아니, 공부 시간에 떠들건 말건 공부만 잘하면 됐지, 왜 때리고 난리야?' 하는 발칙한 생각밖에 들지 않았다.

정치적 타개책을 강구해야겠다고 생각했다. 학급 맨 앞줄에 앉는 이들은 대부분 다 떠드는 학생으로 낙인찍힌 손바닥 부대 대원들로, 나의 우군이었다. 그래서 그들 모두에게 투표 때 학교에서 하나도 떠들지 않고, 공부도 최상위권이고, 누가 봐도 모범생인 한 학생을 뽑자고 했다.

이번에는 당연히 그가 압도적 다수로 일등을 했다. 투표 결과를 본 담임 선생님은 경악을 금치 못하면서 "이거 이상한데?"라고 했다. 그러더니 그 제도를 없애 버리는 것이 아닌가. 내가 일등으로 뽑힐 때는 전혀 이상하지 않았다는 뜻이리라.

나는 항의하고 싶었다. 한 번 정한 일이고 투표를 했으면, 결과는 집행해야 하는 것 아닌가! 악법도 법이라 했는데! 떠들지 않는 학생이 떠드는 학생이라 선발된다면, 그게 잘못 만들어진 악법이라는 걸 느끼고, 결과는 집행한 후에 폐기해야 하지 않나! 하지만 그냥 넘어갔다. 그래도 선거의 정당성을 훼손하기 위한 나의 조직 만들기 활동은 성공하지 않았나.

나중에 제천에서 제천서울병원을 개업했을 때, 그 모범생이 제천 검찰청에 있어 그와 늘 같이 어울리곤 했다. 그때 중학교 때 그를 제일 많이 떠드는 학생 투표에 뽑히도록 한 것이 나라고 이실직고했다. 우리 모두는 크게 웃었다.

좌절된
전교 수석의 꿈

제1장 웃음과 눈물의 서막

중학교 3학년이 되던 해, 내가 다니던 충주사범 병설 중학교는 폐교되면서 충주중학교로 통합되었다. 이전 학교에서는 1, 2학년에 농업 과목을 배웠지만, 충주중학교는 상업 과목을 중심으로 교육이 이루어지고 있었다.

과목이 바뀌자 혼란이 따랐고, 특히 수판을 놓는 특별한 방식을 배운 적이 없었기에 난감한 상황이 생겼다. "이일 천작 오." 같은 귀신 씨나락 까먹는 듯한 수판 공식들을 배운 모양인데, 나는 하나도 모르겠고, 배울 수도 없었다. 다행히 그런 수판 관련 내용은 시험 범위에서는 제외되어 곧 문제는 수면 아래로 가라앉았다.

초등학교 전학 때도, 중학교 폐교 후 통합 때도 수판 때문에 악몽을 경험해야 했다. 공부는 잘했다. 반에서는 항상 1등을 놓치지 않았고, 어느 순간부터는 전교 수석을 꿈꾸기 시작했다. 전교 수석을 위해 경쟁자들과 점수 차를 비교하며 하나하나 따져 가며 노력했다.

모든 시험이 끝났을 때, 나는 확신했다. 나의 경쟁자였던 그 떠드는 학생 투표에 당선시킨 모범생을 다섯 번의 시험 총점 합계에서 압도했던 것이다. 이번에는 그를 이겼다고, 드디어 내가 전교 1등이 되었다고 기뻐했다. 하지만 결과는 전교 3등이었다. 황당한 마음에 교무실로 찾아가 따져 물었다.

알고 보니 그 이유는 단순하면서도 허탈했다. 중간고사는 8과목, 기말고사는 10과목. 그런데 과목별 평균을 낸 후 그 총점으로 석차를 정하는 방식이기 때문이었다. 내가 일 년에 두 번뿐인 체육과 미술에서 낮은 점수를 받은 것이 화근이었다. 처음부터 그 과목들의 중요성을 알고 더 신경을 썼더라면, 내 이름이 전교 수석 명단에 올라갔을지도 모른다.

그 무렵에 또 하나의 사건이 있었다. 중학교 3학년 말, 아버지께서 농업은행(금융조합)에서 퇴직하시고 살미면에 있는 토지에 새 집을 짓기 시작한 것이다. 아버지의 퇴직은 박정희 장군의 군사쿠데타 때문이었는데, 세대교체의 명분을 내걸고 오래 다닌, 월급 많이 받는 직원들을 다 내쫓았다. 47세의 나이에 강제 퇴직을 당한 것이다. 우리 집의 비극은 이때부터 시작되었다.

아버지는 평생 문경새재의 숲에서 나오는 재목 중 가장 좋은 재목을 제재소에서 골라 우리 집 부엌 등에 보관해 두었다. 아버지는 언젠가 고향으로 돌아가서 멋진 집을 짓겠다는 생각을 하고 계셨던 것이다. 그 집짓는 풍경이 어린 내게는 너무나 흥미로웠다. 그래서 나는 점차 공부가 뒷전이되었고, 자주 현장에 나가 나무 기둥을 세우고 대들보를 놓는 모습을 구경하곤 했다. 그 때문에 결국 마지막 시험은 기대만큼의 성적을 내지 못했다. 그렇게 나의 중학교 시절, 조용히 품었던 전교 수석의 꿈은 완성되지 못한 채 한 편의 추억으로 남게 되었다.

살미에서의
새로운 시작

내가 고등학교에 진학하던 시절, 교육 정책은 지금과는 달랐다. 충청북도에서 중학교를 졸업한 학생은 반드시 도내 고등학교로 진학해야 한다는 제도가 시행 중이었기에, 나는 청주고등학교에 지원하게 되었다.

사실 그때까지만 해도 충주고등학교나 청주고등학교나 별반 차이가 없을 거라 생각했었다. 하지만 주변 어른들의 말을 듣고 보니, 두 학교의 평판은 생각보다 큰 차이가 있었고, 나는 조금이라도 더 좋은 교육을 받기 위해 청주고등학교를 택했다.

사실 마음 같아서는 서울로 가고 싶었다. 더 넓은 세계, 더 나은 학교, 더 큰 기회를 꿈꾸었다. 하지만 이미 아버지는 직장을 그만둔 상태였고, 우리 가족은 충주의 살미면이라는 시골 마을로 이사한 뒤였다. 넓은 농토는 있었지만, 실질적인 수입원은 거의 없었다. 서울 유학은 꿈조차 꿀 수 없는 상황이었다. 청주고등학교에 입학은 했지만, 나의 마음은 학교에 온전히 머물지 못했다. '별로다.' 하는 생각이 머릿속을 지배했고, 스스로 낙담한 채 학업에 집중하지 못했다.

그 무렵 살미에서의 생활이 시작되었다. 중학교 3학년 말, 마지막 학기 시험을 앞두고 우리는 새로운 집으로 이사했고, 나는 매일 버스를 타고 학교에 다녀야 했다. 이 변화는 공부에 더 큰 방해가 되었다.

새 집은 아직 미완의 공간이었다. 집에 우물이 없어 수십 미터 떨어진 샘에서 식수를 길어 와야 했고, 방마다 불을 지피려면 땔나무가 필요했다. 산골 깊숙이 들어앉은 살미에서의 생활은, 문명과는 거리가 먼 원시적인 생존의 연속이었다. 연료 사정도 넉넉지 않았다. 집은 좋은 재목으로 지은 멋진 한옥이었지만, 아궁이에 땔감을 때야 했다. 식구가 많아 땔감은 턱도 없이 부족했다. 처음으로 바로 앞에 있는 통미산에서 베고 남은 아카시아 줄기 그루터기를 도끼로 때려 지게로 지어 나르는 땔감 수집도 했다.

그동안 큰집에 모시던 할아버지 할머니까지 함께 우리 집으로 오셔서 식구가 더 늘었고, 생활은 팍팍해졌다. 미래에 대한 막연한 불안이 집안을 감쌌다. 그러나 그 어려움 속에서도 자연은 순수한 위안을 주었다. 집은 산자락에 가까이 붙어 있었고, 나는 겨울이면 밭으로 내려앉는 꿩들을 잡기 위해 덫을 놓는 놀이에 열중하곤 했다. 덫은 콩 한 알을 살짝 끼운 것으로, 콩만 보이도록 전체를 땅에 묻어 놓는 것이었다. 꿩이 그 콩을 쪼면, 덫의 스프링이 튀며 목이 걸려 잡히는 원리였다.

꿩들은 영리해서 좀처럼 쉽게 걸려들지 않았지만, 어느 날 덫에 한 마리가 걸렸다. 그 기쁨이 지금도 생생하다. 우리 가족은 생전 처음 꿩고기를 맛보았고, 나는 척박한 삶 속에서도 뿌듯함과 보람을 느낄 수 있었다. 살미에서의 생활은 고단했지만, 내 인생의 중요한 전환점이기도 했다. 학업의 좌절, 삶의 불편함, 그리고 자연과의 교감이 뒤섞인 그 시절은 결국 나를 성장시켰다.

그 무렵 우리는 한 마리 개를 키우기 시작했다. 잡종견이었지만 생김새는 제법 야무졌고, 우리는 그 개에게 '비호(飛虎)'라는 이름을 붙였다. 언젠가 우리 손으로 토끼와 노루를 사냥하리라는 부시맨 같은 꿈을 품고 있었기에, 그 개에게 거는 기대가 컸다.

하지만 비호는 혹독한 겨울을 제대로 견디지 못했다. 먹을 것이 턱없이 부족했던 탓에, 녀석은 다리에 병이 생겨 우리가 '짜구'라고 부르던 무릎을 제대로 펴지 못하고 기듯 걷는 상태가 되어 버렸다. 아마도 비타민D 결핍증이었을 것이다. 우리의 사냥 꿈은 그렇게 초반부터 좌절되었고, 비호는 더 이상 비호답지 못한, 안타까운 존재가 되었다.

그래도 한 가지 꿈은 이루었다. 나는 어릴 적 세 가지 꿈을 품고 있었는데, 첫 번째는 'Sun'이라 부르던 여자아이와 결혼하는 것이고, 두 번째는 뱀장어나 메기를 잡는 것, 세 번째는 꿩이나 토끼처럼 야생의 동물을 사냥해 보는 것이었다. 그중 하나, 꿩 사냥은 성공했다. 억지로라도 하나는 이룬 셈이었다. 어린 시절의 세 가지 꿈 중, 하나.

그렇게 그 겨울이 흘렀고, 나는 마침내 청주고등학교에 입학하게 되었다. 다행히 청주 시내에 살고 있던 작은아버지 댁에서 지낼 수 있었고, 그곳에서의 생활은 살미와는 또 다른 따뜻한 기억으로 내게 남았다.

그 집에는 나보다 한 달 늦게 태어난 동갑내기 사촌이 있었다. 두 살 아래 남동생, 그 아래 여동생, 또 한 명의 여동생, 그리고 막내 남동생까지, 여섯 명의 아이들이 북적였다. 사촌들과는 매일 웃고 떠들고, 밤이 새도록 이야기하며 어느새 피보다 진한 정을 나누는 사이가 되어 갔다. 그 덕에 사촌이 아니라 어느새 친형제가 되어 있었다.

작은어머니는 참으로 훌륭한 분이셨다. 여고를 졸업한 당대의 인텔리 여성이었고, 인자하고 공정한 성품을 지녔다. 자식들과 나를 구별하지 않고 똑같이 대해 주셨고, 나는 그 따뜻한 품에서 큰 위로를 받았다. 세월이 흐른 뒤에도 그분께 대한 감사는 내 마음속에서 지워지지 않았다. 그렇게 유쾌하고 다정한 사람들 속에서 나는 청주에서의 고등학교 생활을 시작했지만, 즐거움이 많다는 것이 언제나 좋은 것만은 아니었다.

　학업에 집중하기엔 너무나 시끄럽고 유혹 많은 환경이었다. 그럼에도 불구하고 고등학교 1학년 첫 학기에는 수업료 면제를 받는 우대생이 되었고, 다음 학기엔 밀려나긴 했지만, 나름의 성과를 이루며 고등학교 생활의 첫 해를 마무리했다.

웃음과 눈물의 흰 가운

사냥개
이야기

제1장 웃음과 눈물의 서막

살미에서의 생활은 쉽지 않았다. 보유하고 있던 농토에서 농사를 짓기 시작했다. 하지만 농사를 지어 본 적도 없고 노동력도 제대로 갖추어지지 않은 상태에서 임금을 주고 노동자들을 부리니 이익이 남을 리 없었다. 나는 멀리 떨어져 학교를 다니니 잘 몰랐지만, 가족들은 빈곤과 강도 높은 노동에 시달렸다. 동생들의 학업마저도 위협을 받는 상황이었다.

짜구 병에 걸렸던 비호는 완전히 회복되어 건강하고 튼튼한 수컷 개로 성장했다. 그래서 비호를 데리고 겨울에는 토끼 사냥을 다닐 수 있게 되었다. 덕분에 간간히 산토끼 고기를 먹을 수 있었다. 덫으로 꿩을 잡는 것이 쉽지 않자, 우리는 청산가리를 이용해서 꿩을 잡았다. 맹독인 청산가리를 먹고 죽은 꿩을 인간이 먹을 수 있다는 것이 신기했다. 아무튼 우리는 청산가리를 이용한 꿩 사냥에 대대적 성공을 이루었다. 한꺼번에 몇 마리씩 잡이 꿩으로 만두를 빚어 시구들이 포식하기도 했다.

이에 더해 청주에 계신 둘째 작은아버지는 엽총을 사서 본격적 사냥을 시작했다. 둘째 작은아버지는 겨울이면 우리 집이 있는 살미로 와서 사냥을 했다. 또 꿀벌도 잘 기르셔서, 우리 집에 꿀벌 통을 여러 개 가져다 놓기도 했다. 겨울방학이 되면 아버지와 작은아버지, 나는 산토끼 사냥을 갔다.

점심으로 먹을 음식도 준비하지 않아서, 아침부터 저녁까지 굶은 채로 다녀야 했다. 경사가 50도가 넘는 산 여러 개를 넘는 강행군까지 이어 가면서. 꿩이나 토끼를 쉽게 잡지는 못했지만 작은아버지의 사격 솜씨가 늘어 가며 꿩을 사격해서 잡는 횟수가 늘어났다. 그래서 청산가리를 이용한 사냥은 하지 않게 되었다.

한번은 노루인지 고라니인지를 개가 하루 종일 따라갔다. 아마 마지막 지점에서 그 사냥감을 잡은 듯 온통 물에 젖은 개가 돌아왔고, 날이 저문 때라 다음 날 수색하러 갔다. 그곳에는 커다란 노루가 죽어 있었다. 그걸 온 식구들이 두고두고 먹고 이웃에 사는 친척들에게도 나누어 주었다.

어느새 우리 짜구 났던 비호는 훌륭한 사냥개로 성장했다. 이때 개들이 집안 식구들을 포함해 서열 속에서 산다는 것을 알았다. 잡아 온 노루를 무거워 들고 오다가 길바닥에 내려놓고 쉴 때는 사람들이 구경하러 모여들었다. 그런데 이 순하디순한 비호가 그때는 맹수가 되어 아무도 노루에 접근하지 못하게 으르렁거렸다고 한다. 집에 가져온 후에도 나와 아버지가 그 노루를 만질 때는 가만히 있지만, 내 어린 동생들이 만지면 가만두지 않고 으르렁거렸다. 즉, 비호는 우리 집에서 자신이 서열 세 번째라고 생각하고 있는 것 같았다.

이후 우리 집은 몇십 년 후까지 사냥개를 여러 마리 길렀다. 그 개들의 이름은 언제나 거의 같았다. 암캐는 캐리, 왕호, 짖는 캐리. 수캐 한 마리는 왕길이 등등. 수십 년 동안 많은 개들과 함께했고, 무수한 사냥 일화를 만들었다. 비호가 있던 때, 청주 작은아버지가 암컷 진돗개 한 마리를 데려와 기르기 시작했다. 겨울방학이 되면 언제나 개들을 데리고 사냥을 가곤 했다. 나는 주말에 집에 올 때마다 아버지와 밤을 새워 가며 사냥 일화에 관해 이야기꽃을 피웠다. 겨울방학에는 직접 사냥에도 참여했다.

진돗개가 다른 개들과 교미해 진돗개를 낳았다. 그렇게 암컷 진돗개가 세 마리가 되었고, 이들의 발정기가 같아서 거의 비슷한 시기에 새끼를 낳았다. 그래서 하루아침에 개가 수십 마리로 늘어나는 대참사가 반복되곤 했다. 그리고 내가 군의관 시절에 집에 데려다 둔 삐삐라는 개가 있었다. 암컷 개들 중 나이가 제일 많았다. 덩치는 작지만 가장 어른인 삐삐가 낳은 새끼들이 다 죽고, 진돗개들이 낳은 강아지들은 많이 있었다. 그래서 삐삐를 불쌍하게 여긴 어머니가, 강아지 한 마리를 삐삐에게 입양시켜 주었다. 그런데 그 한 마리로는 성에 차지 않았는지, 삐삐는 다른 암캐의 집에 들어가 강아지 한 마리를 더 훔쳐서 물고 나왔다. 그러다가 그 암캐와 싸움이 붙기도 했다. 어느 날은 다른 진돗개가 새끼를 낳았는데, 삐삐가 그 개를 몰아내고 들어가 앉아 강아지들에게 나오지도 않는 제 젖을 물리기도 했다. 개들의 모성애 또한 사람 못지않다는 걸 보았다.

개들의 성격도 가지가지여서, 어떤 녀석은 산토끼를 사냥할 때 짖으면서 계속 따라갔다. 캐리라는 암컷 잡종 진돗개였다. 사냥 다닐 때는 이 짖는 성격 때문에 편리했다. 짐승은 순식간에 시야에서 사라져서 어느 곳으로 가고 있는지 가늠하기 어려운데, 캐리가 짖으며 따라갔기에 위치를 파악하기 좋았다. 나중에 개에 관한 책에 보니, 영국에서 여우를 사냥하는 하운드 종이 따라가면서 짖는다고 한다. 이 아이에게도 어디선가 하운드의 피가 흘들어간 건 아닐까.

나의 부재중 연풍에서
생긴 일들

나는 초등학교 5학년 5월에 충주로 전학을 갔기에, 그 이후에 연풍에서 벌어진 일들은 잘 몰랐다. 이 이야기는 수십 년이 흐른 뒤, Sun으로부터 전해들은 것이다. 5학년이 된 Sun은 여전히 사람들의 주목을 받았고, 담임 선생님은 유독 그를 예뻐했다고 한다. 그 선생님은 음악을 좋아해서 수업 중에도 음악을 자주 들려주고, 아이들을 자습하게 한 뒤에는 학교 옆 사택에서 혼자 음악 감상을 하곤 했다고 한다.

비가 많이 오던 날, Sun은 우산 없이 등교하다가 옷이 흠뻑 젖어 버렸다. 이를 본 선생님은 Sun을 자신의 사택으로 데려갔고, 젖은 옷 문제를 해결해 주려 했던 것 같다. 그때 그 학급의 반장이며 노래와 공부, 운동까지 잘하던 아이가 선생님을 찾아 선생님 댁으로 왔다고 한다. Sun은 그 아이에게 들키기 싫어 집 안에 있는 커다란 독 뒤에 숨었다고 했다.

이 일이 있었던 바로 그날인지, 혹은 시간이 조금 지난 후인지 정확하지는 않지만, 결국 그 반장은 담임 선생님께 대들었다고 한다. 이유는 알려지지 않았지만, 어린 마음에 품었던 질투나 혼란 때문이었을지도. 반장은 "선생님은 왜 수업을 안 하시고, 맨날 자습시키고 사택에 가십니까?" 하며 대들었단다. 당시 학생들이 이 일을 두고 이런저런 소문을 나눴지만, 진실이 무엇이었는지는 알 수 없었다. 다만, Sun은 지금까지도 그날 젖은 옷을 입고 선생님 댁에서 있었던 일을 조심스럽게 회상하곤 했다.

선생님께 대든다는 것은 당시로서는 상상도 할 수 없는 일이었다. 진실은 아무도 모르지만, 그가 선생님께 대든 것이 그 선생님이 흠뻑 젖은 Sun을 자기 집으로 데리고 갔다는 이야기 후에 나왔으므로, 그와 관련이 있지 않을까 추측할 뿐이었다. 아무튼 신과 같은 선생님께 반장이 대들었으니, 군사부일체를 부르짖는 대한민국에서는 죽어 마땅한 죄에 해당 될 것이다. 격노한 선생님은 이 반장을 때렸고(당시에는 교사가 학생을 때리는 것이 일상화되어 있었다), 교무회의에 회부 퇴학시켜야 한다고 역설했다.

그러나 반장은 전교 1등에 다재다능하며, 인품 또한 나무랄 데 없는 모범생이라, 다른 선생님들은 퇴학이라니 말도 안 되는 일이라 여겼다. 그래서 퇴학은 보류되었다. 그 이후에는 무슨 일이 있었는지는 모른다. 초등학교를 졸업하고 Sun은 연풍중학교에 입학해서 그 반장과 함께 학교를 다녔다고 한다.

하루는 Sun이 하교 후 집에 돌아 왔을 때였다. 그의 가방에서 어머니가 편지를 하나를 발견했는데, 그 편지는 그 반장이 써서 슬그머니 넣어 둔 것이었다. Sun은 보지도 못한 상태에서 어머니가 먼저 보고 말았다. 편지에 뭐라고 적혀 있는지는 물어보지 않아서 모르지만, 그게 연애편지였던 모양인지 Sun은 어머니에게 흠씬 두들겨 맞았다 한다. 편지도 보지 못하고 죽도록 맞기만 했다는 것이다. 그 후에 그 반장과 어떤 이야기가 전개되었는지는 듣지 못해 더는 알지 못한다. 나도 물어보지 않았다.

행운,
그리고 사춘기의 뒤늦은 방황

나는 고등학교 2학년이 되자, 학업을 위해 그 즐겁고 단란한 작은아버지 댁을 나와 중학교 3학년이 된 여동생과 자취를 시작했다. 학교와 가까운 허름한 농가에 방 하나를 구해 한 해를 보내며 전력을 다해 학업에 매진했다. 덕분에 성적도 많이 올랐다.

학급에는 간발의 차이로 나보다 우수한 학생이 한 명 있었다. 나는 영어 시험에서 그를 따라잡으려고 책을 다 외운 뒤 시험을 쳤다. 그렇게 만점을 받았다. 그가 받은 점수는 99점. 처음으로 영어에서 그를 따라잡은 듯했다. 수학은 물론 내가 한 수 위였다. 그러나 전체적으로는 그에게 약간 밀려 반수석이 어려운 상황이었으나 내게 한 번의 행운이 미소짓는 일이 벌어졌다.

중학교 3학년 체육 수업 시간에 거꾸로 서는 것을 했는데, 해 보니 잘 안 되었다. 다른 친구 하나는 잘하는데, 나는 잘 안 되는 것이 기분 나빠서 매일 거꾸로 서기 연습을 했다. 그렇게 3년을 연습했더니 결국 거꾸로 서기를 발군의 실력으로 할 수 있게 되었다. 고등학교 2학년 기말고사를 볼 때 체육 시험을 보는데, 선생님께서 운동장에 금을 여러 개 차례로 긋기 시작하더니 오늘은 체육 시험을 보는데 거꾸로 서기를 해서 제일 먼 곳에 있는 금을 넘으면 '수' 그다음은 '우' 그다음은 '미'로 성적을 정한다고 했다.

'아니, 이게 웬 떡인가?' 나는 거꾸로 서서 수를 표시하는 금을 넘어서 계속 거꾸로 서서 걸어갔다. 선생님이 이제 그만 가도 된다고 해도 계속 잘난 척하면서 더 갔다. 이렇게 해서 나는 체육 과목에서도 '수'를 맞았다. 그렇게 체육 시험에서 발군의 실력으로 차점자를 멀리 따돌린 나는 반 수석으로 고등학교 2학년을 마무리했다.

겨울방학이 되었다. 대학 입시를 위해 피치를 올리기 위해 고향집으로 내려와서 당시 우리 집에 와 계시던 할아버지 방에서 보냈다. 방학 동안 오후 8시에 잠자리에 들고 밤 12시에 일어나고, 다음 날 낮에 졸리더라도 눕지 않고 공부 계속하기라는 목표를 내걸었다.

이렇게 하면 건강에 문제가 생길 것 같아 운동도 많이 해야겠다고 생각해 가늘고 긴 나무들을 잘라 평행봉을 만들었다. 낮에는 두 시간 정도 공부하고 10분 정도 쉬는데, 쉬는 시간에 평행봉을 했다. 두 시간에 10분 정도이니, 하루가 지나면 평행봉 운동을 하는 시간만 해도 몇십 분이 되는 셈이어서 운동량이 적지 않았다. 낮에 졸리면 눕지 않기로 한 목표 때문에 책상에 엎드려서 잠시 눈을 붙이는 것으로 버텼다.

그런데 어느 날 방에 굴러다니는 얇은 책이 있기에 들여다보았다. 괴테의 『젊은 베르테르의 슬픔』, 앙드레 지드의 『전원교향악』이라는 책의 다이제스트 판이었다. 처음 몇 페이지를 보니 너무 재미있고 감동스러워 아까운 공부 시간이지만 하루를 이 책들을 읽는 데 다 써 버리고 말았다. 나는 젊은 피에 이 책들을 읽으면서 끓어오르는 듯한 감동을 느꼈다. '세상에 이렇게 대단한 이야기들을 쓴 책들이 있구나.' '이런 식으로 인생이 전개되기도 하는구나.' '이렇게 괴로운 일들도 생기는구나.' 그런 생각들을 했다.

그렇게 거의 두 달 동안의 겨울방학을 아주 알차게 보냈다. 내 인생에서 가장 성실하게 보낸 방학이었다. 물론 아주 가끔 아버지를 따라 토끼 사냥을 다녀오기도 했다. 더 자주 가고 싶었지만 시간이 너무 아까워서 그렇게 할 수는 없었다. 이렇게 겨울방학이 끝났다.

고등학교 3학년, 나는 생물과 화학을 공부하는 의대 반이 되었다. 그리고 반장으로 임명되어 가슴에 멋진 반장 배지를 달고 다닐 수 있게 되었다. 당시 우리 고등학교는 충청북도 최고의 명문 고등학교였고, 서울대에 몇 명 들어가느냐 하는 것에 도민들의 관심이 많았다. 청주고등학교 교장 선생님은 충청북도 내에서 어떤 선생님이든 자기가 선택하기만 하면 바로 청주고등학교로 불러들일 수 있는 특권을 부여받았다. 대신 청주고등학교의 서울대 진학률이 떨어지면 교장 선생님이 책임을 져야 하는 시스템이었다. 그래서 교장 선생님은 학생들이 공부를 더 잘하게 만들기 위한 노력을 경주하고 있었다.

교장 선생님 생각은 가장 공부를 잘하는 학생을 반장으로 임명해서 사기를 북돋으려 했다. 공부하는 분위기로 반을 몰아가기 위한 좋은 정책이라 생각했을 것이다. 하지만 교장 선생님의 이 기발한 정책이 내게 대재앙을 불러오리라고는 아무도 생각지 못했을 것이다. 당시 청주는 대도시는 아니었다. 게다가 청주 시민들도 청주고등학교에 관심이 많았다. 그러니까 내가 가슴에 달고 다니는 반장 배지는, 공부를 잘하는 학생 또는 서울대 입학이 거의 확실시된 유망한 학생을 뜻하는 것이었다.

나는 동갑내기인 사촌과 교회에도 가끔 가고, 또 사촌과 공부한답시고 시립도서관에 가기도 했다. 거기에는 남녀 고등학생들이 함께 섞여 앉아서 공부를 하고 있었다. 말하자면, 여학생 구경을 하기 위해 시립도서관을 간 것이었다. 내가 가슴에 달고 있는 배지의 위력을 잘 아는 여학생들이 가끔 공부하다 모르는 것을 물으러 내게 왔다.

한참 젊은 피가 끓을 나이. 여학생들과 말 한번 해 볼 기회도 없던 나는 내 옆에 바짝 붙어서 향기로운 화장품 냄새를 풍기는 여학생이 모르는 것을 물으러 오면 온몸의 피가 거꾸로 흐르는 흥분을 느꼈다. 당연히 공부가 제대로 될 리가 없었다. 그렇게 이곳저곳 다니고, 가끔 친구들이 모여 마시는 막걸리도 한 잔씩 먹고, 담배도 한 대 얻어 피우며, 점점 학업과는 거리가 멀어져 가고 있었다.

겨울방학 동안의 엄청난 공부 덕에 3학년이 되자마자 치른 모의고사 결과는 전교 7등이었다. 서울대 입학 안정권이라 할 수 있는 상태. 하지만 점점 허술한 사춘기 관리로 나는 무너지기 시작했다. 두 번째 모의고사는 전교 9등, 그다음 모의고사는 전교 17등으로 떨어졌다. 그렇게 한 번도 내려가 본 적이 없는 석차까지 떨어지고 말았다. 그러면 다시 반성하고 자세를 가다듬어야 했는데, 절망감과 함께 자포자기 상태에 돌입했다.

결국 이렇게 가장 중요한 시기, 고등학교 3년 때 허무하게 시간을 낭비해서 서울대 입학이 불가능할 정도가 되었다. 나는 이렇게 망가지고 말았다. 학교 성적은 전교 14등으로 아주 나쁘지는 않았으나, 실력은 이에 미치지 못함을 나는 잘 알고 있었다. 그렇게 나는 실패의 나락으로 떨어지며 자신감을 상실하고 열등감에 시달리는 학생이 되어 버렸다.

행복과 불행의 교차,
영원한 것은 없다

나는 서울의대 시험에서 보기 좋게 떨어진 후 한양대 화공과에 입학했다. 마음에 들지 않았다. 게다가 물리를 배운 적이 없어 수업을 따라갈 수도 없었다. 한양대에 들어간 후, 어느 날 수소문 끝에 Sun의 전화번호를 얻게 되었다. 그렇게 그녀를 만날 수 있었다. 당시 전화는 흔하지 않았고, 우리 집에도 전화가 없었다. 그래서 나는 그녀에게 벌벌 떨며 처음으로 전화를 걸었다.

나 Dragon인데 기억하느냐고 물으니 10년 동안 본 적이 없었지만 기억한다고 했다. 그래서 만나자고 하니, 왜 만나려 하느냐고 묻는다. 당황했지만, 솔직하게 보고 싶어서 그런다고 말해 버렸다. 그렇게 한두 번 데이트를 할 수 있게 됐다. 원하던 대학교에 들어가지 못했지만, 내가 평생을 꿈꿔온 일이 너무 쉽게 이루어진 듯해 행복했다.

몇 번 안 되는 데이트 기간 중 하루는, 저녁 무렵 그녀와 함께 서울 시내를 걷고 있었다. 달도 밝고, 바람도 선선한 날이었다. 그런 평화로운 밤, 갑자기 몇 명의 아저씨들이 다가와 "너희들, 이리 와 봐라." 하고 말했다. 순간 당황했다. 알고 보니 학생지도를 나온 교사들이었다. 당시에는 교사들이 직접 밤거리를 돌아다니며 청소년들을 단속하곤 했다.

그들이 왜 밤에 돌아다니냐고 물었다. 우리를 고등학생으로 오인했던 것이다. 나는 어리둥절하면서도, "저 대학생인데요."라고 말했다. 그녀도 얼떨결에 "저도 대학생이에요."라고 덧붙였다. 그러자 그들이 "너희들이 대학생이라고?" 하며 의심스러운 눈초리를 보내왔다.

우리는 각자 학생증을 꺼내 보여 주었고, 그제야 "아, 건대생과 한양대생이 데이트 하는거야?" 하며 웃더니, "그래도 늦게 다니지 말고 일찍 들어가거라." 하는 말을 남기고 떠났다.

그들이 멀어지자 그녀는 갑자기 얼굴을 찌푸리며 말했다. "나는 저런 사람들 싫어. 경찰 같은 사람들." 의외의 반응이었다. 이유를 묻자 그녀는 조심스럽게 자신의 어린 시절 이야기를 꺼냈다. 어릴 적, 그녀의 삼촌은 6.25전쟁 직후 공산군이 물러간 뒤에 부역자로 지목되어 국군을 피해 마을 뒷산의 동굴에 숨어 지내고 있었단다. 하지만 국군과 경찰은 끈질기게 그녀의 가족을 추궁했고, 매일 집에 들이닥쳐 "삼촌이 어디 있느냐?" 하고 다그치며 가족들을 마구잡이로 폭행했다고 했다.

"하루는 할머니가 제대로 대답하지 않는다고, 군인이 할머니를 발길질로 걷어찼어. 나는 그때 할머니 등에 업혀 있었는데, 그 발길질에 내가 맞았고, 무서워서 울기만 했어…." 그녀의 목소리는 떨리고 있었다. 며칠이 지나 마침내 국군은 마을 뒤 동굴에 숨어 있던 삼촌을 찾아냈고, 동굴 안에 화염방사기를 쐈다고 했다. "삼촌은 그렇게 타 죽었고, 그 시신을 우리 집 마당으로 가져왔어. 진짜 구워진 통닭처럼… 시커멓게 타 버린 삼촌을 나는 직접 봤어."

그녀는 그 기억을 떠올리는 것만으로도 고통스러워하는 눈치였다. 나는 아무 말도 할 수 없었다. 그저 침묵 속에서 그 말들을 되새길 뿐이었다. 그녀의 기억 속에 각인된 동족상잔의 비극은, 단지 교과서 속의 전쟁이 아닌, 그녀와 그녀의 가족 모두에게 깊숙이 뿌리내린 고통이었다.

그렇게 몇 번의 짧은 데이트를 하며, 나는 삶에서 처음으로 희미한 빛을 본 것 같았다. 그러나 그 빛은 오래 가지 않았다. 현실은 여전히 나를 조여 왔다. 후기대학이라는 이름, 공과대학이라는 적성에 맞지 않는 분야, 그리고 고등학교 시절 물리학을 공부하지 않아 아무것도 알아들을 수 없는 강의실. 나의 하루하루는 실패와 무력감의 연속이었다. 마음은 점점 더 움츠러들었고, 자신감은 바닥을 쳤다.

그러던 어느 날, 데이트 중 그녀가 말했다. "우리 과장님이 전축을 사 주겠대." 전축. 그 시절에는 값비싼 사치품이었다. 한참 동안 말을 잇지 못했다. 어린 나이였지만, 그녀를 예뻐하는 과장의 의도가 단순히 호의만은 아니라는 정도는 눈치챌 수 있었다. 하지만 전축을 받는다는 건, 어쩌면 그에 대한 어떤 '대가'를 치러야 할지도 모른다는 생각까지는 명확히 정리되지 않았다. 지금으로 말하면 자기 부하 여직원에게 자동차를 한 대 사 주겠다고 말하는 것에 비길 만한 일이었다.

그녀는 담담하게 말을 이었다. "남자들은 다 이상해." 그 말에 나는 어처구니없는 질문을 던졌다. "나도 이상해?" 그녀는 아주 간단하게 대답했다. "응, 너도 이상하지." 불쑥, 가슴이 철렁 내려앉았다. "내가 뭐가 이상한데?" 말이 오가며 싸움이 되었고, 결국 그날의 만남은 어색한 침묵과 무거운 감정 속에서 끝났다.

나는 그날 밤, 어릴 적부터 간직해 온 꿈이 그렇게 허무하게 끝나리라고는 상상조차 못 했다. 온 마음을 다해 바라던 사람이, 그렇게 내 곁에서 스르륵 멀어져 가고 있었다. 집으로 돌아와 동갑내기 사촌에게 모든 이야기를 털어놓았다. 책을 많이 읽는 그 사촌은 나보다 연애나 사람 마음에 대해 훨씬 많이 아는 것처럼 보였다.

"그건 말이지, 형을 차려고 그러는 거야 먼저 차 버리라고." 그는 말했다. "차이는 것보다는 차는 게 나아. 자존심이라도 지켜야지." 지금 생각하

웃음과 눈물의 흰 가운

면 유치한 말이었지만 그때 나는 그 말을 진심으로 받아들였다. 뭔가 행동을 해야 할 것 같았고, 내가 먼저 정리하지 않으면 더 상처받을 것만 같았다.

그래서 나는 생애 처음으로 편지를 썼다. 그것도 내 오랜 꿈이자 첫사랑이었던 그녀에게. 편지의 내용은 지금은 다 기억나지 않는다. 하지만 한 문장은 또렷하게 기억난다. "내가 만난 너는, 내가 평생 꿈꿔 온 그 너는 아니었던 것 같아."라고 했던 듯하다. 그다음은 기억에 없다. 다만 몇십 년 후 그녀가 말하기를, 내 편지를 보고 문학을 해도 되겠다고 생각했다고 한다. 편지가 꽤 괜찮았던 모양이다.

며칠 후, 그녀로부터 답장이 도착했다. 그녀의 편지에는 "차라리 만나지 않고 너의 기억 속에 아름답게 남아 있었으면 더 좋았을 것"이라 했다. 나로서는 아직까지도 가슴을 아리게 하는 문구라 할 만하다

그 편지는 내가 평생 여성에게 받아 본 두 통의 편지 중 첫 번째였다. 보물처럼 간직하고 있었는데 언제부터인지 모르게 보이지 않게 되었다. 두 통 중 또 한 통은 아내가 수술을 받고 친정에서 회복하던 시기에 아내가 쓴 편지였다.

이렇게 Sun과의 짧은 데이트가 끝나자 나는 존재해야 하는 마지막 이유마저 상실해 버렸다. 중간고사마저 형편없이 봐서 낙제하게 생긴 상황에 이런 일까지 당하니, 나는 그냥 온 세상을 파괴하고 싶은 생각밖에 들지 않았디.

나는 우선 한양대에 다니는 것부터 파괴하고 싶었다. 같은 과에는 고등학교 동기이자 서울의대에 같이 떨어진 동료가 있었는데, 나는 이 친구에게 "야, 이 학교 그만두자."라고 말했다. 그런데 그 친구가 예상과 달리 바로 "그러자!"라고 말하는 것이었다. 좀 놀랐다. 그렇게 바로 나는 휴학해 버렸다.

그 후에 당시 제일 좋은 재수학원에 편입 시험을 봤는데, 그 시험에도 떨어졌다. 그날 이 세상의 바닥보다 더 깊은 곳으로 추락한 듯했다. 자존감은 흙바닥 아래, 지하실 한 귀퉁이까지 내려갔다. 모든 것이 부질없게 느껴졌다. 그래도 집에만 있을 수는 없어 가까운 사립도서관을 찾았다. 이제부터라도 다시 시작하자는 마음이었다. 비록 6월이 지나 이미 반년을 흘려보낸 시점이었지만, 나는 묵묵히 책상 앞에 앉았다. 늦었지만, 늦은 대로 걸어가기로 했다.

어느 날, 도서관에서 낯익은 얼굴을 마주했다. 중학교는 나보다 한 해 선배였고, 고등학교는 동기였던 사람. 사범병설중을 수석으로 졸업했으나 집안 형편이 어려워 고등학교를 중도에 그만두고, 강원도 탄광에서 막일을 했다는 소문이 돌던 친구. 고등학교 1학년 때 전교 2등을 할 만큼 2학년이 되면서 존재가 흐려졌고, 3학년엔 자취를 감췄다. 그는 늘 빛바랜 군복 바지를 입고 고무신을 신었다. 가끔 나에게 수학 문제를 물으러 왔는데, 나는 그가 자질은 우수하나 기본기가 너무 부족해 서울대 입시는 무리라고 속으로 생각하곤 했다.

도서관 생활이 한참 무르익던 어느 날, 다른 학생들이 나를 불러 뒷마당으로 데려갔다. 거기에는 내 친구이자 선배인 그가 입술 옆이 찢어진 채서 있었다. 도서관에 있던 책 한 권이 없어졌는데, 책이 없어진 시간대에 고무신을 신은 누군가가 도서관에 들어왔다 나갔단다. 그래서 그가 유력한 용의자로 지목되었다.

"어제 그 친구와 몇 시에 만났지?"하고 누군가 캐물었다. 나는 상황을 대충 짐작했다. 그에게 화가 돌아가는 걸 막고 싶었다. 그래서 그와 말을 맞춰 가며 답했다. 그러자 그들 중 하나가 불쾌한 듯 말했다. "너, 친구 편드는 거냐?" 나는 짧게, 단호하게 말했다. "팔이 안으로 굽지, 밖으로 굽냐?"

그 말이 떨어지기 무섭게, 내 턱을 향해 주먹이 날아왔다. 순간 아찔함이 몰려왔고, 나는 도망쳤다. 하지만 오래 가지 못했다. 곧 붙잡혀 버렸고, 소리를 고래고래 질렀다. 그 소리에 도서관 관리인이 뛰어나왔다. 그는 사법고시를 준비한다며 도서관 한쪽을 지키던 이였다. 그가 나서서 상황을 제지했다.

그 아이들은 모두 서울의 명문고 학생들이었다. "책값만 물어주면 없던 일로 하겠다."라는 그들의 제안에, 나는 친구에게 말했다. "책값 반반 내자. 그냥 끝내자." 하지만 그는 고개를 저었다. "내가 안 가져갔는데, 왜 그래야 해?" 결국 우리는 경찰서로 향했다. 폭행을 문제 삼은 것이었다. 경찰이 오자, 그들도 점차 뒤로 물러났다. 우리는 도둑으로 몰린 것이 억울했지만, 도서관에서 공부를 계속해야 했기에 더는 문제 삼지 않았다.

며칠 후, 도서관 책상에서 꾸벅 졸고 일어난 나는 오른팔에 뜨끔한 통증을 느꼈다. 뭔가에 쏘인 듯 부풀어 있었고, 따갑고 가려웠다. '벌인가?' 싶었지만, 도서관 안에서 벌에 쏘인다는 건 이상한 일이었다. 며칠이 지나고 나서야 그 정체가 드러났다. 집에 이상한 물림 자국이 생기고, 심하게 가려웠다. 바로 '빈대'였다. 도서관에서 집으로 옮아온 그 벌레는 온 집안을 아수라장으로 만들었다. 살충제를 써도 죽지 않았다. 밤이면 찾아오는 공포였다. 결국 우리는 훈연 살충제를 피워 집 안을 소독했고, 그렇게 빈대의 저주에서 벗어날 수 있었다.

그렇게 시간이 흘러 9월이 되었고, 나는 본격적으로 입시학원에 등록했다. 그 학원 원장은 그야말로 돈 많은 거물급이었다. 경기고 출신 선생님들이 대거 스카우트되어 강의했고, 그 선생님들을 따라 학생들도 우르르 몰려들었다. 명문고생들 사이에서 나는 숨죽이며 공부했다. 들리는 말로는 당시로서는 소유하기 힘든 자동차를 굴릴 수 있는 돈을 주었다 한다.

입시 때가 되어 선생님에게 입시 상담을 했다. 성적 상담 결과는 '해 볼 만하다.'라는 것이었다. 나는 스스로 확신을 갖지는 못했다. 결과는 또 불합격이었다. 대신, 2지망으로 써 둔 서울대 천문기상학과에 합격했다. 반면, 그 수학 기초가 부족하던 선배이자 친구는 기적처럼 서울대 정치학과에 붙었다. 마지막 스퍼트의 힘이었을까. 아니, 천재였을지도 모른다.

나는 실패했지만, 그래도 서울대라는 이름표 하나는 얻었다. 그 친구와 함께, 우리는 도서관을 다시 찾았다. 억울했던 그 책 도둑 사건의 현장. 우리는 사법고시 준비생이었던 그 도서관지기에게 인사를 건넸다. "덕분에 공부 잘했습니다." 말은 정중했지만, 그 속뜻은 달랐다. "그때 우리를 무시한 네가, 지금의 우리가 어떤지 봐라." 그는 우리가 떠날 때까지 아무 말도 하지 않았다.

그가 예전에 했던 말이 기억났다. "이곳에 오는 학생들은 다 서울 명문고 출신들이야." 그 '서울 명문고 출신'에 포함되지 않았던 우리는 결국 서울대에 들어갔고, 그 자리에서 그에게 조용한 복수를 남겼다. 하지만 이 재수는 '절반의 성공'이었다. 원하는 학과에는 가지 못했고, 물리가 주 전공인 천문기상학과는 나에게 벅찼다. 나는 결국 입학한 지 17일 만에 휴학계를 냈다. 그리고 다시 입시에 도전하기 위해, 공부를 시작했다.

천문기상학과에 합격은 했지만, 마음은 편치 않았다. 과는 내 적성과는 거리가 멀었고, 물리가 중심이 되는 이곳에서 나의 생존 가능성은 희박해 보였다. 그렇게 입학식을 치르고 며칠이 지났다. 정확히 3월 17일, 입학 후 열일곱 번째 날이었다. 나는 자퇴도 아니고, 중퇴도 아닌, '휴학'을 했다. 그렇게 또다시 입시라는 전장으로 되돌아가게 된다. 그 결정을 가능하게 한 데는 하나의 에피소드가 있었다.

그 이전 해 가을, 재수학원에서의 일이었다. 내가 앉던 자리의 옆자리에 경기고등학교 출신의 학생이 앉게 되었다. 경기고. 그 이름만으로도 나는 경기중학 때의 트라우마 때문에 위축되었고, 동시에 존경심마저 들었다. 그런 그가 내가 청주 출신이라는 말을 듣더니 슬며시 웃으며 말했다. "야, 나도 청주 출신이야. 청주중학교 나왔어."

의외였다. 무서운 경기고 출신이라 생각했던 그는 따뜻하고 수평적인 사람이었다. 우리는 금세 가까워졌다. 시험을 같이 보고, 채점도 서로 해 주며 점수를 비교하는 사이가 되었다. 그러던 어느 날, 모의고사 성적이 나왔다. 그의 성적표는 나보다 현저히 낮았다. '경기고라 해도 별거 없구나….' 마음속에 잔잔한 파문이 일었다.

나는 조심스럽게 그에게 물었다. "너 이거, 괜찮아? 입시 가능성은…?" 그는 담담하게 말했다. "영어, 수학, 국어… 다 필요 없더라. 선택과목에서 점수를 많이 받아야 해. 나는 지리를 선택했거든. 점수가 잘 나와." 그의 말은 흘러가는 대화의 조각처럼 들렸지만, 그 속에는 무언가 날카로운 전략이 숨어 있었다. 나는 그걸 간파하지 못했다.

그리고 시간이 흘러, 입시 결과가 나왔다. 나는 결국 서울대 의대에 불합격했고, 2지망이었던 천문기상학과에 합격했다. 만족하지는 않았지만 포기할 이유도 없었다. 그저 '그 정도면 선방했다.'라는 말로 스스로를 다독일 뿐이었다.

그런데 놀라운 일이 벌어졌다. 바로 그 경기고에서 온 청주 출신의 친구가 서울의대에 당당히 합격한 것이었다. 나는 할 말을 잃었다. 어떻게 나보다 모의고사 성적이 한참이나 낮았던 그가 의대에 붙을 수 있었을까? 그 순간 그가 말했던 그 문장이 다시 떠올랐다. "선택과목에서 점수를 많이 받아야 해. 난 지리를 선택했거든." 이 말은 단순한 전략이 아니라 현실 그 자체였다.

나는 깨달았다. 입시에서 중요한 건 실력만이 아니라는 걸. 전략도 실력이라는 걸. 그리고 동시에 '그가 붙을 수 있는 학교라면 나도 붙을 수 있다.'는 희미하지만 또렷한 자신감이 내 안에 자라나기 시작했다. 그래서 나는 결심했다. 서울대 천문학과 등록증을 뒤로한 채, 다시 시작하자고. 하루라도 빨리, 지금 이 자신감을 불씨 삼아 입시를 다시 붙잡아야겠다고.

열일곱 번째 날의 휴학, 그건 포기가 아니었다. 진짜 전쟁을 위한, 조용한 출정식이었다. 두 번의 시험에서 나는 두 번 다 작문을 쓰지 않고 백지로 냈는데, 나중에 쓰려고 하다가 시간이 모자라 못 쓴 것이다. 작문은 괴발개발 써도 쓰기만 하면 3점이고 5점이고 딸 수 있고, 잘 쓰면 10점인데, 안 쓰면 0점이란다. 그러니 작문 안 쓰는 사람은 천하의 바보라고, 학원에서 삼수를 할 때 알려 주었다. 작문만 썼으면 두 번째에도 가능했을지 모른다는 아쉬움도 없지 않았다.

삼수생의 삶은 바다처럼 요동쳤다. 나는 그 파도에 휘청이면서도, 미련이라는 닻을 내리지 못했다. 첫사랑인지 짝사랑인지 모를 그 감정의 찌꺼기가 마음 한구석에 껴 있었고, 나는 또 한 번, 오직 바보만이 할 수 있는 시도를 감행했다.

그 무렵, 같은 동네에 새로운 친구가 생겼다. 사촌의 학원 동기였던 그는 체격이 크지도 않았지만, 용감한 성격으로 사촌의 마음을 단숨에 사로잡았다. 야유회 날, 학원에서 짓궂은 남학생들이 여학생들을 괴롭히자, 그가 수통을 빼 들고 외쳤단다. "한 번만 더 그러면 죽여 버린다." 모두 조용해졌다고 했다. 그 말 한마디에 사촌은 완전히 반해 버렸다.

나는 그와 가까워졌고, 그에게 첫사랑 이야기를 털어놓았다. 그는 단순하게 말했다. "그럼 직접 회사로 찾아가서 말해 봐." 처음엔 말도 안 되는 이야기라고 생각했다. 하지만 마음 한구석에서는 정말 바보 같은 용기가

웃음과 눈물의 흰 가운

피어올랐고, 결국 나는 그녀가 다니는 회사로 찾아갔다.

그녀는 놀라면서도 불편해했다. 가까운 학교 근처 카페로 나를 불러냈고, 그곳에서 말했다. "너, 나한테 얼마나 많은 문제를 일으키는지 알아?" 그 말 한마디에, 나는 자존감이라는 것이 정말 지하실도 아닌 지하 2층으로 꺼져 버리는 느낌을 받았다. 그날 밤 나는 다시는 이런 바보 같은 짓은 하지 않겠다고 맹세했다. 미련은 완전히 접지는 못했지만, 적어도 마음속 어디론가 치워 놓을 수는 있었다. 그렇게 나는 세 번째로 서울의대에 도전할 것을 결심했다.

학원에 다니기 시작하자 성적은 눈에 띄게 좋아졌다. 전년도에 4개월 넘게 다녔던 덕분이었는지, 아니면 실력이 정말 쌓인 것인지 알 수 없었지만, 학원에서 5등 안에 드는 이과생에게는 학원비가 전액 면제되었고, 나는 그중 하나가 되었다. 자연히 학원에서 '존경받는 학생'이 되었고, 자리 특혜도 있어 앞자리, 그것도 여학생들 옆자리에 앉게 되었다.

물론, 사춘기의 흔들림은 완전히 없어지지 않았다. 아름다운 여학생들이 모르는 걸 물어보러 자주 왔다. 그녀들이 오면 마음이 어지러웠지만, 다행히 그들은 딱 공부에 관해서만 물었다. 나는 다시는 여성의 페로몬에 휘말리지 않겠다고 다짐했고, 정숙하고 성실한 수험생으로 지낼 수 있었다.

하지만 문제는 엉뚱한 데서 터졌다. 새로 사귄 그 친구는 나를 자기 집에 자주 데려갔다. 학교에 다닐 때여서 서울대 교복을 입고 있었다. 그러던 어느 날, 그의 어머니가 물었다. "그 애는 무슨 과에 다니니?" 친구는 농담 반 진담 반으로 대답했다. "서울의대 다니는 학생이에요." 그날 이후, 나는 '가짜 서울의대생'이 되어 버렸다.

진실을 밝히기도 애매했고, 더 이상 그 집에 가고 싶지도 않았다. 친구는 나를 쳐다보며 웃으며 말했다. "이젠 정말 합격해야겠다, 그렇지?" 나는 고개를 끄덕였다. 정말, 세상에 별일이 다 생긴다 싶었다. 하지만 문제는 또 있었다. 우리는 자주 어울렸고, 자주 술을 마셨다. 삼수생이 술을 마시는 건 독이 되는 줄 알면서도, 12월이 되자 모의고사에서 대성학원 전체 2등을 찍었다.

그러나 이후 크리스마스 등을 핑계로 한 달 내내 술을 마셨다. 시험이 다가오자 나는 점점 자신감을 잃었다. 학원 성적이 좋은 것은 어쩌면 같은 문제를 반복해서 풀었기 때문 아닐까? 내 성적엔 거품이 끼어 있을지도 모른다는 불안감이 엄습해 왔다. 나는 결국 상담을 신청했다. 선생님은 내 성적표를 보더니, 단호하게 말했다. "너 떨어지면 우리 학원 문 닫아야 해." 두 번째 상담에서도 같은 말을 들었다. 하지만 나는 불안했다. 술, 실수, 그리고 자존감, 모두가 나를 흔들었다.

시험 하루 전인 1월 21일이었다. 사립도서관에서 돌아오는데, 거리에 군인들이 무장하고 서 있었고, 이발소엔 별을 단 장군이 앉아 있었다. 누군가가 이유를 물었고, 누군가는 농담처럼 "공비 나왔대." 하고 웃으며 말했다. 하지만 그것은 진실이었다. 전해진 뉴스에 모두 경악했다. 북한 124군부대가 청와대까지 침투한 것이었다. 공비 한 명은 생포되었고, 텔레비전에 나와 "박정희 모가지 따러 왔다."라고 말했다. 그가 바로 김신조였다. 그 밤, 나는 총성에 뒤척이며 잠들었다.

시험 날인 1월 22일이 되었다. 몸은 무거웠고, 축농증으로 머리는 멍했다. 영어 시험지를 받고 문제를 풀었다. 어쩐 일인지 백 퍼센트 영작 문제였다. 나는 자신 있게, 거침없이 써내려 갔다. 다 썼다고 생각했고, 시간이 많이 남아 다시 처음부터 확인했다. 내가 쓴 글이지만 정말 잘 썼다고, 마음속으로 자화자찬까지 했다. 틀릴 것이 없었다.

그런데 두 번을 다 보고 페이지를 넘기자 붙어 있는 두 페이지가 더 있

    웃음과 눈물의 흰 가운

었다. 아니, 두 번이나 넘겨도 못 볼 정도로 두 장이 붙어 있었던 것이다. 뒤늦게 넘긴 시험지에는, 백지 상태의 문제가 가득했다. 남은 시간은 90분 중 10분. 복잡한 독해 문제였다. 차분히 읽어야 풀 수 있는 문제들. 하지만 시간은 기다려 주지 않았다.

전체 문맥을 다 파악해야 풀 수 있는 10여 개의 사지선다형 문제였다. 본문을 완전히 파악하기 전에는 따로 떼어서 맞힐 수는 없는 상황. 불이 나게 읽고 해 보려니 안 된다. 다시 불이 나게 읽고 해 보려니 안 된다. 시계를 보니 5분밖에 안 남았다. 결국 나는 최후의 전략적 선택을 했다. 10개가 넘는 문제를 아무렇게나 찍었다. 그렇게 나는 대학 입시 세 번째 도전의 마지막을 허무하게 마무리했다.

1월 22일, 세 번째 입학 시험 날 아침, 서울 하늘은 음산하게 흐렸다. 머리 위로는 헬기들이 저공비행을 하고 있었다. 스피커에서는 하루 종일 "서울 인근에 도주 중인 공비는 자수하라."는 경고 방송이 흘러나왔다. 전날 밤, 청와대 바로 코앞에서 북한 특수부대가 발각되었다는 뉴스는 온 나라를 충격에 빠뜨렸고, 길거리 곳곳에는 무장 군인들이 지키고 있었다. 어떤 사람은 자다 천장에서 공비가 떨어져 살해되었고, 어떤 이는 길 가다 총에 맞았다 했다. 세상이 미쳐 돌아가는 느낌이었다.

그런 날에 나는 영어 시험에서 두 페이지를 넘기지 않아 백지를 통째로 남겨 버리는 실수를 저질렀다. 그 바람에 열 문제 가까이 아무렇게니 찍었다. 시험지를 덮고 나는 생각했다. '어떻게 이토록 말도 안 되는 실수를 할 수 있을까? 인생에서 가장 중요한 순간, 나만 이렇게 무너지는 것일까? 생의 중요한 시점에서 이런 황당한 실수를 저지른 사람이 나 말고도 있을까?'

시험이 끝나자 마음이 너무도 허무해졌다. 나는 그대로 시골로 내려갔다. 시험이 끝나고 발표까지 시간이 좀 있었기에, 옛 친구들이 있는 연풍으로 갔다. 어려서부터 친하게 지내던 석이 집에 며칠 묵기로 했다.

도착 첫날, 중국집에서 식사를 하다가 술에 취한 낯선 떠돌이에게 시비가 붙었다. 웬 망나니 같은 놈이 내게 나와 보라며 기세등등하게 대들었다. 기분은 말할 것도 없이 엉망이었다. 그날 밤, 그는 또 찾아와 밖에서 보자고 으름장을 놓았다. 세상엔 참 못된 인간도 많다고 생각하며 자리에 누웠다.

다음 날, 우리는 철이를 만나러 괴산으로 향했다. 철이는 어릴 때부터 친했던 단짝 친구다. 어쩐 일인지 어렸을 때는 크지 않던 체격이 20대가 되면서 대단히 커졌다. 그는 인천에서 합기도 도장을 운영하며 지역에서 이름이 나 있었기에, 그가 곁에 있었다면 그 망나니도 그렇게 굴지 못했을 것이다. 그런데 가는 도중, 버스 안에서 우연히 철이를 만났다. 세상이 이런 식으로라도 나를 조금은 위로해 주는구나 싶었다.

철이에게 사정을 털어놓자 그는 담담히 말했다. "그 녀석이 나한테도 덤벼서 아주 혼쭐내 줬어. 다시는 못 까불 걸." 다음 날 우리는 마을 이발소에 들렀고, 거기서 그 망나니를 다시 마주쳤다. 그러나 이번엔 그가 나를 보고는 말도 없이 도망쳐 버렸다. 어제와는 전혀 다른 기세였다. 철이 덕분이었다.

저녁이 되자, 규석이 동창들을 불러 모았다. 여학생은 뻐꾸기 소리를 내면 조용히 밖으로 나오곤 했다. 휴대폰도 없던 시절, 그렇게 암구호처럼 소리를 주고받으며 친구들을 불러냈다. 어릴 적으로 돌아간 듯한 그 시간은 울적했던 내 마음에 다시 따뜻한 바람을 불어넣었다.

며칠 후, 발표일이 다가왔다. 나는 서울에 있는 그 동네 친구에게 "합격했으면 전보를 쳐 달라."고 부탁했고, 불합격이면 그냥 조용히 지낼 생각이었다. 2지망으로 해양학과를 써 놓았기에, 그곳에 붙으면 그냥 그리 다닐 생각이었다. 물리학이 필요 없는 학과였고, 더는 재수를 하고 싶지 않았다.

　　　　　　　　　　　　　　웃음과 눈물의 흰 가운

발표일, 눈은 무릎까지 쌓였다. 정오가 지나도 전보는 오지 않았다. '떨어졌구나.' 하고 생각하며 시골에서 버스를 타고 서울 집으로 돌아왔다. 저녁 무렵, 집에 들어서니 둘째 누님이 현관에서 나를 기다리고 있었다. "너 왜 이제 왔니?" "어떻게 됐어?" 누님은 말했다. "합격했대."

순간, 세상이 멈춘 것 같았다. 영어 시험 두 페이지를 백지로 찍어서 낸 내가 붙었다니. 나는 믿을 수 없었다. 친구 집으로 뛰어가던 길, 눈이 쌓인 비탈길에서 미끄러져 시멘트 바닥에 머리를 박았다. 머리가 띵했지만 아픈지도 몰랐다. 그냥 웃고 싶었다. 이 세상에 태어나 가장 행복한 순간이었다.

이제 나는 '가짜 서울의대생'이 아니라, 진짜가 된 것이었다. 친구 집에도 당당하게 드나들 수 있었고, 친구의 예쁜 여동생들 앞에서도 어깨를 펴고 말할 수 있었다. 지하 2층까지 꺼졌던 자존감은 지상 10층까지 솟구쳐 올랐다.

전보가 오지 않은 이유는 폭설 때문이었다. 눈이 무릎 위까지 빠질 정도로 와서, 전보를 전하지 않고 그날 오후에 전했던 것이었다. 그 중요한 전보를 받지 못해서 크게 절망해서 나쁜 마음이라도 먹었다면 어떻게 했을 것인가? 사실 그날 시골집을 떠나면서 '제천으로 돌아가다가 의림지에 가서 빠져 죽으련다.'라는 말을 했다. 아마도 오후에 합격 전보를 받은 부모님들의 걱정은 하늘을 찔렀으리라. 왜 그런 말을 했는지 모르지만, 그때는 진짜로 그런 생각도 어느 정도 있었다.

그리고 그 이후로, 나는 다시는 Sun에게 도전할 생각을 하지 않았다. 스스로 이렇게 말하며 정리했다. 이제 그녀는 내게 신 포도다. 애써 그걸 따려 애쓰지 않아도 된다. 물론 사실은, 만약 또 한 번 거절당하면, 갓 올라온 지상 10층 자존감이 다시 지하 1층으로 곤두박질칠까 두려웠던 것이다. 그렇게 나는 조심스레, 그러나 단단하게 마음을 접었다.

수십 년 후, 우연히 기회가 되어 나는 그녀에게 물어보았다. "그때 내가 다시 고백했다면, 가능성은 있었을까?" 그녀는 아무 대답도 하지 않았다. 사랑이란, 그 사람이 얼마나 좋은 학교에 다니는지와는 별개로 흘러가는 감정이다. 그러니 그 질문 자체가 유치했을지도 모른다.

그리고 또 십 년이 흘렀을 무렵, 나는 다시 물었다. "만약 첫 데이트 후 내가 결혼에 성공해서 그냥 한양대에 진학해 공학기술자가 되었다면, 지금보다 행복했을까?" 그녀는 조용히, 그러나 확신에 찬 말투로 대답했다. "지금만큼은 못 했을 거야." 그렇게 대답했지만, 내가 자꾸 물으니 예의상 그렇게 대답해 준 것인지도 모른다. 그 답을 듣고 싶어 하는 것을 알았으니까.

이렇게 사람들에게, 특히 자기와 관계가 있는 사람들에게 객관적인 답변을 얻는 것은 거의 불가능하다. 사이가 좋다면 내가 듣고 싶어 하는 방향으로 대답해 줄 것이고, 사이가 나빠 헐뜯고 싶은 사람이라면 내가 듣기 싫어하는 방향으로 대답해 줄 것이기 때문이다. 그러니 정말로 객관적인 의견을 듣고 싶다면 차라리 인공지능에 묻는 것이 합리적인 방향이 아닐까 생각한다. 인공지능의 위력은 그 지식의 광대함뿐만이 아닌 객관성에서도 나오는 것이 아닐까.

지금 객관성이 가장 필요한 분야는 무엇일까? 내 생각에는 사법제도가 그렇지 않을까 생각한다. 인간인 판사들이 하는 재판보다는 인공지능이 하는 재판이 훨씬 객관적이고 공정 할 것이 틀림없기 때문이다. 이제 그에게 물어볼 것이 아니라 AI에게 물어보아야 하겠다.

그때 첫사랑에 성공해서 공대 나온 기술자로 평생을 그녀와 함께 살았다면 현재의 나보다 행복했을까? 이런 질문에도 대답해 줄까? 아마도 "야, 그딴 유치한 것 묻지 마." 이런 답이 나올지도 모른다.

산포중포의 바보 붕어,
그리고 영웅이 된 날

중학교 1학년 때인지 2학년 때인지, 정확히는 기억 나지 않지만, 내가 연풍에서 살미로 이사 오기 전의 일이었다. 그즈음에 충주 호암지에서 낚시를 좀 해 본 내 또래 사촌이 우리 연풍 집에 놀러 왔다. 나는 사촌에게 연풍에 '산포중포'라는 곳에 물고기가 많다고 말했고, 우리는 낚시를 하기로 했다.

붕어는 지렁이를 좋아하니 먼저 지렁이부터 잡기로 했다. 우리는 우리 집 수채를 파헤쳐 지렁이를 모았다. 당시엔 돈이 없어 낚시 도구를 넉넉히 살 수도 없었다. 결국 낚시 두 개를 명주실로 묶어 임시 낚싯대를 만들고, 지렁이를 끼워 산포중포로 향했다.

산포중포는 참 묘한 곳이었다. 맑은 개울물이 흐르는데, 그뿐 아니라 산 밑에서 솟아나는 지하수의 양도 엄청났다. 물이 솟구쳐 나올 때면 '펑펑' 하는 소리가 날 정도였다. 차갑디차가운 지하수가 솟아오르고, 유리알처럼 투명한 물속에선 고기들이 노는 게 훤히 들여다보였다.

보통은 집에서 밥알을 가지고 나가, 하루에 한두 마리 잡으면 운이 좋은 날이었다. 하지만 그날은 달랐다. 물이 너무 맑아 찌가 필요 없었다. 붕어가 입안으로 지렁이를 먹는 것을 보고 낚싯대를 들어 올리면 되었다. 낚싯대를 물에 담그자마자 붕어들이 떼로 달려들었다. 아마 연풍 촌에서 지렁이 맛을 본 적이 없는 붕어들이었을 것이다. 붕어는 낚싯바늘이 물에 닿기 무섭게 덥석 물었고, 우리는 쉴 새 없이 움직였다. 너무 많이 잡아서 금세 지렁이가 동났다.

서둘러 집으로 돌아와 지렁이를 더 잡아 다시 산포중포로 갔다. 이번에도 마찬가지였다. 붕어들은 한없이 어리숙하게 낚싯바늘을 물어댔다. 하지만 한 가지 문제가 있었다. 바로 '천치 메기'들이었다. 이 메기들은 크고 욕심도 많아, 우리 낚싯대를 호시탐탐 노렸다. 돈이 없어 질긴 낚싯줄이 아닌 명주실을 썼기에, 메기가 물면 낚싯줄은 그 자리에서 끊어져 버렸다. 낚싯줄이 끊기면 그대로 끝이었다. 그래서 우리는 메기 그림자가 보이면 허둥지둥 낚싯대를 치우곤 했다. 좋은 장비와 요즘같이 튼튼한 줄만 있었더라도, 그 큰 메기들을 잡을 수 있었을 텐데. 지금 생각해도 아쉬운 순간이다.

결국 두 번째 지렁이도 다 떨어졌고, 우리는 이 세상 최고의 낚시 체험을 거기서 끝낼 수밖에 없었다. 돌아오는 길에 나는 이런 생각을 했다. '왜 연풍의 붕어들은 이렇게 바보 같을 정도로 순진할까?' 그러다 문득, '혹시 나도 그런 붕어 같은 존재는 아닐까?' 하는 생각이 들었다.

나중에 성인이 되어, 우연히 춤을 배우게 되었고, 가끔 춤추는 장소에 나가곤 했다. 그러다 보면 꽃뱀처럼 생긴 여자들이 가끔 내게 다가와 이렇게 말하곤 했다. "사장님, 혹시 여자들한테 당해 본 적 없으세요?" "제가요? 왜요?" "너무 순진하셔서요." 그 말을 들을 때마다 어릴 적 산포중포의 그 바보 붕어들이 떠올랐다. 아마도 나 역시 그 붕어들처럼, 연풍의 맑은 물과 공기 속에서 순진무구하게 자라난 붕어 같은 사람이었을지도 모른다.

그래도 나는 그게 나쁘지 않았다. 순진해서, 속기도 하고 당하기도 했지만, 그런 시절이 있었기에 지금의 나도 있는 것 아닐까.

세 번째 입시에 도전해서, 마침내 원하는 대학의 원하는 학과에 합격했다. 10문항을 아무렇게나 찍었는데도 합격했으니, 내 자존감은 그것까지 포함하면 꽤 상승했다. "대학에 가면 딱 중간만 하자." 지쳐 버린 나는 그렇게 마음을 먹었다. 그러나 사람의 인생이란, 결국 자신이 세운 목표의 높이에 따라 정해지는 것인지도 모른다. 나는 딱 중간을 바라봤고, 그 결과는 중간에도 조금 못 미치는 수준에서 끝나 버렸다.

대학 생활은 썩 즐겁지도, 그렇다고 비극적이지도 않았다. 낙제가 흔한 곳이었기에, 나는 '낙제만은 면하자!'라는 기조로 예과 2년, 본과 4년을 무난히 마쳤다. 기억에 남을 만한 특별한 사건도 드물었지만, 하나 굳이 꼽자면, 졸업을 앞둔 어느 날의 폭행 사건이 있다.

졸업시험을 며칠 앞둔 시기였다. 미국 의사시험을 준비하던 우리 스터디 팀은 회식으로 막걸리 집에 갔고, 돈이 모자라 내 손목시계를 담보로 맡겨야 했다. 다음 날, 시계를 찾으러 가던 길이었다. 팀 친구와 나, 둘이서 길을 걸었다. 그런데 앞에 걷고 있던 우리 과 여학생 두 명의 뒤를 낯선 남자가 따라가면서, 한 여학생의 팔목을 계속 잡으려 하고 그녀는 뿌리치는 장면이 보였다.

그 여학생은 바로 어젯밤 회식에 참석했던, 우리 팀의 멤버였다. 얼굴도 곱고, 성격도 반듯한 친구. 같은 과 여학생이 그런 일을 당하고 있는 걸 두고 볼 수는 없었다. 우리는 그 남자에게 다가가 조용히 말했다. "왜 그러세요! 그러지 마세요!" 그 남자가 내게 되물었다. "둘이 어떤 사이인데?" 나는 우물쭈물하다가, 처음엔 "아무 사이도 아닌데."라고 했다. 그러자 그는 냉정하게 말했다. "그럼 빠져."

그렇다고 뒤로 빠질 수는 없었다. 같은 과 학생이 길을 가는데 어떤 놈이 손목을 잡으려 하고 그녀는 뿌리치고 있는데, 내가 그녀와 관계가 없다고 개입하지 말라니. 정당성도 없는 말이다. 나는 개입할 명분을 만들기 위해 "이 사람과 나는 애인 사이야."라고 말했다. 순간, 남자의 눈빛이 달라졌다. "그래? 그럼 붙자!" 그 말이 끝나기도 전에 주먹이 내 턱을 강타했다.

내 인생에서 그렇게 강한 펀치를 맞아 본 건 처음이었다. 아스팔트가 내 얼굴 앞으로 빠르게 다가왔다. 아마도 쓰러지고 있었던 듯하다. 나중에 안 일이지만, 아마도 KO 되기 직전이었던 것 같다. 친구가 말리려 다가섰지만, 그는 좌우 훅으로 친구까지 제압했다. 체급도 나보다 훨씬 위였다. 왠지 권투라도 배운 듯한 기세였다. 그래도 물러설 수 없었다. 나는 책가방을 내려놓고 다시 정식으로 그에게 다가갔다.

나는 일부러 턱을 미끼로 내밀고 그에게 다가갔다. 그는 즉시 내 턱을 강타했으나, 나는 이 가격을 피하고 그를 치려고 마음먹고 있었다. 그러나 첫 타가 허공으로 빗나가고, 내가 그를 치려고 하는 순간, 왼쪽 훅이 바로 들이닥쳤다. 그가 연타를 칠 줄은 꿈에도 몰랐다. 황급히 다시 피하고 다가가서 그의 허리를 두 손으로 감고 넘기려 했다. 그러나 그는 싸움에 익숙한 듯, 허리를 잡은 나를 오른쪽으로 돌리는 척하다가 갑자기 반대쪽으로 휙 돌려 버렸다. 나는 중심을 잃고 엉덩방아를 찧었다.

주위엔 사람들이 빽빽하게 둘러싸고 있었고, 그 틈에서 나는 조용히 그의 바로 코앞에 앉은 채였다. 그는 뒤에서 그를 잡고 있던 내가 어디로 갔는지 보이지 않으니 뱅뱅 돌면서 나를 찾았다. 나는 그의 발 앞에 앉아 있는데, 위만 보고 뱅글뱅글 도는 것이었다. 그 모습에 나는 벌떡 일어나 뛰어가며 그의 얼굴에 회심의 강타 한 방을 날렸다.

콰직! 그의 코에서 피가 솟았다. 양쪽 콧구멍에서 폭포수처럼 쏟아졌다. 맥을 놓고 있다가 뛰어가면서 때린 펀치를 맞았으니, 내 체급이 적더라도 상당한 데미지를 입었을 것이다. 그때 경찰이 달려와 내 팔을 붙잡았

     웃음과 눈물의 흰 가운

다. 끝났구나 싶던 그 순간, 그는 경찰이 내 팔을 잡고 있는 사이에 또 나를 향해 펀치를 날렸다. 종료 벨이 울린 후에 상대방을 강타하는 그런 비겁한 펀치. 바로 그 한 방에 또다시 아스팔트가 내 눈앞으로 다가왔다. KO 직전이었다.

'아니, 원래 코피 난 사람이 진 것 아닌가?' 나는 턱을 강타당해 그로기에 빠진 것이다. 결국 우리 둘은 경찰서에 연행되었다. 경찰은 거꾸로 나를 보고, "멀리서 보니 이 작은 애가 자꾸 대들더라." 하고 말했다. 내가 나선 이유, 그저 친구를 보호하려는 영웅심리였다는 걸 경찰은 몰랐다. 다행히도 그 여학생이 와서 정황을 설명해 주었고, 서로 고소 없이 끝났다. 알고 보니 그 남자는 일본에서 온 재일교포 유학생이었고, 우리 과 여학생과도 뭔가 있었던 사이였던 것 같았다. 확실하지는 않지만. 그러니까 결국 내가 끼어든 셈인 거지만, 당시로선 어쩔 수 없었다. 이 일로 나는 쓸데없는 풍문에 잠깐 오르내렸다.

그 일이 있고 난 후, 나는 생각했다. 싸우고 싶지 않아도 싸움은 찾아온다. 특히 작은 체구인 나는 더욱 대비가 필요하다. 그래서 복싱을 배우고 싶었지만, 정작 그건 70세가 넘어서야 이루어졌다. 70세가 넘어 5년간 복싱을 배우면서 깨달은 건, 그때 그 남자의 펀치가 사실 정식으로 복싱을 배워서 훈련된 펀치는 아니었다는 것이었다. 다만, 실전에서 익힌 날것의 기술이었던 것.

양 훅을 그렇게 잽 없이 강하게 휘두르는 것은 복싱의 기본기에는 없다. 나중에 우리 학년에 있던 또 다른 재일교포 친구에게 이 이야기를 하니, "너 그 애랑 붙었다고? 와, 그 애는 진짜 실력자야."라며 놀라워했다. 그래도 나는, 공식적으로 KO 당하지는 않았다. 두 강타를, 그러니까 종료 벨이 울리기 전에 한 대, 울리고 나서 반칙으로 한 대 더 맞았지만, 공식 기록으로는 지지 않았다.

지금도 그날을 떠올리면 웃음이 난다. 순진했던 연풍 붕어 같던 내가, 그날만큼은 영웅처럼 나섰다. 비록 턱을 몇 번 얻어맞았어도, 진 게 아니었다. 그 여학생이 아닌 또 한 명의 여학생이 "기억에 오래 남을 사람"이라고 말했다고, 당사자 여학생은 내게 말해 주었다. 뭐 어쨌건, 약간은 명예스러운 사건이었다.

이 일로 훈련된 주먹을 확보하고자 생각했던 나는 의료원장직을 은퇴한 후, 70세가 되어서야 내 건물에 입주한 복싱 도장에서 훈련을 시작할 수 있었다. 효과가 얼마나 있을지는 몰라도, 스파링도 하지 않은 기본기만 한 연습이지만, 그래도 5년이나 기본기를 연마했다.

제2장

흰 가운의 무게

이 환자마저 죽는다면
나는 세 건의 의료 분쟁을 한꺼번에 감당해야 했고,
차마 살아갈 용기가 나지 않았다.

그 순간 나는
'이 환자가 죽으면 나도 죽자.' 하는 결심까지 했다.
진심이었다. 그런데 기적처럼 포기하려던 그 순간,
환자의 심장이 다시 뛰기 시작했다.
환자가 살아나며 내 삶도 다시 이어졌다.

불만이 가득한
마취과 레지던트

나는 의과대학을 졸업하고 의사가 되었다. 인턴 지원을 해야 할 시점이 되었는데, 성적이 우수한 동기들은 대부분 본교 병원에서 수련을 받으려 했다. 나는 중위권 성적이었기에 다른 병원을 선택할 수밖에 없었고, 다들 간다는 메디컬센터 소아과에 지원했다. 사실 서울대병원이 아닌 메디컬센터에 가는 것이 썩 마음에 들진 않았지만, 어쩔 수 없었다. 메디컬센터에서는 서울대 출신 후배가 온다고 반가워하며 나를 소아과 레지던트로 결정했다.

나는 마음 놓고 편하게 지내고 있었다. 그러나 얼마 지나지 않아 나는 다시 병원으로 가게 되었다. 과장님은 원래 소아과에 배정된 군 징집 유보 TO 한 자리가 사라졌다고 했다. 그 자리를 보건사회부에서 다시 받아 오기 위해서는 로비 자금이 필요했고, 병원과 내가 반반씩 부담하자는 제안을 했다.

나는 마음이 불편했다. 처음부터 메디컬센터에 가는 게 내키지 않았는데, 거기에 돈까지 내야 한다니 더더욱 내키지 않았다. 집안 사정도 넉넉지 않아 그런 돈을 마련할 수도 없었다. 결국 "제가 그 돈을 낼 수는 없습니다. 다른 사람을 데려오겠습니다." 하고 병원을 나왔다. 이 이야기를 친구들에게 하자, 서로들 가겠다고 나섰다. 나는 그중 친한 친구 한 명을 데리고 가 소아과에 소개해 주고 물러났다.

그렇게 쉽게 풀릴 줄 알았던 내 인생은 또 한 번 꼬이기 시작했다. 나는 군대를 다녀온 뒤 다시 전공의 과정을 시작해야 했다. 어느 날, 친구와 다방에서 군 입대를 앞둔 이야기를 나누고 있었는데, 가까운 곳에서 살며시 듣고 있던 마취과 레지던트로 올라가는 선배 한 명이 나를 불렀다.

그는 인턴 지원자가 부족하다며 나를 마취과로 끌어들이려 했다. 월급 외에도 외부 수술 아르바이트로 얻는 수입을 월말 보너스로 나눠 준다고 했다. 솔깃해진 나는 친구와 함께 마취과에 가서 설명을 들었다. 그곳에서는 정말 반갑게 우리를 맞아주었다. 나는 친구와 함께 마취과에 지원하겠다고 했고, 대신 기왕에 지원했던 다른 학생 대신 내 친구를 뽑아 주면 가겠다고 배짱을 부렸다. 과에서는 난처해하면서도 그렇게 해 보겠다고 약속했다.

하지만 며칠 뒤, 성적이 매우 우수한 학생이 갑자기 마취과에 지원하겠다고 찾아왔다. 과에서는 그 학생이 탐난다고 했고, 결국 나와 그 학생은 뽑되, 내 친구와 기존 지원자는 제외하기로 했다.

나는 친구를 포기할 수 없었지만, 상황이 그리되었으니 어쩔 수 없었다. 그렇게 나는 마취과를 선택하게 되었고, 인턴 과정을 마친 뒤 마취과 레지던트가 되었다. 그런데 레지던트 1년차 첫날, 나는 뭔가 크게 잘못되었다는 걸 깨달았다. 저녁 6시까지 근무를 마치고도, 당직이라 밤새 응급 수술을 맡아야 했다. 밤 12시가 지나고 겨우 끝났나 싶으면 또 다른 응급 수술이 들어왔다.

그렇게 밤을 꼬박 새우고도, 다음 날 저녁 6시까지 다시 근무를 해야 했다. 수술실에서는 교대자가 오기 전에는 나갈 수 없었기에, 화장실 가는 것도 눈치를 봐야 했고, 점심시간에도 식사를 제대로 못 하는 날이 많았다. 이런 생활이 전문의가 된 후에도 계속될 것 같다는 생각이 들자, 절망감이 밀려왔다. 다른 과처럼 개업을 통해 수입을 기대할 수도 없다는 사실이 더 큰 문제였다.

그나마 위안이 된 건, 당시 마취과 의사가 워낙 부족해 외부 병원에서 수술 시 레지던트를 불러 마취를 맡기곤 했다. 또 의국에서는 공식적으로 이를 인정해 주어서, 그날 받은 마취료를 오고 간 여비를 약간 제하고 병원에서 모아 월말 보너스로 나눠 주었다. 나는 9남매의 장남이라, 여동생 한 명의 하숙비라도 보태야 했다. 월급이 3만 원이었는데, 매달 1만 원을 동생에게 보냈다.

그렇기에 마취과를 포기하고 다른 과로 옮기는 것은 동생들의 학업에 직접적인 영향을 줄 수도 있는 일이었다. 나는 딜레마에 빠졌다. 어렵게 서울대라는 문턱을 넘고, 의대까지 졸업했지만, 잘못된 과 선택으로 내 미래는 엉망이 되어 가고 있었다. 그 분노로 인해 나는 방황했다. 술을 자주 마셨고, 근무 태도도 엉망이었다. 공부는 손에 안 잡혔고, 수술을 해야 하는 외과에서조차 나를 기피했다.

지금 생각하면, 그 시절 조금만 더 인내하고, 인간적으로 행동했더라면 어땠을까 싶다. 훗날 내 딸이 서울대 의대에 들어가 내 후배가 되었을 때, 누군가 "너희 아버지는 훌륭한 분이었다."라고 말해 주었으면 좋았을 텐데. 하지만 나는 그러지 못했다. 그저 불만에 찬 레지던트로서, 낙오 직전의 시긴을 흘려보냈다.

레지던트 2년차가 되자, 6개월 동안 무의촌으로 파견을 나가게 되었다. 누구나 가장 선호하는 곳은 제주도였다. 아름다운 관광지에서 몸도 편히 쉬고 구경도 할 수 있으니, 모두가 그곳을 좋아했다. 나 제주도에 가고 싶었다. 하지만 갑자기 제주도 파견 기회가 사라지고, 대신 강원도 화천군 보건소로 발령이 났다.

춘천까지 기차를 타고 간 뒤, 다시 버스를 타고 한 40분쯤 더 들어가야 화천이 나왔다. 6.25전쟁 전에는 북한 땅이었던, 군사적 역사로 가득한 그곳이었다. 임지에 도착해 보건소를 찾았다. 화천 보건소는 군청 안에 있었고, 정문을 지나는데 키 크고 미모의 젊은 여성이 고개를 심하게 숙이고 앞을 지나갔다. 나는 속으로 '이런 시골에 이런 미인이 있다니!' 하고 놀랐다.

보건소 근무는 단지 화천뿐만 아니라, 더 깊숙한 간동면 보건지소까지 겸직해야 했다. 일주일에 한 번 간동면까지 버스를 타고 들어가 진료하고, 나머지 평일은 화천 보건소에서 근무했다.

며칠 지나 직원들에게 물었다. "군청에서 봤던 키 큰 미인은 누구예요?" 대답은 이랬다. "아, 그 아가씨는 처녀 과부예요. 건드릴 생각 마세요." 처녀 과부라니? 사연은 이랬다. 어떤 건축업자가 화천에 들렀다가 그 아가씨를 보고는 자기가 세상에서 본 여자 중 제일 예쁘다며, 자신의 아들과 중매해 결혼을 약속했다고 한다. 주말마다 약혼자가 춘천에서 화천으로 와서 함께 시간을 보내곤 했는데, 어느 날 갑자기 그 약혼자가 교통사고로 세상을 떠났다는 것이었다.

이것이 그 유명한 춘천호 사건이다. 버스 한 대가 춘천호로 들어가 군인 포함 수십 명이 익사한 사건이다. 그렇게 결혼은 안 했지만 사실상 혼인 상태였던 셈이니, 사람들은 그녀를 '처녀 과부'라 불렀다. 그녀가 길을 걸을 때 항상 고개를 숙이고 땅만 바라보던 모습이 이상했는데, 그 사연을 듣고 나니 이해가 되었다.

나는 점잖은 성격은 아니었다. 장난도 잘 치고 비교적 용감한 편이었다. 그 아가씨는 보건소 여직원의 친구라 자주 보건소에 들렀다. 처음 말을 섞은 날 주머니를 뒤지니 볼펜이 한 개 있어 그것을 그녀에게 주었는데 받아 넣었다. 항상 내가 쓰는 수법은 효과가 있는 듯했다. 별로 쓸모없는 걸 줘 보거나 아니면 약간 쓸모 있는 물건을 줘서 받으면 다음 단계로 향하는 수법이었다.

보건소에서 창문 너머로 그녀가 근무하는 사무실에 앉아 있는 그녀가 보이면 큰 소리로 부르기도 했다. 보건소 직원들은 내 행동에 웃으며 수군거렸지만, 나는 신경 쓰지 않았다. 내가 부르면 그녀는 마치 급한 일이 있는 듯 걸어 나와 이런저런 이야기를 나눴다. 어느 날엔 치료해 줘서 고맙다며 내게 맥주를 한잔 사겠다고 했다.

우리는 조용한 곳에서 맥주를 마셨고, 점점 대화가 많아졌다. 이 모습을 본 한 직원이 "정식으로 소개해 드릴까요?" 하고 말했다. 하지만 나는 결혼까지 생각하자 머뭇거리게 되었고, 결국 아무 일 없이 흘러가게 되었다.

그 무렵 나는 군청의 부군수가 딸을 보건소에 취직시키며 함께 하숙하는 집에 있었다. 그 딸은 간호전문대를 막 졸업한 22세 정도의 여성이었고, 나와는 나이 차이가 컸다. 키는 166cm쯤 되었지만, 미모는 그리 뛰어나지는 않았다. 나는 늘 짓궂은 장난을 즐겼다. 하루는 퇴근하는 그를 보고 "미스 J, 오늘 나랑 데이트할래?" 하고 큰 소리로 물었다. 그녀는 "싫어요! 따라오지 마세요!" 하며 나갔고, 나는 "야, 따라오라고 바짓가랑이 잡고 빌어도 안 따라간단다!" 하고 웃었다.

그런데 갑자기 그녀가 "앙!" 하고 소리 지르며 주저앉아 울기 시작했다. 당황스러웠다. 옆에 있던 나이 든 간호사가 눈짓하며 말했다. "어린애에게 그런 소리 하니 그렇죠." 전에 꽤 오래 같은 하숙집에서 밥 먹은 적이 있는 처지에 괜히 민망해졌고, 그냥 넘어갈 수 없었다.

퇴근 후, 아이스크림을 사 들고 지금은 하숙집에서 나가 그녀와 부군수가 자취하는 방을 찾았다. 부군수는 반갑게 맞아 주었다. 이런저런 대화를 나누다 그녀와 화천호에 낚시를 가기로 했다. 며칠 후, 릴 낚싯대를 들고 화천호로 향했지만, 물고기는 한 마리도 잡히지 않았다. 다만 커다란 물고기 한 마리가 따라오다가 돌아간 게 전부였다.

그런 시간을 보내며 가까워졌는지, 또 다른 문제가 생겼다. 보건소에서 일하던 한 청년이 그 간호사에게 관심이 있었던 듯 그녀에게 편지를 보냈고, 이후 나를 몹시 견제하기 시작했다. 키 작고 평범한 내가 누군가로부터 연적으로서 시기, 질투를 받는 건 처음이라 묘하게 기분이 나쁘진 않았다.

화천 보건소 근무 중 초봄이 되자 까치 새끼 한 마리를 보건소에서 심부름하는 남자애가 주워 와서 기르게 되었다. 까치 새끼는 지렁이를 좋아하는데 지렁이를 잡으려면 진료소 정문을 나가 뒤쪽으로 돌아가야 하는데 호미를 들고 정문으로 걸어 나가면 그 녀석은 깡총깡총 뛰어서 따라왔다.

뒤뜰까지 가서 땅을 파면 옆에서 기다리고 있다가 지렁이나 나오면 콕콕 찍어 먹곤 했다. 이렇게 해서 완전히 다 자라자 그는 어느 날 소리 없이 야생으로 스스로 돌아갔다. 그래도 호미를 들고 가면 깡총거리며 따라오던 그 까치. 생각을 하면 신기하기만 했다.

그렇게 우여곡절 속에 6개월이 흘렀고, 나는 다시 서울로 복귀했다. 아무 사랑도, 아무 역사도 남기지 못한 채.

결혼,
그리고 인연

그 시절, 나는 서서히 서른을 넘기며 결혼에 대한 고민을 하지 않을 수 없었다. 서울대병원에는 간호사들이 많았고, 눈이 썩 높은 편은 아니던 나는 이젠 정말 '아무 간호사든 걸리기만 해 봐라.' 싶은 심정까지 내려와 있었다. 누구라도 걸리면 결혼하겠다는 결심을 했는데도 아무도 걸려들지 않았다.

그런 어느 날, 같이 근무하던 레지던트 동기의 어머니께서 한 아가씨를 소개해 주셨다. 직업이 뭐였는지 기억나지 않는다. 키가 나처럼 자그마했으며, 얼굴도 평범했지만 학벌은 연세대. 제삼자들이 보기엔 나와 비슷한 수준, 딱 '적당한' 상대였다.

하지만 이상하게도, 마음에 전혀 끌리지 않았다. 소개팅 자리에서 "형제가 몇 명이냐?" 하는 질문에 퉁명스럽게 "아홉이요. 너무 많죠?"라고 대꾸하고는, 대화를 흐려 버렸다. 그런데 문제는 이 아가씨도 나에게 전혀 관심이 없어 보였다는 것이다. 서로가 서로를 마음에 들어 하지 않았다. 그저 정적만 흐르고, 식사는 밍밍하게 끝이 났다.

그날 밤, 혼자 곰곰이 생각했다. '레지던트 친구의 어머니가 소개해 준 아가씨라면, 적어도 객관적 기준으론 나에게 딱 맞는 상대였을 것이다. 그런데 나는 마음이 전혀 가지 않았다. 앞으로도 나에게 어울린다고 생각되는 상대는 다 이런 식으로 객관적으로 적당하지만, 전혀 마음이 안 끌리는

여자들뿐일지도 모른다. 이거, 정말 큰일 아닌가? 이런 여자와 결혼하느니 혼자 사는 게 낫겠다.'

그렇게 나는 처음으로 내 인생이 엇나가고 있다는 자각에 빠졌다. 직업도 마음에 안 드는데, 결혼도 마음에 안 드는 상대와 해야 한다면, 도대체 내가 이 생을 살아가야 할 이유는 뭔가, 허무감에 잠기곤 했다.

그런 회의감이 짙게 깔리던 어느 날, 뜻밖의 전화가 걸려 왔다. "저, 서울로 올라왔어요. 경찰병원에 취직하게 됐어요." 화천에서 함께 하숙하며, 그때 내가 엉겁결에 상처를 줬던 바로 그 어린 간호사였다. 화천 보건소에서 내가 짓궂게 장난을 치자 울음을 터뜨렸던, 그때는 어렸던 그 아이가 이제 서울로 올라온 것이다. 그렇게 우리는 다시 만나게 되었다.

순서가 조금 어긋나기는 했지만, 결혼 이야기를 하다 보니, 한 이야기가 또 떠오른다. 화천 무의촌에 내려가기 전 몇 달 전 어느 날이었다. 나는 잃어버린 주민등록증을 재발급받으러 동사무소에 들렀다. 당시에는 재발급 날짜가 정해져 있었고, 그날은 온 동네 사람들이 몰려들어 동사무소는 발 디딜 틈 없이 북적였다.

줄을 서서 기다리며 이리저리 주위를 두리번거리고 있었는데, 저 멀리 약간 높게 마련된 공간에 서 있는 한 여자가 눈에 띄었다. 그 혼잡한 인파 속에서도 단연 눈에 띄는, 말 그대로 군계일학이었다. 긴 머리카락과 또렷한 이목구비, 그리고 가만히 서 있기만 해도 어떤 분위기를 풍기는 그런 여자였다.

'남자로 태어났으면, 저런 정도의 여자와 한 번 살아 봐야 하는 것 아닌가….' 나는 슬며시 그런 생각을 했고, 그 순간 그녀가 나를 향해 웃었다. 깜짝 놀라면서도 나도 모르게 따라 웃었다. 그런데 문득, 내 속에서 또 다른 내가 고개를 들었다. '야, 미친놈아. 네가 잘생겼냐? 키가 크냐? 무슨 착

웃음과 눈물의 흰 가운

각으로 웃고 있니? 네 뒤에 아는 사람 있어서 웃은 거지, 너 아니야.' 스스로 그렇게 타박하자, 나는 얼른 웃음을 거두었다. 그러자 신기하게도 그녀도 웃음을 멈추었다.

그리고 몇 분쯤 지났을까. 그녀가 자리를 옮겨, 내 바로 뒤에 줄을 섰다. 나는 뒤를 보지 않아도 알 수 있었다. 시선, 기척, 어떤 본능적인 직감. 그녀는 조심스레 나의 인적사항을 엿보고 있었고, 이윽고 조심스레 내 옆구리를 찔렀다. "혹시… 누구누구 아니세요?" 깜짝 놀랐다. 그녀는 나를 아는 사람이었다.

서울대병원에 실습 나왔던 간호대학 실습생이었고, 아마 예전에 내가 슬쩍 작업을 걸었던 기억이 나는 사람이었다. 내겐 기억이 흐릿했지만, 그녀는 그날의 나를 기억하고 있었고, 그때 기분이 조금 상했었는지 구체적인 말은 하지 않았다. 나는 미안한 마음과 반가운 마음이 뒤섞여서, 얼떨결에 주머니를 뒤적였다. 광고용 성냥갑 하나가 손에 잡혔고, 별 의미 없이 그녀에게 건넸다. 담배도 피우지 않을 것 같은 그녀가 그것을 받아 핸드백에 넣었다.

그 행동에 나는 단순하게도, '받아들여졌구나!' 하고 생각하며 연풍 붕어 같은 순진한 마음으로 말했다. "커피… 마시러 갈래요?" 그녀는 망설임 없이 응했다. 주민등록 업무를 마친 뒤 우리는 근처 다방에 들어가 커피를 마시며 이야기를 나눴다. 그녀는 확실히 예뻤고, 정서도 따뜻했다.

나는 그날 밤, 아무도 없는 방에서 기분이 너무 좋아서 소리 내 웃었고, 혼잣말로 중얼거렸다. '반드시 저 애를 아내로 삼도록 하자.' 몇 번의 데이트가 이어졌고, 무의촌 화천으로 떠나기 바로 전날, 나는 그녀를 또 만났다. 그녀는 "오늘은 오빠 집에 심부름을 가야 해서 오래 못 있어요."라고 말했다.

그런 말은 들리는 둥 마는 둥 나는 맥주를 시켰고, 그녀도 따라 마셨다. 처음엔 조심스럽더니, 이내 스스로 잔을 채우며 즐겁게 웃었다. 오빠 집 이야기는 거짓이었는지, 아니면 잊은 건지, 시간은 어느덧 밤늦게까지 흘렀다. 밤이 깊어질 무렵, 그녀는 진짜로 오빠 집에 들러야 한다며 나섰다.

나는 택시를 함께 타고 오빠 집 근처까지 데려다주었다. 택시 안에서 나는 그녀에게 첫 키스를 했고, 그녀는 받아들였다. 내 오른손이 그녀의 풍만한 가슴을 스쳤고, 그녀는 내 엄지손가락을 두 손가락으로 살짝 집었다. 거부하지 않았지만, 그렇다고 더 허락하는 것도 아니었다.

나는 말했다. "오빠 집에 물건만 전달하고 금방 나와. 곧 통금시간이야. 기다릴게." 그녀는 고개를 끄덕이고 내렸다. 그러나 그날 그녀는 다시 돌아오지 않았다. 통금이 시작된 밤 12시, 나는 경찰에 붙잡히지 않기 위해 결국 병원으로 돌아왔다. 그날, 모든 것을 끝낼 수도 있었던 밤이었다. 하지만 그 기회는 손에서 미끄러졌다. 다음 날 나는 그녀의 전화번호까지 잃어버린 채, 화천으로 향하는 버스를 타야 했다. 또 한 번, 내 인생은 아주 살짝, 그러나 분명하게 비틀어지고 말았다.

어느 날 병원 동료에게 온 전화를 내가 받았다. 젊은 여자였고 동료의 성을 잘 몰라 틀리게 말했다. 나중에 그를 놀리려고 전화 온 여자 누구냐고 물어보니 동생이란다. 그래서 내가 "동생이 성도 잘 몰라?" 했더니 친구 동생이고, 약사라고 하며 예쁜데 소개해 줄지를 묻는다. 나는 "그래."라고 대답했다.

나는 그의 소개로 그 아가씨와 만났다. 만나서 짧은 데이트를 하고 다음 약속을 잡으려 했더니 완곡하게 거절했다. 나는 거절이라는 것을 알았지만 자존심을 세워, 몰아붙이면서 억지 약속을 받아냈다. 다음 날 약속을 지킬 수 없다고 연락이 왔다.

　그 사이, 화천의 그 어린 간호사에게서 전화가 와서 낮에 데이트를 했다. 이브닝 근무로 4시에는 병원으로 돌아가야 하는 그녀와 데이트를 하며 그를 찬찬히 훑어보았다. 결혼해도 되는지, 여기저기 나 좋다고 하는 여자들이 거의 없는데, 애는 내가 좋다고 자꾸 전화를 해 온다.

　그냥 썩 마음에 들지는 않더라도, 키는 166센티미터나 되니 아이 낳을 때 도움이 되지 않을까 싶어서, 그냥 결혼하자고 해 버려야겠다고 생각했다. 그런데 그의 아주 나쁜 시력이 좀 망설여지기는 했다. 아이들의 눈이 다 나빠지면 어쩌나 걱정했기 때문이었다.

　이브닝 근무여서 낮에 병원으로 돌아가려는 그에게 다시 할 말이 있다고 하며 다방으로 내려갔다. 프러포즈하고 끝내려고. 그녀도 내가 뭔가 중대 발언을 하려 한다는 것을 눈치챈 듯 보였다. 다방에 내려가서 한참을 생각했다. 프러포즈하면 승낙할 것을 알았지만 끝내 지금 끝내서는 안 된다는 생각이 들며, 딱 한두 달만 더 참고 그때 결정하자고 말했다. 그날 데이트를 하며 약사 한 명을 소개받았다는 말도 했다. 이렇게 해서 다시 다방을 나와 그를 병원으로 돌려보냈다.

　다음 날 그 약사를 소개해 준 동료가 며칠 그 약사의 오빠이며 자기 대학 동기인 내과의사인 친구와 만나기로 했는데 같이 나가자고 했다. 술값을 내게 내라고 하기에, 그러겠다고 하고 따라 나갔다. 그의 친구만 나온 것이 아니고 약사 여동생도 같이 나왔다. 네 명이 같이 앉아서 술과 음식을 먹는데, 술 약간 돌고 나서 나는 단도직입적으로 당신의 여동생이 맘에 드니 내게 달라고 말했다. 그는 웃으며 옆에 앉아 있는 약사 동생을 가리키며 본인에게 직접 말하라고 했다. 이렇게 그녀에게 나의 확고한 의지를 알리며 그날은 유쾌하게 맥주 파티를 끝냈다.

　며칠 있더니 여자 쪽에서 부모들끼리 한번 만나 보자는 연락이 왔는데,

마침 어머니는 잇몸 수술로 통증이 몹시 심해 일정을 연기하고 몇 주 후에 만나기로 했다. 만나러 가는 날, 나는 어머니에게 약사인데 좀 못생겼다고 말했다. 어머니는 "못생겨도 좋아, 괜찮아." 하면서 가셨다.

나와 어머니 그리고 약사와 그의 어머니 그의 언니가 함께 만났다. 우리 어머니는 상황을 오판하시고 부모들이 만나면 다 결정된 것으로 착각을 하셔서, 약사 아가씨의 손을 잡으려 했다. 그 약사는 어머니의 손을 피했는데, 이때 그 약사 어머니의 눈에서 레이저 광선이 쏟아지는 것을 나는 보았고, 그 약사는 손을 도로 가져다 놓아 어머니가 손을 잡을 수 있게 했다.

어머니는 손을 잡고 "우리 아들은 나이가 많아 빨리 했으면 좋겠어요." 라고 했다. 아직 그냥 한번 보기만 하는 것인데 너무 나간 것이다. 그런데 약사의 어머니는 잘되었다는 듯이 "아, 우리도 그래요, 우리도." 하면서 약혼식이고 뭐고, 바로 결혼시키자고 합의해 버렸다. 일이 너무 급진전되어, 만남이 끝나고 수습을 해야겠기에, 별도의 모임을 그 약사와 가지려 했는데 한사코 거절했다.

부모들은 결혼에 합의했고, 당사자는 전혀 합의가 안 된 이상한 전개가 되어 버렸다. 이렇게 그냥 돌아가고 며칠이 흘렀다. 부모님들은 결혼시키기로 합의했지만 그녀는 결혼할 생각이 없다는 것을 눈치챈 나는 기대를 접고 있었다.

얼마 후 약사의 어머니가 병원에 찾아와 말했다. 자기 딸이 내가 키가 작다고 결혼을 하지 않겠다고 우긴다는 것이었다. 이에 나는 "아니, 키 작은 것이 홍두깨로 민다고 커집니까? 철봉 한다고 커집니까? 죽네 사네 하며 하는 결혼도 엎는 사람들이 많은데 처음부터 이러면 억지로 성사시킨다고 좋을 것이 없으니, 그냥 없던 일로하고 돌아가세요."라고 말하고 수술실로 일하러 들어갔다.

한참 일을 한 후에 다시 나와 보니 아직도 안 가시고 있었다. 하는 수 없이 내가 어떻게 해 볼 테니 가시라고 했다. 그러니 무척 좋아하시면서 돌아가셨다. 나는 전화를 걸어 약사를 불러냈고, 이렇게 해서 결혼으로 흘러가게 되었다. 그리 몇 번 만나지도 않고 결혼하게 된 것이다.

못생겼다고 어머니께 미리 양념을 쳤는데, 생각보다 많이 예쁘니 어머니는 매우 흡족해하셨다. 그날 그 약사는 예뻐 보였고 한참 후 약혼식을 했는데, 약혼식 때는 훨씬 더 예쁜 사람이 되어 있었다. '이게 뭐지?' 하는 생각이 들 만큼이다.

나는 이름도 잘 모를 정도로 짧은 만남 후에 결혼했다. 그러나 결혼 후 나는 진정으로 행복해졌다. 신기했다. 어느 날 갑자기 예쁜 아가씨가 내 집으로 들어오더니, 산토끼처럼 다른 곳으로 도망가지도 않고 매일 내가 있는 이곳으로 돌아오고 있다니.

나는 너무 좋아서 그가 퇴근하는 시간쯤에는 버스 정류장에서 기다렸다가 같이 돌아오곤 했다. 결혼 후 장래를 위해 현재의 마취과 의사로서의 길을 더 성실하게 걷기로 작정하고 공부도 더 많이 하게 됐다.

그날 이후로 나는 미래를 위해 사는 성실한 마취과 의사가 되었다. 그러나 운명은 언제나 그렇듯, 행복한 나를 오래 두지 않았다. 결혼 며칠 후부터 아내는 고열에 시달리기 시작했다. 신혼기에 흔히 나타날 수 있는 방광염이리는 진단을 받고 약을 먹었지만, 치료를 끊기만 하면 염증은 다시 도졌다.

결국 대학병원에 입원해 정밀검사를 받게 됐다. 치료비가 벅찼기에, 간신히 관비 치료 허가를 받아야만 했다. 레지던트 월급으로는 역부족이었다. 검사 결과는 충격적이었다. 선천적 기형이 문제였다. 그로 인해 방광염, 신우신염이 반복적으로 생긴다는 것이다. 기형을 수술로 바로잡기 전에는 해결될 수 없었다.

그런데 문제는 또 있었다. 서울대학병원에서도 이 수술을 해 본 사람이 없다는 것이었다. 젊은 교수가 수술을 해 보겠다고 자처했지만, 비뇨기과 전공 중이던 내 동기가 조용히 찾아와 말했다. "그 교수님이 말한 수술은 논문에도 없고, 해서는 안 되는 방식이야. 미국에서 공부하고 돌아온 대선배가 대구에 있는데, 한번 물어봐."

그 조언을 따라 나는 대구의 작은 병원에 전화를 걸었다. 그는 미국에서 해당 수술을 여러 번 해 봤다며 걱정하지 말라고 했다. 그렇게 나는 대한민국 최고 병원의 전공의 신분으로, 아내를 대구의 작은 병원으로 데려가게 되었다.

병원에서의 그 교수는 단정하고 자신감 있는 태도로 나를 안심시켰다. 수술은 오래 걸렸고, 아내는 좀처럼 수술실에서 나오지 않았다. 안 좋은 일이 일어났다는 걸 직감했다. 나중에 나온 설명은, 임신 사실을 수술 중 알게 되었고, 마취로 인해 태아가 위험했기에 임신중절 수술을 병행했다는 것이었다. 그리고 플라스틱 흡입관이 부러져 찾아내느라 시간이 걸렸다는 설명도 덧붙였다.

훗날 알게 된 사실이지만, 그것은 전부 사실이 아니었다. 첫째 딸아이가 태어나던 날 그 플라스틱 조각은 아기와 함께 나왔다. 플라스틱 조각을 찾으려고 애썼지만 못 찾았던 것이었다. 그럼에도 수술은 성공적이었다. 아내는 건강을 되찾았고, 우리는 다시 평범하고도 소중한 일상으로 돌아왔다.

어릴 적부터 부모 곁을 떠나 떠돌이처럼 살아온 나에게 가족과 함께 있는 삶은 이루 말할 수 없이 행복했다. 아내가 퇴근할 즈음이면 버스 정류장에 나가 함께 걷기도 했다. 그때의 나는 분명 행복했다.

   웃음과 눈물의 흰 가운

아내는 직장 약국을 그만두고, 우리만의 약국을 차리고 싶어 했다. 돈은 없었지만 살던 집을 전세 놓고, 그 전세금으로 살림집이 딸린 아주 작은 약국을 얻어 직접 경영을 시작했다. 나는 레지던트 마지막 해를 보내며, 전문의 시험 공부하라고 준 4개월을 선배의 병원에서 월급받고 일하며 돈을 벌었다. 당시 레지던트 월급보다 훨씬 많았고, 전문의 시험 공부만 해야 하는데 일을 하면서 시험 공부를 병행했다.

시험 한 달 전까지는 계속 일했지만, 너무 불안해서 남은 한 달 동안은 일손을 놓고 집중해서 공부했고, 결국 전문의 시험에 합격했다. 이처럼 부지런히 살다 보니, 군 입대 전 650만 원을 모을 수 있었고, 당시 1,050만 원짜리 AID아파트 한 채를 전세금 400만 원을 끼고 사 두게 되었다. 그것만으로도 하늘을 날 듯 기뻤다.

갈말의
결맹(結盟)

전문의 과정을 마치고, 나는 마침내 군대로 향했다. 군의관으로. 원래대로라면, 나는 체격 미달로 군복을 입을 수 없는 신체였다. 하지만 전문의 과정을 위해 주어진 군 보류 전공의 TO로 인해 나는 군 입대를 늦출 수 있었고, 그 사이 '군대에 가고 싶다.'라는 의지를 밝히는, 드물게도 거꾸로 된 로비를 하게 되었다.

그 결과 나는 군 입대 부적격 판정을 받고도 국방부가 필요로 하는 '쓸 만한' 신체 조건의 전문의로 분류되어, 대한민국 육군 대위로 임관되었다. 아이러니였다. 체격은 미달인데 계급장은 빛났다. 가슴엔 지휘관 배지를 달고, 어깨엔 푸른 지휘관 표시를 붙이고 있었다.

내 안의 어린 시절 장군에 대한 동경이 슬그머니 고개를 들었다. 고등학교 2학년 시절, 나는 육군사관학교 교장으로부터 편지 한 통을 받은 적이 있었다. "귀하와 같은 영재를 군이 필요로 합니다." 짧지만 울림이 있는 문장이었고, 나는 진심으로 육사에 가고 싶어졌다.

하지만 고등학교 3학년이 되던 해, 키가 1센티미터도 자라지 않았다. 156센티미터. 육사 입학 기준에 턱도 없이 못 미치는 신장이었다. 꿈은 그렇게 접혔다. 그런 내가, 어느새 군복을 입고 훈련을 받고 있었다. 훈련 성적도 우수했다. 이상하게 군 생활이 싫지 않았다. 심지어 3사단, 백골사단에 배치되었다. 육군 군의관 중 장군이 "말 안 듣는 놈들 3사단으로 보내

 웃음과 눈물의 흰 가운

라.”라고 했다던 그 전설 속 3사단이다.

도착지는 금화, 철의 삼각지. 38선을 넘은 그곳, 북녘에 가까운 곳. 이곳에서 나는 백골연대 의무중대장이 되었다. 의무중대장은 알고 보니 군의관이 가장 기피하는 보직 중 하나였다. 신고 후 연대장님이 말했다. “이런 시골까지 와서 고생이 많습니다.” 나는 대답했다. “저는 산골 출신입니다. 이런 곳은 아무렇지도 않습니다. 사실 육사에 가고 싶었는데 신체검사에서 떨어졌습니다. 저, 군대 생활 좋아합니다.” 연대장님의 얼굴에 웃음이 번졌다.

120점짜리 의무중대장이 왔다고 칭찬이 자자했다. 전투훈련 성적까지 등 뒤에 붙은 줄은 몰랐다. 그 겨울, 백골은 살을 에는 추위 속에 잠겨 있었다. 재래식 화장실은 변이 얼어붙어 삽으로 깨야 했다. 내 방 책상 위 주전자의 물까지 얼었다. 이 말을 하자 선임하사가 “여기 나무 천지인데요, 뭘.” 하며 불을 때겠다고 했다.

낮 12시, 부대에서 독신자 숙소를 보니 내 방 굴뚝에서 연기가 올라가기에 낮에 한 번 때는가 보다 하고 있었는데, 저녁 퇴근 시간에도 연기가 올라가고 있었다. 낮에 한 번, 저녁에 한 번, 두 번 때는 모양이라고 생각했다. 저녁 5시에 퇴근 후 방문을 여는 순간 숨이 턱 막혔다. 불덩이 같았다. 바닥은 맨발로 디딜 수 없었다.

온돌을 데우는 불이 아니라, 도자기 가마를 때는 불이었다. 온돌에 불을 제대로 때 본 적 없는 신병이 5시간을 내리 불을 때 버렸던 것이다. 그날 육사 출신 중위가 내 방 앞을 지나가다 힐끗 보았다. 출입문은 열려 있었고, 나는 모든 창문을 활짝 열어 두고 팬티만 걸친 채 철제 침대 위에서 땀을 흘리고 있었다.

밖은 영하 20도. “아니, 누구는 얼어 죽겠는데, 누군 너무 더워서 문 다

열어 놓고 있네. 이게 뭐야. 저… 여기로 이사와도 돼요?” “그래, 와라.” 그
날 이후 우리는 한 방을 쓰는 전우가 되었다. 옆방의 화학 장교 소위도 자
연스럽게 합류했다. 우리는 종종 함께 술을 마셨고, 바깥 외출도 같이 나
갔다.

그러다 어느 날, 우리는 결심했다. “오늘부로, 우리 의형제를 맺자.” 모
두 술김에 좋다고 했다. “그럼, 결맹식을 하자. 피를 섞자.” 다들 당황해 웃
었지만, 나는 진심이었다. 바늘로 손가락을 찔러 피를 내어 술잔에 떨어뜨
렸다. 그렇게 피가 섞인 잔을 나눠 마셨다. 갈말의 결맹. 갈말 땅에서 맺어
진, 세 장교의 결의. 어떤 이는 이 이야기에서 진지함을 보지 못할지도 모
른다. 그러나 내게 그것은 단순한 장난이 아닌 운명 앞에서의 형제 맹세였
다. 그 추위 속에서, 그 고립된 철의 삼각지에서, 우리는 나라를 위해, 서로
를 위해, 조금 더 인간적으로 견디고자 했던 것이다.

웃음과 눈물의 흰 가운

화천 메기와
한탄강의 바보 물고기들

1977년, 2년차 전공의 시절, 강원도 화천보건소에 6개월간 파견되었을 때, 나는 낚시에 맛을 들였다. 비싼 릴 낚싯대를 사서 덤볐지만, 한 마리도 못 잡고 결국 남에게 줘 버렸다. 그러나 개울에서의 재래식 낚시는 나와 궁합이 맞았다. 작지만 묵직한 손맛, 흐르는 물의 깊은 곳에서 찌가 움찔거릴 때의 설렘이 좋았다.

비가 많이 내린 어느 일요일, 나는 서울로 올라가지 않고 낚싯대를 챙겨 들었다. 물은 흙탕물처럼 흐려져 있었다. '오늘은 허탕 치겠군.' 하고 생각하면서도 괜히 미련이 남아 낚싯줄을 던졌다. 그런데. 무언가가 낚싯대를 끌어당겼다. 휘청할 정도로 강한 힘이었다.

처음엔 바위에 걸린 줄 알았다. 낚싯대를 감아 당기니 물속에서 허연 물체가 물결을 타고 일렁였다. 메기였다. 엄청나게 큰 메기. 그토록 꿈꾸던 메기 한 마리. 낚시꾼의 로망이 내 낚싯대 끝에 매달려 있었다. 나는 그 거대한 생선을 들고 하숙집으로 돌아갔다. 의기양양하게.

하숙집 노부부는 북한 출신이었다. 6.25전쟁 당시 화천국민학교 운동장에 들어선 탱크 행렬을 기억하던 분들. 말씨에는 여전히 "아니야요." 같은 북쪽 말투가 스며 있었고, 정서 또한 그리움과 끈질긴 생존의 언어로 짜여 있었다. 그날 밤, 그들은 내 밥상 위에 정성껏 끓인 메기 매운탕을 올려 주셨다. 맵고 진한 국물 속에서 메기의 살은 부드러웠고, 그 고기보다 더 짙은 정이 담겨 있었다.

그 후 군대에서 낚시로 메기를 잡은 경험도 있었지만, 화천에서의 그날만큼 각별한 기억은 아니었다. 갈말로 부대가 오기 전, 우리는 철책 경계 근무를 섰다. 그보다 더 북쪽인 학포리에서 하숙하며 지내던 1977년의 어느 날, 한탄강 지류의 맑은 실개천과 흙탕물 한탄강이 만나는 지점이 있었다.

그곳은 낚시 포인트였다. 비가 내리고 난 다음 날, 맑은 실개천 물에 흙탕 한탄강 물이 섞이는 그 경계에서 낚시를 던졌다. 놀라웠다. 던지기만 하면 물었다. 미끼를 던질 틈도 없이 찌가 쑥 들어가고, 낚싯대를 감아올리면 또 다른 물고기, 피라미보다 크지만 꽤 비슷하게 생긴 녀석들이 줄줄이 딸려 나왔다.

지렁이가 금세 바닥났다. 나는 지렁이를 다시 잡으러 다녀와야 했고, 또 금세 바닥나 반복해서 잡으러 갔다. 그날은 인생에서 가장 많은 물고기를 잡은 날이었다. 정확히 몇 마리인지 셀 수도 없었다. 고기들이 멍청한 건지, 내가 천재가 된 건지 헷갈릴 정도였다. 하지만 분명한 건, 그날 나는 강 위에서 세상과 잠시 떨어져 고요한 승리를 맛보았다는 것이다.

웃음과 눈물의 흰 가운

리본브리지와
비무장지대의 낚시

1980년, 해가 바뀌며 나는 서울 근교의 한 공병부대로 전속되었다. 이 부대는 강에 부교(浮橋)를 띄워 병력과 장비를 이동시키는 임무를 맡고 있었다. 당시 우리 부대는 전국에 단 하나뿐인 '리본브리지' 전문부대였다. 보통의 부교는 강 위에 뗏목처럼 하나씩 띄워 하루 이상 걸려 다리를 놓지만, 리본브리지는 미리 만들어진 모듈을 마디처럼 줄줄이 연결만 하면 바로 다리가 되는 획기적인 방식이었다.

나는 이미 소령으로 진급해 군의관으로 작전에 참여했지만, 이번엔 군의관이라는 타이틀을 넘어서 또 다른 역할을 하게 되었다. 작전은 임진강 하구, 비무장지대와 맞닿은 민감한 지역에서 진행되었다.

리본브리지를 펼쳐 강을 건너야 했고, 작전에는 미군 공병부대도 함께 참여했다. 대장이 지휘권을 맡았지만, 영어가 서툴렀다. 결국 대대장은 나에게 리본브리지 관련 영어 용어를 익히게 하고, 작전 중 미군과의 조율 역할을 맡겼다.

의도치 않게 나는 작전에서 공병부대의 핵심 연락자이자 지휘자 역할까지 하게 되었다. 한탄강을 건너기 전, 수중 수색에 나선 미군 병사들이 내게 와서 영어로 말했다. "Unexploded ordnance found underwater, sir." 불발탄이 발견되었다는 보고였다. 나는 "수중 폭파팀이 올 테니 기다려 달라."고 답했다. 하지만 아무리 기다려도 폭파팀은 오지 않았고, 미군

들은 결국 스스로 수중 폭파를 단행해 버렸다.

작전이 끝나고, 우리는 임진강 강가에서 하룻밤을 보내게 되었다. 밤이 되자 장교 몇몇이 낚시를 간다기에 나도 따라나섰다. 그곳은 민간인은 물론, 대부분의 군인조차 발을 디딜 수 없는 비무장지대였다.

오직 군 작전을 위한 일시적 통행만 허락된 특별 구역. 그런 곳에서 낚시를 했다는 사실 자체가 특별했다. 밤의 강은 조용했고, 밀물과 썰물이 반복되며 물살이 드세게 밀려왔다. 물고기들은 제법 컸고, 낚싯줄이 팽팽히 당겨지는 소리에 긴장감이 돌았다.

나는 낚싯대를 직접 던지진 않았지만, 장교들 사이에 앉아 이따금 낚이는 고기를 바라보며 강바람을 맞았다. 문득, '군의관이자 통역관이자 공병 지휘관이자 낚시꾼'이 되어 있는 지금 내 모습이 우습기도 했다.

수중 폭파가 있던 바로 다음 날, 임진강 일대에 엄청난 양의 물고기 떼가 죽어서 떠올랐다고 했다. 그 장면은 직접 보진 못했지만, 내 마음속에는 이미 그 강 한가운데, 군인들의 긴장과 고기 떼의 허망한 부유가 동시에 흐르고 있었다.

들것과 공책,
그리고 그녀

나는 대학입시에 세 번 도전해서 서울의대에 들어갔다. 그래서 누구보다도, 입시에 실패한 사람들의 마음을 안다. 군 복무하다가 만난 병사 중에도 그런 이들이 많았다. 재수하다 입대해, 전역 후 다시 대학을 가겠다는 병사들. 나는 그들에게 뭔가 도움을 주고 싶었다.

그리고 세 번째 입시 때 한자 문제를 몇 개 맞힌 것이 꽤 큰 도움이 된 것이 문득 떠올랐다. 영어 두 페이지를 백지로 낸 상태에서도 합격할 수 있었던 것은 그해까지 신문 사설을 꼼꼼하게 읽으며 매일 그곳에 나온 한자를 공부했던 덕이었다.

입시에는 사설에 나오는 한자들이 많이 나왔다. 예를 들면, 북괴(北傀) 같이 아주 쉬워 보이면서 막상 쓰려면 생각이 잘 안 나는 한자들. 나는 그 문제들을 다 맞혔다. 그래서 "한자를 가르쳐야겠다." 하고 생각했다.

부대에는 매일 신문이 배달된다. 나는 판공비로 노트와 필기도구를 사서 병사들에게 나눠 줬다. 명령은 이랬다. "신문에 나오는 한자를 매일 공책에 써라. 불시에 노트 검사를 할 것이고, 안 한 자는 벌을 받는다." 그 벌이라는 게 심상치 않았다. 정기적으로가 아니라 한 달 후, 두 달 후, 혹은 몇 주 만에 느닷없이 검사한다. 병사들에겐 늘 긴장감을 주는 일이었을 것이다.

어느 날, 노트 검사를 했더니 병장 하나가 웃으면서 말했다. "중대장님,

어젯밤에 꿈에 중대장님이 한자 검사하시는 꿈을 꿨어요. 놀라서 새벽에 깨서 밀린 걸 다 썼습니다. 근데 진짜 오늘 검사하시네요!" 그 얼굴이 해맑아서 나도 웃지 않을 수 없었다.

한자 숙제를 하지 않은 병사들에게는 벌이 주어진다. 벌의 방식은 이랬다. 두 줄로 병사들을 나누고, 각 팀은 한 명씩 들것에 병사를 싣고 100미터 축구장을 왕복한다. 이긴 팀은 끝. 진 팀은 다시 열외. 그리고 다시 토끼뜀으로 연병장을 한 바퀴 더. 그마저도 지면 또다시 한 바퀴. 훈련인지 처벌인지 헷갈릴 만큼 빡셌다.

한번은 신병 하나가 의무병으로 전출 오자마자 이 장면을 목격했다. "의무중대는 편하다더니, 망했네…." 사실 이 훈련은 전시에 위생병들이 들것을 들고 뛸 때를 대비한 것이었다. 그러니 벌이자 훈련, 일석이조였다.

세월이 흘러, 나는 제대 후 지하철에서 한 병사를 우연히 만났다. 그 병사는 이렇게 말했다. "중대장님, 저 제대할 때 그 공책 잔뜩 들고 집에 가다가 초등학교 동창 여자애 하나를 만났어요. 이게 뭐냐고 묻길래, 한자 공책이고 중대장이 매일 쓰라고 해서 썼다, 뭐 그렇게 설명했죠." 그러다 그 여자가 이런 말을 했다고 했다. "그분은 나, 결혼하려 했던 사람이에요."

나는 놀라 다시 물었다. 누구냐고. 언제 그런 일이 있었냐고. 그때 그 병사는 조심스럽게 말했다. "어느 날, 환자 보호자 딸이 병문안 왔었죠. 월급날이라고 뭔가 사 달라고 해서, 환자한테 데리고 나가도 되냐고 물었고, 환자가 '그럼요.'라고 해서 나가 데이트했죠?"

기억이 났다. 얼굴도 예쁘고, 키도 컸던 그 여자. 키 작은 나에게는 우선순위가 키다. 몇 번 데이트 비슷한 걸 하긴 했지만 결혼 이야기까지는 가지 않았다. "그때 그녀가 내게 결혼하자고 했으면 했을 텐데." 나는 웃으며 중얼거렸다. "왜 인생은 이리 이상하게 흐르지?"

그녀와는 아주 드물게 데이트를 했는데, 하루는 그 전날 밤을 꼬박 새서 너무 졸린 상태였다. 그래서 영화『황태자의 첫사랑』을 보는 내내 극장에서 잠을 잤다. 이 영화는 내 첫사랑 Sun과도 1966년에 본 것인데 우연하게도 또 보았다. 너무 졸리고 피곤하고 오래전에 본 영화이기도 해 아마 끝나고 저녁식사도 하지 않고 빨리 자러 돌아갔던 듯하다. 그런 후 내가 그녀에게 전화를 한 적이 없었다. 결혼할 생각까지 했었다면 전화를 내게 한 번이라고 해 줬으면 나는 결혼했을 것이다. 아마 내 태도가 아닌 것 같다고 생각해 전화도 안 한 건 아닐까.

사랑한다고 말하지 않으면 사랑하는지 모른다. 그가 결혼의 '결' 자만 꺼냈어도 나는 그날 밤 바로 그와 결혼했을 것이다.

도하의 결맹,
알자회 사건

전방 백골사단에서의 1년이 지나고, 나는 서울 근교의 도하부대로 전출되었다. 이곳은 공병부대였다. 강을 건너는, 다리를 놓는, 움직이는 다리를 만드는 리본브리지 부대. 물 위에 띄우기만 하면 곧바로 연결되어 다리가 되는, 미군과의 합동작전에도 투입되는 특수한 부대였다. 나는 이곳에서도 오래 걸리지 않아 인간관계의 중심으로 빨려 들었다. 그 중심에는 또다시 '의형제 결맹'이 있었다.

술만 마시면 결맹을 맺는 그 병이 또 도졌다. 이번엔 파벌을 초월한 의형제단이었다. 육군사관학교 출신 1명, 삼군사관학교 출신 1명, ROTC 출신 1명, 군의관인 나 1명. "각 파벌이 싸우지 말고, 국가만을 위하자!" 이런 거창한 명분 아래 술잔이 돌았고, 그날 새벽, 우리는 손가락을 베고, 피로 잔을 채우고, 고전적인 방식의 결맹의식을 치렀다.

사관학교 출신 중 한 명은 노태우의 부관이었다. 그는 12.12군사쿠데타 당시 최전방에서 밤새 행군해 고려대 앞에 도착한 장교였다. 우연히도 그는 내 고등학교 후배다. 이렇게 해서 맺은 도하의 결맹(부대 이름이 '도하여단'이었으므로)은 그 이후로도 이어졌다.

노태우의 부관인 장교 동생은 그 후 노태우의 권유로 군대를 그만두고 대통령실 경호관으로 자리를 옮겼다. 당시 살인마 전두환의 위세 때문에 대통령 경호실의 위상은 대단했다. 특히 그는 육사 출신 중 그 기에서 가장 잘나갔다. 잘생기고 매너까지 좋았다. 12월 12일에 노태우가 6사단을 끌고 내려올 때 함께했기에, 실세 중에서도 실세였다. 그 12월 12일 밤중에 부대가 이동할 때, 그도 어디로 가는지도 몰랐다 한다. 새벽이 되자 고려대 앞에 도착한 것을 알았다고 한다.

제천에서 제천서울병원을 개업했을 때 나이트클럽 영업부장이 내게 쌍욕하며 대든 사건이 있었는데, 그들의 버릇을 고치겠다고 내가 전화한 동생이 바로 이 사람이다. 전두환을 그렇게 혐오하던 내가 그에게서 비롯된 권위주의의 힘을 이용하려 했다니, 아이러니가 아닐 수 없다.

군대를 마치고 경호관으로 이동한 후 가끔 그와 통화할 때 "형님, 우리모임을 하나 만들었는데요. 이름은 '알짜회'입니다. 육사에서 기수별로 똑똑한 장교를 뽑는데 장교들이 한 40명 됩니다." 하고 말한 적이 있다. 제천에서 동업 계약이 끝나고 서울로 돌아온 후 아마 1990년대 가을쯤 될 것이다. 그때 통화에서 "형님, 이제 알짜회 인원이 200명쯤 됩니다." 하고 말했다. 그리고 내가 맺은 갈말의 결맹 동생에게는 이 모임의 존재를 말해서는 안 된다고 했다. 그는 보안부대의 대공 담당으로 있었기 때문에, 같은 육사 출신이지만 군 내 사조직 문제에 대해 수사할 수 있다는 것이다. 나는 두 집단을 개인별로 만나면서도 그들의 사조직에 비밀은 지켜 줬다.

그는 나와 같이 술을 마시면서 회원이 약 200명이라고 말하며 인사시키겠다고 했다. 나는 술기운에 호언장담하던 버릇 때문에, 내가 술 한번 사겠다고 했다. 다음 날 가만히 생각해 보니, 내가 준종합병원 오너로 있던 시절도 지나 약간의 재산을 모았다고는 하나 장교 200명에게 술을 사기에는 무리였다. 후회됐지만 약속은 했기 때문에 약속 날 50만 원 정도를 마련해 가서 그들을 만났다.

젊은 장교들은 싱싱하고 잘생겼다. 그중 특히 눈에 띄게 잘생긴 장교가 한 명 있었다. 이름이 약간 촌스러웠다. '와, 이렇게 잘생긴 장교가 있구나. 그런데 왜 이름을 이렇게 촌스럽게 지었지?' 하고 생각했는데, 그 친구도 청주고등학교 졸업생이었다. 내 도하의 결맹의 고등학교 동기였던 것이다. 그날 참석한 장교들은 200명은 아니라 약 40명 정도였는데 그들로부터 모두 인사를 받았다. 장교들은 비용 절약을 잘하는 습성들이 있어 장소도 대통령 경호실의 위력을 동원했는지 아주 싸게 구했다 하고 마실 술들도 px에서 마련해 와 돈이 들지 않았다.

그날 회식 후 내가 가진 돈으로 2차 맥주를 사기로 했다. 그들은 회의를 했는데 하나회처럼 호남 출신은 뽑지 않는다 했다. 나는 그런 결정은 옳지 못하니, 호남 출신도 뽑으라 했다. 이 말은 공감이 갔는지 호남 출신도 뽑는 것으로 결정되었다. 이렇게 해서 원래는 '알짜회'였는데 나중에 남들이 들으면 위화감이 생긴다 해서 '알자회'(알고 지내자는 뜻)로 바꿨다 한다. 나는 본의 아니게 알자회 고문이 된 셈이었다. 내가 그토록 혐오하던 군 내 사조직 고문이 된 셈이다.

이 알자회에 참석한 후 일주일인가, 이주일쯤 지난 어느 날 신문에 대대적으로 군 내 사조직을 일망타진하며 '알자회' 사건 보도가 대서특필되었다. 나도 조사가 들어오는 것은 아닌가 불안감을 느꼈지만 나에게는 아무런 조사 연락이 없었다. 이때 본 적이 있는 아주 잘생긴 장교는 후일 박근혜 정부 때인가 알자회 시비가 있던 국방장관이 된 것 같았다. 군내 사조직을 일망타진에서 수사하고 불이익을 줬다고 했고 청와대 경호관으로 있던 그 창설자와는 통화해서 별문제 없냐고 했더니, 군대 조직 내만 건드리고 경호관인 자신은 건드리지 않았다 한다.

웃음과 눈물의 흰 가운

삐삐,
군대에서 태어난 개

초봄 어느 날, 의무병 하나가 눈도 뜨지 못한 강아지 한 마리를 안고 찾아왔다. "과장님, 이 녀석… 살 수 있을까요?" 이때는 의무중대장이 아니고 여단의 의무참모라 과장이라 불렸다. 도하 부대 특성상 거대한 도하용 배들이 야적장에 쌓여 있었는데, 그 밑에 유기견이 와서 새끼를 낳았다고 한다. 몇 마리나 낳았지만 모두 얼어 죽었고, 이 한 마리만 간신히 숨만 붙어 있었단다.

건빵을 줘도 먹지 않고, 그냥 두면 죽을 것 같아서 데려왔다는 말에 나는 말했다. "알았다. 이 개는 내가 살려서 키운다." 그 병사는 웃더니, "그러세요!" 했다. 그때부터 삐삐는 의무실 소속 강아지가 되었다. 강아지는 손바닥만 했다. 커다란 쥐 정도 크기. 나는 작은 종이상자 하나를 구해 자불 소독기 위에 올려놓았다. 자불 소독기는 의료기구를 삶는 기계인데, 따뜻한 열기가 은은히 올라오는 그 위는 작은 생명이 다시 체온을 되찾기에 따 좋은 장소였다.

의무병 하나를 약국에 보내 분유와 젖병을 사 오게 했다. 그렇게 강아지는 인큐베이터 같은 의무실에서 자라기 시작했다. 처음에는 얼마나 먹여야 할지 몰라 병사들이 과하게 먹였고, 결국 강아지는 물컹한 소시지처럼 부풀어 발이 땅에 닿지 않을 정도였다. 이름은 농담처럼 지어졌다. 푸로카인 페니실린. 나중엔 줄여서 피피(PP), 그리고 사람들 사이에서 자연스럽게 삐삐가 되었다.

삐삐는 자라면서 사람을 잘 따랐고, 영리했다. 내가 테니스장을 가면 삐삐도 따라가고, 내가 친 공을 물어다 주는 수준까지 발전했다. 점심 나팔이 울려 식당까지 걸어가면 어디선가 나타나 내 식사를 따라오듯 장교식당까지 들어오곤 했다. 장교식당을 관리하는 선임하사는 이를 못마땅하게 여겼지만 내 체면을 봐서 뭐라고 하지는 못했다.

그러던 어느 날, 단장님이 식당에 들어오셨다. 내가 밥을 먹는 테이블 아래를 삐삐가 돌아다니다가 단장님 다리 아래까지 가 버렸다. 나는 긴장했다. 하지만 단장님은 밥을 먹다 말고 삐삐를 바라보시더니 "이 개가 군의관 개요?" 하시곤 동태 덩어리 하나를 던져 주셨다. 그렇게 삐삐는 장교식당에서 밥을 얻어먹는 장교견이 되어 버렸다.

그런 나날이 이어지던 어느 날, 삐삐가 사라졌다. 며칠이 지나 삐삐는 흙투성이가 되어 돌아왔다. "중대장님, 개를 누가 데려가려 했던 것 같습니다." 선임하사는 말했다. 당시만 해도 군인들 중에는 개고기를 탐하는 이들이 많았고, 그 말은 곧 현실이었다. "밖에 맡길 데 있으시면, 그게 낫겠습니다."

나는 고민 끝에 결정을 내렸다. 삐삐를 충북 살미에 있는 우리 시골집으로 보내기로 했다. 상자에 넣어 기차와 버스를 갈아타며, 삐삐는 부대를 떠났다. 그날 이후, 삐삐는 반 야생의 삶을 시작했다. 살미에서 삐삐는 진돗개들과 어울려 살았다.

몸집은 작지만 아이큐는 제법 괜찮았던 삐삐는 사냥에는 영 소질이 없었다. 진돗개들과 함께 사냥을 나가면 끝날 때까지 주인을 따라다녀야 하는데, 삐삐는 몇 발짝 따라가다 금세 사라졌다. 그러다 한참 뒤 집에 와 있었다. 사람을 따르고, 사냥은 싫어하고, 먹고 자고 노는 데 관심이 많은 도

　　　　　　　　　　웃음과 눈물의 흰 가운

시형 개였다.

하지만 삐삐에겐 또 하나의 특별한 성향이 있었다. 모성애. 나중에 진돗개 암컷이 새끼를 낳으면 삐삐는 그 진돗개를 쫓아내고 젖도 안 나오는 가슴을 새끼들에게 물리고 있었다. 어머니는 자주 삐삐를 내쫓았지만, 삐삐는 포기하지 않았다. 어느 해, 삐삐도 새끼를 낳았지만 모두 죽었다. 어머니가 불쌍하다며 진돗개 새끼 한 마리를 입양시켜 줬다. 그러자 삐삐는 욕심을 부려 또 한 마리를 훔쳐 물고 가다가, 진짜 어미에게 들켜 싸움이 벌어졌다. 삐삐는 싸움에서 밀렸고, 혼자 울며 한참 동안 헛 짖었다. 그 모습을 보며 나는 문득 생각했다. 개나 사람이나 본능은 비슷하구나.

아내가 약국을 할 때 약국을 자주 이용하던 동네 젊은 아가씨가 우리 큰딸을 예뻐해 가끔 자기 집으로 데리고 가서 같이 놀다가 데려오곤 한 적이 있었다. 또 한번은 나중의 일이기는 하지만 둘째 딸이 태어났을 때 집에 젊은 파출부 아주머니가 와서 일을 봐 줬는데, 그 아줌마는 우리 둘째 딸을 업고 아주 행복해하며 일을 했다. 누가 봐도 우리 딸을 지극히 사랑하는 것이 눈에 보였다. 부산으로 갑자기 이사 가게 되어 파출부를 그만두게 되었는데 우리 딸을 안고 대성통곡을 해서 나는 순간 두려웠다. 저 사람이 우리 딸을 훔쳐 갈지도 모르니 잘 감시하라고 말했을 정도로.

삐삐도 자기가 가지지 못한 새끼를 어르고, 돌보고, 끝내는 욕심 내고, 사랑하려 한 것이다. 어쩌면 삐삐는 내가 군대에서 돌보고, 먹이고, 안아 줬던 유년기의 나 자신은 아니었을까. 그 작은 생명 안에 내가 품고 있던 상처와 보호 본능이 투영된 건 아닐까. 삐삐는 나와 함께 군대를 건너고, 인생의 한 강을 건넌 존재였다.

삐삐는 사냥에는 소질이 없었다. 서울에서 한 달에 한 번쯤 고향 살미로 내려가 삐삐와 진돗개들을 데리고 산을 타보곤 했지만 내가 단독으로 뭔가를 잡은 기억은 거의 없다. 부상으로 날지 못해 개에게 잡힌 꿩 한 마리, 덤불 속을 멍청히 걷다가 뛰쳐나온 토끼 한 마리, 그리고 겨울잠에서 덜 깬 너구리 한 마리. 이게 전부였다.

아버지는 아마도 한 해에 산토끼 오십 마리, 너구리 열 마리 정도는 잡았을 것이다. 게다가 삐삐는 그런 산행에도 함께하지 않았다. 그 녀석은 어디까지나 도시견, 실내파, 귀족 계열. 산길은커녕 진흙탕만 봐도 외면하는, 가끔은 고양이보다 더 고양이 같은 개였다. 하지만 그런 삐삐에게도 일생일대의 업적 하나가 있다. 그것도 돈을 번 사건이다.

하루는 집에 내려가니 어머니가 웃으며 말씀하셨다. "삐삐가 돈 벌었다." 무슨 말씀이냐고 여쭈었더니, 며칠 전 밤에 집 광(헛간) 쪽에서 삐삐가 크게 짖었다고 한다. 어머니가 놀라서 나가 보니 광 안에 낯선 남자가 허겁지겁 무언가를 뒤지고 있었단다. 말린 고추, 마늘, 참기름병 같은 시골집의 소소한 곡식창고를 훑던 중이었는데, 삐삐가 딱 들어온 것이다.

도둑은 삐삐가 집 밖에 있는 틈을 타 들어왔고, 삐삐는 순찰을 마치고 돌아오다 광에서 인기척을 느낀 듯했다. 순식간에 광 쪽으로 뛰어들어 짖고 달려든 삐삐 덕에 도둑은 놀라 도망쳤고, 삐삐는 꽁무니를 따라가다 집 진입로 어귀에서 놓쳤다고 한다. 다음 날 아침, 혹시나 도둑이 무엇을 훔쳐 갔나 싶어 광과 마당을 둘러보던 어머니는 담장 옆 풀숲에서 이상한 자루 하나를 발견했다. 도둑이 떨어뜨리고 간 자루였다. 그 안에는 현금 다발이 들어 있었다. 정확한 액수는 어머니도 말씀 안 하셨지만, "꽤 된다." 라고 하셨다.

아마도 도둑이 다른 집에서 훔친 돈을 가지고 다니다 우리 집까지 온 모양이었다. 사실 그 돈은 경찰에 신고해 돌려줘야 했지만, 당시 시골 마을에서 그런 정직한 행위는 '그럴 수도 있다.'가 아니라 '그런 바보가 어딨어.'였다. 결국 우리 가족은… 꿀꺽했다. 그렇게 해서 삐삐는 최초로 수입을 올리게 된다.

그날 이후 집에서는 자주 말했다. "삐삐는 사냥은 못 해도, 도둑은 잡는다." 웃기는 얘기 같지만 그 말은 절반의 진실이었다. 우리 집은 산 중턱 외따로 떨어져 있었고, 주위 모든 집들이 도둑질을 당하는 동안 우리 집만큼은 단 한 번도 도둑맞은 적이 없었다. 그 비결은 울타리도, 자물쇠도 아니었다. 그냥 풀어놓은 개들이었다. 특히 삐삐. 도시에서 군의관 의무실을 거쳐 시골 산중 집 지키기까지 진출한, 사냥 대신 방범을 택한 개. 그리고 한 번은 확실히 돈도 번 개.

그 이후 나는 삐삐를 볼 때마다 이따금 속으로 이런 생각을 하곤 했다. '그래, 누구나 자기만의 전공이 있는 거지.' 삐삐는 사냥꾼이 아니었다. 전투견도 아니었다. 하지만 지켜 낼 줄 아는 개, 그리고 돈을 물어올 줄 아는 개였다. 나보다도 낫지 않은가, 싶을 때도 있었다.

1980년대의 군인,
사라지지 않는 그림자

1979년 10월 26일. 박정희 대통령이 피살되었다는 소식이 들려온 날, 나는 이동이라는 곳에서 교육을 받고 있었다. 전 군부대에 긴급 원대복귀 명령이 떨어졌고, 군은 말 그대로 살얼음판 위를 걷고 있었다. 정확한 정보를 아는 이는 없었다. 명령만 있었다. 돌아가라는 지시뿐이었다.

12월 12일 밤, 갑작스레 비상이 걸렸다. 나는 영내 독신자 숙소에 거주 중이었기에 제일 먼저 무장을 하고 연대 참모회의실로 향했다. 연대장은 나를 보며 "군의관이 제일 먼저 출석했군요." 하고 웃으며 말했다. 그러고는 사단에 전화를 걸었다. "지난번과 비슷한 건가…. 알았네."

그는 나에게 들어가 자라고 했다. 비상이었지만 곧 잠자리에 들 수 있었다. 우리는 몰랐다. 당시 사단장은 박세직 소장. 하나회 핵심으로 12.12의 와중에 모든 것을 꿰뚫고 있었을 것이고, 바로 옆 사단에서는 서울까지 노태우가 병력을 끌고 내려갔던 날이었다. 그날 밤, 육군의 정예병력들이 총구를 서로에게 겨누고 있었다. 전두환과 그의 측근들이 군 지휘권을 장악해 가던 밤, 우리는 오리무중 속에서 단지 명령을 기다리는 존재일 뿐이었다.

얼마 후, 군사기밀문서가 도착했다. "1980년 3월, 전쟁이 발발할 가능성이 크다. 준비하라." 3급 군사기밀 보고는 바로 비문함에 넣었다. 소위 말하는 8** 계획이었다. 1980년 3월에는 전쟁이 난다는 비문이었다.

세월이 흘렀지만 군대 비밀 누설에 걸릴지도 몰라 원명은 쓰지 않았다. 나는 의무부대장이었지만, 전쟁이 터지면 총을 들고 싸워야 할 수도 있었다. '보병 전투 실무 참고서'라는 전술 매뉴얼이 지휘관들에게 지급되었고, 나도 이를 숙독하며 보병 전술을 익혔다. 군의관이지만 부대가 와해되어 전투 지휘관이 필요한 상황이 되면 전투도 할지 몰랐다. 그래서 전시에 벌어질 여러 가지 상황에 대해 공부도 하기 시작했다.

매주 아침 참모회의에는 전에는 참석하지 않던 포병대대의 대대장이 참석하여 적과 아군 사이의 포병전력에 대해 설명했다. 적은 포 400문, 우리는 200문. 압도적으로 열세였다. 기분이 좋지 않았다. 연대장과의 장교 회식 날 "우리 후퇴 계획은 xx까지인가? 그리고 그 후에는 후퇴 계획이 없지?"라고 물으셨다. "붙으면 한강까지는 밀릴 텐데."라고 하면서, 즉 밀리면 한강까지 밀릴 건데 철수 계획은 현재의 위치에서 남쪽까지만 있고, 그 후는 없어 싸우다 죽으라는 이야기가 된다.

지휘관의 이 한마디는 사기를 크게 떨어뜨렸다. 지휘관은 밀린다는 말을 해서는 안 된다. 부대는 적 예상 진입로의 산등성이마다 굴을 파기 시작했고, 병사들이 직접 삽을 들었다. 안전장치도 없는 그 작업 중, 결국 굴이 무너져 병사들이 깔려 죽는 사고가 벌어졌다. 매일 철모를 쓰고 권총을 찬 채 출퇴근했다. 외출할 때조차 무장을 풀 수 없었다.

그제야 아내가 처음이자 마지막으로 면회를 왔다. 아마도 곧 전쟁이 난다면 가장 먼저 투입될 부대가 우리라는 사실을 느꼈기 때문일 것이다. 그해 봄, 세상은 숨을 죽이고 있었다.

1980년 5월. 서울 인근의 공병부대로 전출을 받은 어느 날, 한 군의관이 다가와 속삭였다. "과장님, 광주에서… 군인들이 국민을 쐈답니다. 여학생

도요. 많이 죽었답니다." 나는 믿지 않았다. "무슨 말도 안 되는 소리야. 군인이 국민을 어떻게 쏴."

그러나 미군부대에서 영어 회화를 배우러 오던 미군 하사의 부인이, 그러니까 한국인 기자였던 그녀는 말했다. "천 명 가까이 죽었다고 해요." 나는 숨이 막혔다. 이희성 참모총장은 텔레비전에 나와 데모대를 폭도로 규정하고, 포고문을 반복해 낭독했다.

우리는 광주로 투입되지 않았지만, 부대는 곧 폭동 대비 착검 훈련에 들어갔다. 총에 대검을 장착하고 일렬로 군중을 밀어내는 훈련. 그것은 전쟁도, 훈련도 아닌… 동족을 향한 칼날의 연습이었다.

하루는 부대별로 구보 훈련이 있었다. 낙오한 병사가 있다는 보고를 받고 나는 뛰어가 그를 돌보았다. 그런데 근처에서 둑방 공사를 하던 인부들이 나를 보며 욕설을 퍼붓기 시작했다. "자식들 군대 보냈더니 군대서 다 죽인다."라고. 그 병사가 낙오하자 뒤에서 하사관이 발로 찼다고 했다. 나는 인부들에게 말했다. "그만 좀 하세요. 이 환자나 옮기는 거나 도와주세요." 그러자 인부들은 폭발했다. 그곳엔 나 혼자와 쓰러진 병사 한 명만 있었는데 낫, 괭이, 호미를 든 사람들이 몰려와 내 소령 계급장을 보고 나를 둘러쌌다.

그날, 죄는 전두환이 졌고, 나는 맞아 죽을 뻔했다. 위협을 느꼈지만 소령 계급장을 달고 도망갈 수는 없었다. 군인들이 멀리서 이 상황을 보고 달려와 위기는 겨우 해소되었지만, 그날 이후로 계급장이라는 것이 두려워졌다. 나는 전두환이 아니다. 광주를 학살한 군부의 일원이 아니다. 그러나 나는 '그'들의 옷을 입고 있었고, '그'들의 무기를 차고 있었다.

그 격동의 시간은 쉽게 끝나지 않았다. 전쟁은 일어나지 않았고, 광주는 진실을 묻힌 채 침묵 속에 봉인되었다. 그러나 나의 기억 속에서는 대검이 반짝이던 연병장, 굴 속에 묻힌 병사, 광주에서 죽은 여학생, 그리고 그날 안양천 둑방에서 나를 둘러싸던 노동자들의 분노가 지워지지 않는 그림자로 남았다.

왜소한 의무중대장,
부하를 지키는 일

나는 육군 보병 연대의 의무중대장이었다. 체격은 왜소했고, 나를 둘러싼 이들은 육군사관학교, 삼군사관학교, ROTC 출신의 굵직한 체격과 표정의 장교들이었다. 군이라는 곳은 법으로 허용된 폭력 위에 서 있는 조직이고, 그 안에서 체격과 체력은 곧 권위로 작용했다. 비록 나는 학벌 덕에 일정한 존경은 받았지만, 육체적으로 열세였기에 불안함을 느꼈다.

매주 수요일은 '전투체육의 날'이었다. 하사관단과 장교단이 축구 시합을 벌이는 날, 나는 늘 관전자였다. 내 체력과 축구 실력으로는 그들 사이에 끼어들 여지가 없었다. 그러던 어느 날, 장교단에서 한 명이 부족하니 자리를 채워 달라는 요청이 왔다. 마지못해 유니폼을 입고 운동장으로 나섰다. "전쟁을 준비하며 훈련된 장교들 틈에서 뭘 할 수 있겠는가…." 나는 모자라는 인원이나 채우러 들어간 것이다.

경기가 한창이던 중, 상대편 진영에서 넘어온 공이 높게 날아 내 앞으로 떨어졌다. 본능적으로 오른쪽 무릎을 들어 공을 가운데로 밀었다. 발이 아닌 무릎이었다. 그 공은 땅에 닿자마자 기이하게도 90도로 방향을 꺾이더니 골문 안으로 굴러 들어갔다. 말도 안 되는 각도에서, 말도 안 되는 자세로 터진 골이었다.

메시, 호나우두도 평생 한 번도 경험해 보지 못했을 것이다. 그날 하사관 팀에 참가했던 우리 중대 인사계 하사관이 중대장님이 멋있게 골인시켰는데 그 골은 그곳에서는 도저히 들어갈 수 없는 골이었다고 병사들 앞에서 말해 주었다.

내게 기적이라면 바로 그런 순간이었을 것이다. 장교팀은 늘 하사관팀에게 지곤 했지만, 그날만큼은 승리를 거두었다. 경기 후 장교들은 "의무중대장 없으면 다음부터 경기 안 한다니까요."라고 나를 치켜세워 줬다.

몇 달 후, 연대 전체 중대장급 이상 장교를 대상으로 사격대회가 열린다는 공지가 내려왔다. 대위 이상 40여 명이 참가하는 행사였고, 나 역시 중대장으로서 이름을 올려야 했다. 내가 설령 꼴찌를 해도 누가 뭐라 하지는 않겠지만, 부하들 앞에서 체면이 서지 않을 것 같아 며칠간 사격 연습에 몰두했다.

드디어 대회 날이 되었다. 나는 마음을 비우고 방아쇠를 당겼다. 그리고 다음 날, 장교식당에서 식사 중이던 내 앞을 지나가던 대회 주관 대대장이 사격 점수를 기록한 서류를 들고 지나가다가 나를 보고 중얼거렸다. "의무중대장 성적은 어떨까?" 그는 곧장 멈춰 서서 내 점수를 확인하더니, 눈이 커졌다. 40명 중 11등. 중간을 훨씬 넘는 성적이었다.

그날 오후, 나는 보병 중대장들에게 은근히 미안한 얼굴을 하고 있었지만 속으로는 쾌재를 불렀다. 왜냐하면 그들이 대대장에게 꾸지람을 들었기 때문이다. "의무중대장처럼 훈련 좀 해라. 넌 사격 점수도 안 나오면서 연습도 안 해?"

의무중대는 본대와 지대들로 나뉘어 있었다. 나는 연대 본부에 있었고, 각 대대에는 중위들이 지대장으로 파견 나가 있었다. 어느 날, 한 지대의 병사에게서 전화가 걸려 왔다. "중대장님… 저 억울해요. 보병 장교한테 맞았어요…."

전화기 너머로 흐느낌이 들려왔다. 나는 순간 숨이 멎는 듯했다. '그냥 참고 있었으면 몰라도, 울면서 전화까지 한 걸 보면… 진짜 억울한 거겠지.' 하지만 문제는 내가 그 보병 대위를 찾아가 멱살이라도 잡을 체력은 없다는 것이었다.

그러나 가만히 있을 수도 없었다. 나는 결심했다. 그 대대의 중령에게 전화를 걸었다. "연대장님이 구타 사건이 발생하면 즉시 보고하라고 하셨습니다. 그런데 귀 대대에서 그런 일이 발생했습니다. 게다가 제 부하입니다. 적절한 조치가 없다면, 연대 지휘 라인을 통해 정식 보고해 문제 삼겠습니다." 그것은 사실상 협박이었다. 대위인 내가 중령을 협박한 셈이었다. 불쾌했을 것이다. 그러나 중령은 곧장 조치를 약속했다.

며칠 뒤, 그 병사에게 다시 전화를 걸었다. "그때 일… 어떻게 됐냐?" "대위님이 와서… 잘못했다고 빌었어요." 나는 말문이 막혔다. 군에서, 그것도 장교가 병사에게 직접 사과한 것은 전례가 없는 일이었다. 나는 부하들 앞에서 조용히 선언했다. "누구든 내 부하를 건드리면, 내가 가만두지 않겠다." 그날, 나는 처음으로 나의 작고 왜소한 체구가 무기가 될 수 있다는 사실을 알았다. 힘이 없어도, 체력이 약해도, 목소리와 책임감으로 사람을 지킬 수 있다는 것을.

최전방은 장교들도 후방으로 마음대로 나갈 수 없고 반드시 휴가증을 휴대해야 한다. 이미 아내와 함께 가정을 이루고 있는 군의관들은 이것을 몹시 괴로워해서 인사장교와의 관계를 통해 합법이지만 그가 속한 중대에는 알리지 않고 몰래 부대를 빠져나가는 경우가 자주 있는데, 이것은 종종 큰 문제로 번질 위험을 내포하고 있어 항상 부대에 있는지 동향보고를 받고 있었다.

한 의무지대의 중위 군의관이 이런 합법이기는 하지만 중대장의 허락

웃음과 눈물의 흰 가운

이 없는 휴가증으로 휴가를 간 것이 다른 사건 때문에 밝혀지게 되어 그 부하를 처벌해야 할 상황이 생겼다. 부하 두 명을 연대 영창에 2주간 보냈다. 연대 영창은 구치소에 해당하는데 일부러 겨울에 난방을 끄고 아침 9시에 기상시켜 점심시간 전까지 얼차려를 하게 하고 점심시간에 휴식 후 저녁 5시까지 꼬박 기합을 받는 그런 처벌인 것이다.

진짜 교도소보다 훨씬 더 혹독한 곳이다. 이곳에 2주 동안을 들어가 있던 부하들은 내가 퇴근하는 시간에 그들도 숙소로 돌아가는데 며칠 안 된 사이에 다리를 절면서 형편없는 상태가 되어 있는 것을 멀리서 보았다. 이에 이주일을 그대로 두면 너무 혹독해 보여 연대 주임상사에게 일주일로 형기를 줄여 달라 했더니 영창에 보내는 것은 중대장님 마음이지만 내보내는 것은 마음대로 안 된다며 거절했다. 사정 사정을 해서 일주일만 영창 생활을 하고 끝나게 했다.

부하 직원들을 처벌할 때는 마음이 편치 않지만 언제나 감정을 억누르고 냉정하게 집행했다. 이상하게도 내가 예뻐하는 직원들만 처벌받게 되는 것 같은데, 한 번은 내 비서가 처벌받을 일이 생겼다. 나도 사람이니 의료원 직원 중에 내가 예뻐하는 직원이 있을 수밖에 없다. 의료원을 신축하니 그 시설이 좋아 영화 촬영 의뢰가 많이 들어 왔는데, 그 출연 영화배우들이 내게 인사를 와서 같이 기념 촬영을 하곤 했다.

그들이 돌아가고 나서 비서에게 "영화배우들, 별로 예쁘지 않네. 우리 직원들이 더 예쁘네." 했더니 비서가 "원장님, 누가요? 누가 저 배우들보다 더 예뻐요?" 한다. "그냥 다 예뻐." 하고 넘어가면 될 것을 바보처럼 "건강검진실에 누구누구."라고 했다. 병원 순시를 하다가 그 직원을 만나서 "영화배우들이 왔는데 영화배우들보다 그대가 더 예쁘다."라고 말했다고 하려고 하는데 "원장님, 벌써 연락받았어요." 한다. 비서가 벌써 전화로 이

급보를 보낸 것이다.

그 예쁜 직원은 어느 날 건강검진 환자가 자기 팔찌를 잃어버렸다고 주장해 병원이 물어 주어야 하게 되었고, 전후좌우에서 그 직원이 일정한 책임을 져야 하는 상황이 되어 있었다. 아마도 모두 인간적인 배신감 비슷한 것을 느꼈으리라. 공과 사를 엄격히 구분하는 것은 쉽지 않고, 하고 싶지도 않았다. 그러나 할 수 없이 그렇게 했다.

기강이 무너진 밤,
참사

군대에서 사고는 언제나 '예고 없이' 일어나는 것 같지만, 실상은 그 조짐이 곳곳에 숨어 있다. 그 징후를 놓친 대가는 언제나 참혹했다. 나는 비무장지대를 마주한 전방 철책 연대에서 의무중대장으로 복무 중이었다. 이 철책은 전선의 최전방, 국가 안보의 마지노선이었다. 하나라도 뚫리면 그 책임은 연대장, 곧 대령의 미래를 삼켜 버릴 것이었다.

장군으로 진급할 꿈은 단 한 번의 경계 실패로 산산조각 나는 것이다. 그래서 철책 연대장들의 마지막 몇 달은 악몽이다. 임기를 무사히 마쳐야 진급이 보장되는데, 그 고비를 앞두고는 잠을 이루지 못하고 밤마다 잠결처럼 초소 주변을 돌곤 한다. '불면의 대령들'이라는 별명은 과장이 아니었다.

어느 날 밤 12시, 갑작스럽게 연대 장교 비상이 떨어졌다. 모든 장교가 전투복을 입고 연대에 집결했다. 지시 내용은 간단했다. 철책 각지에 장교를 파견해 병사들이 경계를 제대로 서고 있는지 감사하라는 것이었다. 내게는 한 중대 구역이 배정되었다. 야간 초소, 철조망, 젖은 바람…. 비가 부슬부슬 내려 우리는 우비를 걸친 채 중대장을 대동하고 경계 구간을 순시했다. "뭐 하다 왔나? 괜찮나?" 나는 병사들에게 말을 걸며, 그들의 피로한 눈동자 속에서 경계의 긴장을 읽으려 했다.

하지만 얼마 지나지 않아, 멀리서 느닷없는 노랫소리가 들려왔다. "아리아리랑~ 쓰리쓰리랑~." 어둠 속에서 그 소리는 바람결에 실려 왔다. 순식간에 긴장이 감돌았다. 인근 소대장이 소리를 질렀다. "어떤 놈이야! 누가 지금 노래 불렀어!" 소리는 곧 잦아들었다. 그러나 잠시 후, 다른 방향에서 다시 희미한 소리가 들려왔다. 분명히 경계 근무 중 누군가가 일부러 장난처럼 소리를 낸 것이었다. 그것도 상급부대 감사 중에.

나는 그 광경이 몹시 불쾌했다. 지금 이 순간도 잠 못 이루는 연대장이 머릿속을 부여잡고 있을 텐데, 초소의 병사들은 그 절박함을 이해하지 못하고 있었다. 이는 단순한 기강 해이가 아니라 명백한 항명이었다. 그러나 나는 그 사실을 감사 보고서에 적지 않았다. '너무 예민하게 받아들일까? 경고성 조치로 충분하지 않을까?' 하는 생각에서였다. 하지만 지금 생각하면 그건 방관이었다.

그로부터 한두 달이 지나, 우리는 생각조차 하기 싫은 소식을 접했다. 한 신병이 내무반에서 돌연 총기를 난사했고, 그를 막던 전우와 몸싸움을 벌인 뒤, 밖으로 나가 자신의 턱 아래 총구를 들이대고 연발 사격으로 스스로 목숨을 끊었다. 총성을 들은 병사들이 시신을 연대로 급히 이송했다. 나는 의무실에서 그를 맞았다. 피투성이 얼굴, 거칠게 남은 숨결. 나는 상처 부위를 확인하려고 머리를 살짝 돌렸다. 그 순간, 내 손이 머리 안으로 들어갔다.

연발 사격으로 생긴 두개골의 공백이 손바닥을 빨아들였다. 따뜻한 피가 손가락을 타고 흘러내렸다. 모든 감각이 멎은 듯했다. 의무장교로 수많은 사고를 봤지만, 그날의 따뜻한 피는 지금까지도 내 손에 남아 있는 듯했다. 바로 그 기강이 해이해진 중대에서 발생한 사고였다. 그날 밤, 노랫소리를 내며 질서를 조롱하던 병사들이 있었던 그 부대. 사고는 예고 없이 오지 않는다. 조짐은 있었다. 나는 보았다. 하지만 넘겼다. 그 병사의 이름도, 얼굴도 이제 흐릿해졌지만 그날 새벽, 내 손안의 따뜻한 피는 평생

잊히지 않는다.

전방 철책 부대는 1년 근무를 마치면 후방 부대와 교대한다. 그날은 바로 그 교대일이었다. 평화로운 이동 행렬을 예상했건만, 그 예측은 철저히 깨졌다. 갑자기 터진 지뢰. "사상자 다수 발생!" 무전이 울렸다. 곧이어 흙먼지를 뒤집어쓴 트럭과 앰뷸런스가 줄지어 연대 의무실로 밀려들었다. 창백한 얼굴들, 붕대가 감긴 팔다리, 비명을 지르며 실려 오는 병사들. 전쟁터가 따로 없었다. 피와 흙이 엉겨 붙은 장병들 사이, 나는 본능적으로 가장 위중한 한 병사를 골랐다. 거칠게 숨을 몰아쉬는 젊은 병사. 곧 심장이 멎었다.

나는 즉시 그의 입에 입을 맞대고 인공호흡을 시도했다. 심장에는 에피네프린 주사를 꽂았다. 심장이 다시 뛰기 시작했다. 생리식염수, 링거액, 혈압 유지제. 할 수 있는 모든 것을 쏟아부었다. 하지만 혈압은 다시 내려가고, 심장은 또 멎었다. 살려 내면 또 꺼지고, 또 살리고. 몇 번이나 반복했는지 기억도 나지 않는다.

헬기 후송을 요청하고, 수도권 군 병원과 무전을 주고받으며, 나는 그 병사의 목숨 하나에 매달렸다. 하지만 결국 그는 떠났다. 그의 등을 뒤집었을 때, 나는 그가 이미 '벌집처럼' 지뢰 파편이 박힌 중상을 입은 상태였음을 알게 되었다. 처음부터 등 뒤를 봤다면, 이 환자는 '우선 제외'했을 것이다. 그러나 나는 민간 병원에서 막 군으로 들어온 '군의관 초짜'였고, 죽어 가는 생명을 앞에 두고 포기라는 선택을 받아들이지 못했다.

그날 이후 나는 깨달았다. 전쟁터에서는 죽어가는 이를 살리려는 시도가 오히려 더 많은 생명을 죽이는 일이 될 수도 있다는 것을. 의무 매뉴얼은 말한다. "최우선은 살릴 수 있는 자다." 내가 그 중환자에 매달리는 동안 경상이지만 적절한 응급조치가 필요했던 다른 병사들에게는 10분, 20

분의 시간이 흘렀다. 만약 그중 누군가가 그 시간에 받은 치료로 살 수도 있었는데 죽음의 길을 가게 되었다면 그건 나의 우선순위 판단 착오다.

그날 나는 '의사'였지만 '전쟁터 군의관'은 아니었다. 그리고 그날은 내 인생의 첫 전쟁터였다. 진짜 총성이 없을 뿐, 죽음과 구원이 동시에 몰려드는 지옥. 그날 나는 우선순위 4순위의 절망적 환자를 잡고 시간을 보낸 것이다. 의사로서는 나무랄 수 없지만 군인의사로서는 많이 잘못한 것이다. 전쟁터에서의 환자 부상자 분류(triage)는 다음과 같다.

전시 Triage의 4단계 분류(국군 기준, NATO 및 미군 기준 유사)

다음은 미군(NATO) 기준과 유사한 국군의 전시 triage 분류이며, KMA(대한군진의학회)나 국군의무사령부 지침과도 일치한다.

분류	우선도	설명	대표적 예시
Immediate (긴급)	1순위	즉각적인 처치 없이는 생명이 위험하지만, 빠른 처치로 생존 가능성이 높은 경우	기도 폐쇄, 긴장성 기흉, 대량 출혈, 개복술 필요 복부손상 등
Delayed (지연)	2순위	즉각 치료는 필요하지 않지만, 일정 시간 내 치료가 필요한 경우	장골 골절, 안정적인 복부 외상, 큰 연부조직 손상 등
Minimal (경상)	3순위	치료가 필요하지만 후방이송 또는 자가치료 가능	경한 화상, 찰과상, 안정된 골절 등
Expectant (절망적)	제외 또는 후순위	생존 가능성이 낮으며 자원을 집중해도 예후 불량	광범위 화상, 뇌간 손상, 심한 다발성 장기 손상 등

나는 흙탕물을 덮어쓴 그 병사의 얼굴을 지금도 또렷이 기억한다. 숨이 끊어지기 전 마지막으로 움찔하던 턱, 말없이 깜박이던 눈동자. 그의 어머니는 아들이 그렇게 떠났다는 걸, 어느 날 푸른 봉투로 알게 되었을 것이다. "국가의 부름을 받아 군 복무 중 순직하였습니다⋯."

슬픈 날이었다. 그가 내게 말을 걸었던 적도 없고, 이름도 당시 기억나지 않았다. 하지만 나는 그의 죽음 앞에서 무너졌고, 그의 손을 잡고 "조금만 더, 조금만 더…." 중얼거리던 내 목소리는 아직도 귓가에 맴돈다.

지뢰 사고 이후에도 전방은 위험으로 가득했다. 총기로 인한 사망 사고는 의외로 흔했다. 사소한 말다툼, 감정의 폭발, 애증이 불러온 광기. 하사관 하나는 술집의 여종업원에게 연정을 품었다. 거절당하자, 그는 부대에서 총기를 들고 나왔다. 그 술집에 들어가 "다 엎드려!" 외친 후, 여종업원들을 향해 총구를 겨눴다. 사격. 비명. 피와 공포. 정작 그가 노린 대상은 다행히 맞지 않았다. 그는 그녀를 찾기 위해 민간병원까지 뒤졌고, 결국 잠복한 헌병대에 의해 사살됐다.

전방 부대는 늘 '살얼음판'이었다. 전쟁은 공식적으로 끝났지만, 죽음은 늘 가까이에 있었고 삶은 언제나 그 경계에서 아슬아슬하게 서 있었다. 그리고 그날 나는, 한 병사를 잃으며 '군의관'이라는 이름의 진짜 의미를 처음으로, 비로소, 피와 눈물 속에서 알게 되었다. 전방 부대의 살얼음판 같은 긴장에 비하면, 후방 부대에서의 생활은 말 그대로 평온했다. 매일 총성이 아닌 웃음소리가 들렸고, 생사의 경계 대신 따스한 햇살이 나를 감싸주었다.

무엇보다 나는 한 가정의 가장이 되어 있었다. 첫딸이 태어났고, 아내는 조그만 약국을 운영하며 바쁜 하루를 보냈다. 넉넉하진 않았지만, 그 시절은 가난한 대신 행복이 풍족했던 시절이었다. 나는 평생 떠돌았다. 국민학교 시절부터 객지 생활, 기숙사, 독서실, 고시원… 늘 혼자였다. 그러던 내가 결혼을 했고, 나의 옆에는 예쁜 아가씨가 항상 함께하고 있다. 정말이지, 지금도 신기했다. 어떻게 그 사람은 도망가지도 않고 예쁜 아기들을 세 명이나 낳아 주었나.

영어,
그리고 미군 하사관

　　나는 시간이 많았고, 늘 갈증을 느꼈던 영어 회화 공부를 시작하게 됐다. 마침 옆 미군 부대에 있는 흑인 하사관이 우리 중위 몇 명과 영어 공부를 하고 있다는 이야기를 듣고, 나도 함께하자고 청했다. 그 하사관은 유쾌했고, 꽤나 솔직한 성격이었다. 어느 날, 그가 나를 조용히 부르더니 고백했다. "소령님, 나… 거기가 좀 아파요."

　　진료해 보니 단순한 염증이었다. 나는 치료를 해 주며, "포경수술을 하면 재발 방지에 좋다."고 조언했다. 전방에 있을 땐 포경수술이 흔한 일이었고, 이젠 나에게 자연스러운 일이기도 했다. 그를 직접 수술하기는 다소 부담스러워서, 대학 동기이자 다른 부대에 있던 비뇨기과 군의관에게 부탁했다. 당연히 돈은 받지 않았고, 대신 한국 의사들이 좋아하는 조니워커 한 병을 챙겨 주라고 했다. 미군 하사관은 "형, 진짜 쿨하다." 하고는 웃으며 고개를 끄덕였다.

　　어느 날 그가 제안했다. "소령님, 우리 부대 한번 구경하실래요?" 나와 몇몇 장교들이 따라나섰고, 우리는 미군 부대 내의 작은 카페 같은 곳에 들어섰다. 그때 나는 깜짝 놀랐다. 정말 거대한 미군 여군이 한 명 있었다. 키는 2미터는 족히 넘어 보였고, 체중도 100킬로그램은 가볍게 넘었을 것이다. 물론 약간의 과장은 섞였겠지만, 당시 내 눈엔 그렇게 보였다.

　　나는 농담 삼아 그 하사관에게 말했다. "야, 난 저런 여자 좋더라. 든든

해서.” 그는 크게 웃더니 갑자기 무언가 말을 하며 그 여군에게 다가갔다. 얼핏 보기에도 장난을 치는 게 느껴졌다. 잠시 후 여군이 내게 다가와서 는 “Are you serious?” 하고 묻는 것이다. 나는 순간 당황했다. 영어를 알 아들었지만, 일부러 못 알아듣는 척하고 “Parden?” 같은 엉뚱한 소리만 늘 어놓았다. 그 여군은 고개를 갸웃하다가, 결국 남자 하사관의 장난이었다 고 생각한 듯 쿡 웃으며 돌아갔다.

그 미군 하사관은 내 어깨를 툭툭 치며, “Next time, you say yes. Good practice!”라고 하며 키득거렸다. 생각해 보면, 그냥 “Yes, I do.”라고 하고 영어 회화 연습을 해도 좋았을 것이다. 하지만 솔직히, 2미터의 거구가 웃 으며 다가오는 모습은 좀… 무서웠다.

하루만에
병원 오너가 되다

전방과 후방을 오가며 보내던 3년의 군 생활이 끝날 무렵에 나는 세 딸의 아버지였다. 첫째는 군 복무 중, 둘째는 곧이어, 셋째는 제대하던 해에 태어났다. 우리는 건강했고, 일 년 반 간격으로 생명을 맞이하며 가난하지만 풍요로운 시간을 살고 있었다. 민간 병원에 복귀하자, 과거 아르바이트로 일했던 그 병원에서 정식으로 나를 받아주었다. 아르바이트 시절 월 40만 원을 받던 나는 이제 월 180만 원을 받는 '고소득 전문직'이 되어 있었다.

같은 병원에서 고등학교 동기인 치과의사와 어울렸고, 조금 지나자 대학 동기인 외과의사가 합류했다. 우리 셋은 매일 저녁 병원에서 만나 술을 마시며 우정을 다졌다. 그러나 마음은 편치 않았다. "이대로 평생을 살아갈 수는 없겠구나." 나는 미래가 불투명하다는 것을 본능적으로 느끼고 있었다.

그렇게 마음이 흔들릴 무렵, 대학 동창회에서 신경외과를 하던 친구 하나가 말했다. "충청북도 제천에 병원 개업하려고 하는데, 마취과 의사가 필요해. 월급 얼마면 오겠냐?" 나는 무심코 말했다. "월급으로는 안 가지. 동업이면 몰라도." 그 말은, 장난처럼 던진 농담이었다. 그런데 그 친구는 눈을 반짝이며 말했다. "진짜? 그럼 같이 하자." 술김이었다. 그러나 그 한마디가 내 인생을 바꾸는 계약서가 되었다.

　　　　　　　　　　　　

이후 나는 그 친구와 함께 서울 근교 병원 자리들을 직접 보러 다녔다. 하지만 어느 곳이든 문제는 똑같았다. 땅값이 너무 비쌌다. 우리 형편으로는 땅을 사고 건물을 짓는 일은 불가능했다. 나는 아내에게 고민을 털어놓았다. "지금은 당신이 약국이라도 해서 자본이 동기들보다 조금 나은 편이지만 시간이 지나면 그들도 다 따라잡아. 그땐 누가 나랑 병원 하자고 하겠어?"

지금 아니면 안 된다. 그렇게 마음을 다잡고, 제천에 있는 보험회사 소유의 500평짜리 사무실 건물을 눈여겨보게 되었다. 그 건물은 대출금을 갚지 못한 개인이 넘긴 저당물이었다. 내 친구는 말했다. "보험회사도 그 건물을 오래 갖고 있고 싶진 않을 거야. 회사 이사 한 명만 설득하면 싸게 살 수 있어."

나는 반신반의했지만, 그는 정말로 그 회사 이사를 찾아갔다. 그러고는 이렇게 말했다. "싸게 팔게 해 주시면, 나중에 인사드리겠습니다." 말인즉, 뒷돈을 드리겠다는 암시였다. 그 이사는 오너가 아니었기에, 회사 실익보다 자신의 이익을 우선했고, 곧 긍정적인 답변을 받아왔다. 지금에 와서 생각하면, 세상이 어떻게 돌아가는지 모르는 나와, 경험으로 단련된 그의 실전 감각이 맞물린 결과였다.

건물 계약은 성사되었지만, 문제는 그 안에서 영업하던 세입자들이었다. 대부분은 순순히 나갔지만, 지하에서 다방을 하던 자칭 월남전 사형수가 끝까지 버텼다. 우리는 결국 권리금을 지불하고 내보낼 수밖에 없었다. 세상엔 계약보다 기세가 더 센 법이다.

개업에는 큰돈이 들었다. 나는 군대 가기 전 샀던 강남의 32평짜리 작은 아파트를 팔아 6,300만 원을 만들었고, 홍제동에 있던 또 다른 아파트도 팔았다. 그래도 부족해서 친척에게 4,000만 원을 빌렸다. 우리는 그 건물을 수리해 준종합병원으로 만들었다. 개원일은 1984년 8월 1일. 나는 1984년 7월 31일까지 다른 병원에서 봉직의로 일하다가, 단 하루 만에 피고용자에서 병원 오너가 되었다.

나중에야 들은 이야기다. 그 건물은 원래 어떤 신문기자 소유였고, 그 기자는 내가 초등학생 시절, 우리 학교에 교생 선생님으로 왔던 미모의 교생 선생님의 남편이었다고 했다. 세상은 좁았고, 사람의 인연은 멀리 돌아서 다시 만나는 법이었다.

공포의 첫 주,
그리고 심장의 경고

개원 당일, 환자들은 건물 밖까지 줄을 서 있었다. 한 달 쓸 걸로 예상했던 소모품은 3일 만에 바닥이 났고, 나는 첫 72시간을 잠 한 번 못 자고 환자를 봤다. 문제는 그게 다가 아니었다. 우리는 병원 융자를 위해 생명보험에 가입해야 했는데, 내 심전도에 이상이 발견되었다. 완전좌각차단. 의학서적엔 이 상태가 단명으로 이어질 수 있다고 적혀 있었다. 결국 서울대병원에서 정밀검사를 받고, 억지로 보험 가입을 한 뒤 융자를 받을 수 있었다. 그때 나는 내가 개업 도중에 죽을지도 모른다는 어렴풋한 두려움을 품고 있었다.

72시간 무수면 근무를 하며 내 몸이 이 병원 격무를 견딜 수 없으리라 짐작하고 사후에 아내와 아이들이 살아갈 수 있도록 준비를 했다. 모든 투자는 아내 이름으로 했다. 할 수만 있다면 60세까지는 살아 아이들과 아내를 보살피고 싶었다. 지금 돌이켜 보면 내가 목표로 했던 60세를 넘겼다. 심장은 완전방실차단이라는 막바지로 몰렸으나, 그동안 의학이 발달하여 심장 속에 박동기라는 8년간 수명이 보장되는 건전지 한 개를 넣는 것으로 간단히 해결되어 장수할 수 있게 되었다.

나는 내 전공이 아닌 소아과, 피부과, 비뇨기과까지 봐야 했다. 환자는 몰려들었고, 스트레스와 과로 속에서도 내 몸은 버텼다. 병원이 살아남았고, 나도 살아남았다. 나는 의과대학 미국 의사 고사, 의사고시를 공부할 때보다 훨씬 더 열심히 의학 공부를 해야 했다. 동업자들이 내 방을 들를 때는 "어이구, 학자 났네, 학자 났네!" 하면서 놀렸다. 늘 공부를 하고 있었기 때문에. 그도 그럴 것이, 나는 전공이 아닌 과목을 너무 많이 보고 있었다.

웃음과 눈물의 흰 가운

제천,
그 밤의 병원

병원 경영은 의외로 순조롭게 흘러갔다. 오너 세 명은 돌아가며 응급실 야간 당직을 섰고, 제천과 인근 지역에서 대학병원급 치료를 요하는 중환자들이 밤마다 몰려들었다. 의료진의 손끝은 늘 긴장에 떨었고, 응급실은 매일 일촉즉발의 전장 같았다.

그러나 의학적 위기보다 더 위험한 것은, 술 취한 환자들과의 갈등이었다. 제천은 소도시였지만 중앙선 철도의 영향으로 오래전부터 전국구 조폭이 뿌리내린 곳이었다. 밤이 깊으면, 술에 취한 조폭들과 나이트클럽 직원들이 병원에 실려 왔다. 그들 대부분은 겉모습부터 위협적이었고, 말투는 항상 싸움을 예고했다.

하루는 폭행으로 응급치료를 마친 환자가 병원 로비에 앉아 새벽 1시, 2시가 되어도 돌아가지 않았다. 조용히 나가 달라고 했더니, 그는 대뜸 쌍욕을 퍼붓고 "죽어 버리겠다!" 하고 협박까지 했다. 순간 피가 거꾸로 솟았다. 군 시절의 결맹 동생이 청와대 경호관으로 근무 중이었기에, 나는 서울에 전화를 걸어 '한 놈 손 좀 봐줘야겠다' 생각하고 다음 날 그에게 전화 통화를 했다.

그 전화를 듣던 병원 직원 중 나이 많은 미혼 여성 한 분이 조용히 말했다. "서울까지 안 가셔도 돼요. 그 술집 사장이 제 동생 친구거든요. 제가 이야기해 볼게요." 다음 날, 그 술집 사장이 병원에 찾아왔다. 나는 정색하며 말했다. "술에 취해 실수한 거라면야, 사람 일이지만. 나를 우습게 알고 그런 짓을 한 거라면 그냥 둘 수 없다."라고 했다.

내 말 속에 빠져나갈 틈을 미리 만들어 두었다. 아니나 다를까, 그 조폭은 곧 병원으로 와서 "술에 취해 기억도 없고, 실수였다."라고 말하며 싹싹 빌었다. 그렇게 사건은 마무리되었고, 나는 체면을 지켰다. 이후 그와는 기묘한 관계가 되었다. 나를 '형님'이라 부르며 의림지 근처 술집에서 술을 사기도 했고, 내가 그의 술집에 오면 반듯하게 인사를 하곤 했다.

어느 날 그 집에서 1차 후 그 영업부장이 2차를 사겠다고 하여, 의림지 근처까지 함께 가게 되었다. 술을 마시던 중 그는 다음과 같은 이야기를 했다. "형님, 외상값을 안 갚는 놈이 있어서 칼을 한 개 꼽고, 그놈을 저기 보이는 저 산 아래로 데리고 가서 칼을 주고, 네가 먼저 나를 먼저 찔러라, 그다음은 내가 찌른다고 말하고, 칼을 주고 찌르라 하니 못 찌르더라고요. 그래서 내가 칼을 뺏어서 등짝을 콱콱 찔렀더니 푹 고꾸라졌죠. 그러더니 다음 날 밀린 외상값을 다 가져오더군요."

그 말을 듣는 순간, 등골이 서늘해졌다. '아니, 사람 등짝을 칼로 콱콱 찌르는 사람이랑 내가 술을 마시고 있다니⋯.' 술기운도 순식간에 깼다. 나는 자리를 털고 일어났다. 나 이제 그만 간다고 하자 "아니, 형님! 조금만 더 마시고 가시죠!" 하면서 잡았으나 그냥 집으로 갔다.

그로부터 몇 달 뒤, 결국 그는 그가 근무하는 나이트클럽에 영업 방해를 하러 온 다른 조폭을 끌어내려고 밖으로 데리고 나갔다가 칼로 그를 찔러 살해했다. 다리를 노리려는 의도였겠지만, 칼은 아랫배로 파고들었고 피해자는 사망했다. 그는 살인죄로 체포되어 충주검찰청에서 조사를 받았다. 담당 조사관은 마침 나의 고등학교 동창이었다. "얘가 너를 형님이라고 하던데, 무슨 사이야?" "응, 맞아. 내 동생 같은 애야. 좀 잘 봐줘." "알았어. 집행유예 한번 만들어 볼게." 살인 사건인데 집행유예가 가능하겠냐마는 그렇게 해 보라고 말은 했다.

피살자도 전신에 문신을 한 조폭으로 영업 방해를 하러 왔던 자였으므로 살인 사건인데도 몇 년 만에 그는 나왔다. 그는 형기를 마치고 병원에 인사를 왔다. 나는 현금을 넣은 봉투 하나를 내밀며 조용히 말했다. "몸조심하고, 다시는 이런 일 생기지 않도록 해." 그가 병원을 나서는 뒷모습을 바라보며 나는 생각했다. 술집에서 영업부장을 하며 살인까지 해야 하는 형편이기에 안됐기는 했지만 다시 보고 싶지는 않았다.

살미집과
형제들 이야기

우리 살미집은 산자락 끝자리에 우뚝 서 있었다. 평지보다 10미터쯤 높은 언덕 위에서 수안보로 내려가는 국도를 굽어보는 자리였다. 나중에야 알았지만, 그곳은 오래전 옹기가마가 있던 터였다. 집은 문경새재에서 잘라낸 소나무 중에서도 제일 좋은 것만 골라 수십 년간 제재소에서 다듬어 지은 것이어서 기품이 남달랐다.

여름이면 뱀이 지붕 위로 스멀스멀 기어다니고, 겨울밤엔 천정에 지네가 붙어 있었다. 일반 사람들에겐 다소 섬뜩한 풍경이겠지만, 우리에게 이 집은 그만큼 자연과 가까운 분위기로 느껴졌다. 마당 한쪽엔 감나무가 여러 그루 서 있고, 언덕 아래로 닥나무가 빽빽이 자라 바람결마다 잎이 서로 부딪히며 노래를 불렀다. 가을이면 닥나무는 문종이를 만드는 장인들이 베어 가고, 그 값으로 한지가 우리 집으로 돌아왔다.

내가 삼수 끝에 서울대 의예과에 합격해 학교에 다니던 시절, 바로 아래 여동생이 고등학교 3학년이 되었다. 그러나 성적은 그다지 좋지 않았다. 한 100등쯤 됐는지 모른다. 나는 그대로 둘 수 없어 편지를 보냈다. 일부러 발신인을 '서울대학교'로 표기하여 동생의 사기를 북돋고자 했다. 편지에는 이렇게 썼다. "사람들은 공부 잘하는 사람과 못하는 사람의 차이가 엄청나게 크다고 착각하지만, 사실은 몇 달 차이에 불과하다. 지금부터라도 늦지 않았으니 한번 해 봐라."

웃음과 눈물의 흰 가운

며칠 뒤, 동생으로부터 "한번 해 보겠다." 하는 답장이 왔다. 나 역시 확신이 있었던 것은 아니지만, 6개월 후 그해 9월, 충주여고에서 치른 모의고사에서 동생은 전교 3등을 차지했다. 석차 옆에는 붉은 글씨로 "경이적"이라는 빨간 줄 표시가 남아 있었다. 이 사건은 나의 '세뇌식 동기부여'가 통한다는 확신을 심어 주었고, 이후 내 자녀 교육에도 이 방식을 적용했다.

막내 남동생은 어릴 적 무척 귀여운 아기였다. 내가 살미로 이사 온 해에는 젖을 막 뗐는데, 밥을 먹이며 "콩 해 봐!" 하면 "흥!" 하고 따라 하던 모습이 아직도 선하다. 자라면서 저축을 열심히 해 초등학교 졸업 때는 받은 용돈을 모아 자전거를 제 돈으로 사기도 했다. 세 명의 누나와 함께 지내며, 내가 집에 내려가면 "오빠 왔다!" 하며 기뻐하던 아이였다.

중학교에 들어서더니 집 한쪽에 샌드백을 걸어두고 혼자 권투 연습을 시작했다. 고등학교 책상 위에도 늘 월간 권투 잡지가 놓여 있었다. 고등학교 3학년이 되어 친구와 시비가 붙어 주먹다짐 끝에 상대방 이빨을 부러뜨려 합의금을 물어주기도 했다. 체격은 크지 않았지만, 강펀치로 소문난 아이였다.

그가 육군사관학교를 가겠다고 했을 때 나는 처음엔 찬성했다. 그러나 내가 최전방 백골부대 의무중대장으로 부임하여 직업군인들의 생활을 직접 본 뒤, 생각이 달라졌다. 그들의 삶은 명예롭지만 너무 고단했다. 부대 철책을 지키는 중령들은 철책 밖을 벗어나기 힘들었고, 부인들은 남편을 보기 위해 심야에 전방에서 환자를 후송 온 부대 앰뷸런스에 몰래 타고 들어오기도 했다. 그 광경을 보고 나는 동생에게 전화를 걸어 육사는 가지 말라고 설득했다.

진로를 다시 묻는 동생에게 나는 '생계 걱정 없는 치과 의사'가 되라고 조언했다. 전국에서 상대적으로 진입이 수월해 보이던 조선대 치대를 지원하게 했고, 그는 좋은 성적으로 합격했다. 이후 더 나은 치대를 가겠다며 재수를 고민했지만 결국 그냥 다니며 열심히 공부했다. 성적은 최상위권이었고, 나의 조언하에 졸업 후 구강외과 수련 3년을 거쳐 충주에서 개업해 대성공을 거두었다.

남동생 외에 두 여동생이 더 있었다. 한 명은 준족으로 유명해 충주여고에서 제일 빨리 달리는 선수였다. 그 재능을 살려 체육대학을 졸업하고 중학교 체육 교사가 되었다. 또 다른 여동생은 간호전문대학을 나와 간호사로서 병원에서 경력을 쌓아 갔다.

 웃음과 눈물의 흰 가운

딸들의
교육에 관하여

어느 날 밤, 아내가 무거운 얼굴로 말했다. "우리 딸, 바보인가 봐요. 큰일 났어요." 가슴이 털컥 내려앉았다. "왜 그래? 무슨 일인데?" "학교에 보내려면 한글이라도 좀 깨우쳐야 하잖아요. 근데 내가 아무리 가르쳐도 돌아서면 다 잊어버려요. 완전 백지예요. 돌아서기만 하면 아예 기억이 하나도 안 남아."

나는 잠을 이룰 수 없었다. '아, 큰일 났네…. 내가 연애도 못 하고 아무 여자나 만나 결혼해서 그런가? 머리 좋은 여자를 골랐어야 했는데….' 별별 생각이 다 들었다. 밤새 고민했다. 그러다 문득 떠오른 생각 하나. '나도 어릴 적에 만화책을 보면서 꿈을 키우고, 독서 습관이 생겼었지…. 우리 딸도 만화를 통해 책 읽는 재미를 붙이면, 뭔가 달라지지 않을까?'

날이 밝자마자 딸아이 손을 잡고 만화책방에 갔다. 좋은 만화를 고르려고 한참을 뒤졌지만 도무지 고를 수가 없었다. 그러다 청소년 단체에서 추천한 만화책 『푸른 나비의 꿈』 세 권을 발견했다. 내용도 제대로 보지 않고 '추천 도서니 괜찮겠지.' 하고 그냥 사서 딸에게 건넸다.

딸은 한글도 다 떼지 못한 상태였지만, 엄마의 도움을 받아 가며 조금씩 그 만화를 읽기 시작했다. 오랜 시간이 걸렸지만 결국 세 권을 다 읽었다. 그런데 다시 첫 권부터 읽더니 또 완독했다. 의아하게도, 그 세 권을 세 번째 다시 읽기 시작했다. 왜 세 번씩이나 읽는 걸까?

어느 일요일 오후, 병원 일에 지쳐 거실에서 졸고 있는데 딸아이가 다가와 나를 깨웠다. 짜증이 날 뻔했지만 손에 든 종이쪽지를 보고 자세히 들여다보았다. 삐뚤빼뚤한 글씨로 뭔가 쓰여 있었다. 동시였다. 추천 만화책 곳곳에 있었던 동시들을 베낀 것이다. 아이 스스로 멋있다고 생각해 따라 적은 듯했다. '이 아이, 혹시 바보가 아닐지도 몰라…' 희미하게 희망이 스며들기 시작했다.

그날 이후, 딸아이는 책장에 꽂혀 있던 동화책 시리즈 20~30권을 처음부터 끝까지 다 읽었다. 그러고는 다시 첫 권부터 두 번째, 세 번째로 반복해 읽었다. 마치 책과 사랑에 빠진 사람처럼. 그다음에는 위인전을 집어 들었다. 첫 권부터 수십 권을 한 권도 빠짐없이 세 번씩 읽었다. 어느 날은 말했다. "나는 커서 퀴리 부인이 될 거야."

제천에서 초등학교 4학년 1학기까지 다닌 뒤, 병원 동업 계약이 끝나 서울로 올라오게 되었다. 딸은 여름방학 중 서울의 초등학교로 전학했다. 전학 첫날, 담임 선생님은 딸에게 이렇게 말했다. "제천에서는 공부 잘했겠지만, 여긴 서울이야. 서울은 달라." 나는 분했다. 내가 어릴 적 충주로 전학 갔을 때 선생님은 내게 "얘가 오늘 전학 왔는데, 너희들보다 공부 더 잘할 거야."라고 해 줬다. 그런데 이 서울 선생은 딸아이의 사기를 꺾고 있었다.

그날 밤, 나는 딸에게 말했다. "너, 엄마 소도 얼룩소 엄마 닮았네, 하는 동요 알지? 자식은 부모 닮는 거야. 아빠도 연풍에서 충주로 전학 가서 바로 그다음 시험에서 1등 했어. 너도 할 수 있어. 서울 애들 아무것도 아니야." 딸은 생각보다 야무졌다. "이번 반장 선거는 안 나갈래. 5학년 되면 나갈 거야." 정치적 계산이 있었던 듯했다.

4학년 2학기 시험이 시작되자, 딸은 1등을 했다. 이름을 알린 뒤 5학년이 되어 반장 선거에 출마했고, 당당히 반장이 되었다. 그리고 6학년. 전국 학력평가라 불리는 예고 없는 실력 테스트에서 만점을 받았다. 학교 전체에서 인정을 받는 순간이었다. 이후에 딸은 중학교 전교 수석, 서울과학고 입학, 서울대 의대 졸업, 한림대 안과 부교수를 거쳐 현재는 상봉역에서 '서울퍼시픽안과'를 운영하는 의사가 되었다.

그러니까 어릴 적 누가 바보이고 누가 천재인지는 아무도 모른다. 시간이 말해 줄 뿐이다. 그리고 그 과정에서 부모는 아이가 포기하지 않도록 격려하고, 끈기 있게 도전할 수 있도록 도와야 한다. 단 한 번이라도 "넌 안 돼!"라는 말을 해서는 안 된다. 아이에게는 늘 "할 수 있어!"라는 메시지를 주되, 합리적인 방법을 제시하고, 실패했을 때는 "조금만 더 노력해 보자!" 하고 격려해야 한다. 그렇게 하면 모든 아이는 결국, 자기 잠재력을 꽃피우게 된다.

나는 아이들 교육에 '세뇌'라는 방법을 약간 도입했다. "아빠는 머리가 좋아. 그러니 너희들도 머리가 좋아." 이 말은 자주 되풀이됐다. 그러면서도 이렇게 강조했다. "머리가 좋아도 공부는 시간이 받쳐 줘야 돼. 성적이 안 나오는 건 머리가 나빠서가 아니라 공부 시간이 부족한 거야. 다음 시험엔 시간을 늘려서 해 봐." 말은 '격려'였지만, 들여다보면 일종의 반복된 세뇌였다. 아이의 자존감을 키워 주고, 책임감을 스스로 느끼게 하려는 나름의 전략이었다.

첫째 딸에게는 이 방식이 잘 맞았다. 책을 좋아하고, 일기장엔 감탄스러운 문장이 술술 나왔다. '바보 딸'이라 걱정했던 아이가, 결국 서울의대까지 갔다. 하지만 둘째 딸은 달랐다. 둘째 딸은 책을 즐겨 읽는 스타일이 아니었다. 일기장을 들여다봤을 때, "누구누구는 못됐다." 같은 단편적인 이야기들만 가득했다. 깊이 있는 서술이나 문장은 좀처럼 보이지 않았다.

그럼에도 불구하고, 학교 성적은 꽤 좋았다. 중학교에서 전교 1등은 아니었지만 반에서는 늘 수석은 했다. 그리고 결국 한영외고에 진학했다. 문제는 그 이후였다. 입학 초기의 성적이 점점 내려가기 시작했다. 나는 생각했다. 외고에 들어오기 전, 가정 형편이 어려워서 실력 발휘를 못 했던 친구들이 외고에 들어와 뒤늦게 본 실력을 내기 시작한 것일 수도 있겠다고. 또 하나, 생일이 늦어 학년에서 가장 어린 축에 속했다는 점도 학업 경쟁에서 불리했을 수 있겠다는 생각도 들었다.

어쨌든, 성적이 떨어지자 딸은 수면 시간을 줄이기 시작했다. 시험 기간엔 매일 밤을 새우다시피 했다. 몸이 약한 아이였기에, 이대로 가다간 건강에 큰 문제가 생기지 않을까 걱정이 되었다. 그래서 나는 '역세뇌'에 들어갔다. "잘 먹고 잘살기 위해 공부를 잘하려는 거잖아. 그런데 지금처럼 자지도 못하고 공부하다 죽으면 그게 무슨 의미가 있어? 잠을 자고 성적이 조금 내려가는 게, 안 자고 아프고 죽는 것보다 낫지 않겠냐?"

나는 필사적으로 설득했지만, 소용없었다. 이미 그녀 안의 동력은 깨어나 있었고, 멈출 수 없는 엔진처럼 계속 달리고 있었다. 이런 우여곡절 끝에 둘째는 한영외고를 졸업했다. 나는 둘째가 신문방송학과로 가기를 원했다. 그런데 당시 『응급실』인가 하는 의학 드라마가 아주대병원에서 촬영되며 큰 인기를 끌었다. 이 영향으로 둘째 딸은 내가 반대하던 의대 진학을 택하게 되었다.

문과에서 이과로 교차 지원이 가능해진 첫 제도 변화를 발판 삼아 그 의학 드라마가 촬영되던 아주대학교 의과대학에 입학했다. 그 뒤는 놀라움의 연속이었다. 철저한 자기관리, 끝없는 노력, 그리고 성실함으로 아주 의과대학을 3위로 졸업했다. 전국 각지에서 똑똑한 학생들만 모인 곳에서 '3등'이라니, 진정한 경쟁에서의 승리였다. 아내와 나는 가끔 둘째를 철

웃음과 눈물의 흰 가운

녀라고 부르곤 했다. 한 번 책상에 앉으면 일어나는 법이 없었으니까. 지금 그녀는 삼육병원 안과 과장. 의사로, 리더로, 자신의 길을 당당히 걷고 있다. 이는 독서 습관이 없어도 잘 성장할 수도 있다는 방증이다.

격려는 때로는 독이 될 수도 있다. 첫째 아이에겐 동기부여의 불씨였던 말이 둘째 아이에겐 스스로를 몰아세우는 채찍이 되었을지도 모른다. 그럼에도 그녀는 그 채찍을 이겨 내고, 결국 목표에 도달했다. 그러나 아버지로서 나는 문득 의문을 가진다. 과연 내 '세뇌교육'이 옳았던 걸까? 첫째에겐 맞았고, 둘째에겐 지나쳤던 건 아닐까?

사람마다 타고난 기질이 다르고, 성장의 방향도 다르다. 부모가 던지는 말 한마디가 누군가에겐 '디딤돌'이지만, 누군가에겐 '짊어져야 할 무게'일 수도 있다. 부모의 말은 씨가 된다. 그 씨가 어떤 꽃으로 자랄지는, 아이의 품성과 환경, 그리고 타이밍에 따라 다르다. 그래서 나는 지금, 이야기를 듣는 부모들에게 조심스레 말하고 싶다. 아이를 믿되, 아이의 '속도'를 인정해 달라고. 그리고 '격려'에는 반드시 '여백'이 필요하다고.

그런데 셋째 딸은, 첫째, 둘째 딸과는 또 성향이 달랐다. 공부보다 공부 이외의 것에 더 많은 흥미를 가졌다. 초등학교 1, 2학년 때는 리듬체조에 열심히 몰두하여 결국 선수 등록까지 했지만, 시합 준비 기간에는 밤 9시까지 연습을 해야 했고 피곤에 지쳐 숙제조차 못 할 정도였다. 이를 보고 공부와 병행은 어렵겠다는 판단에 리듬체조를 그만두게 했다. 그 후 스트레스를 받았는지 태권도를 하겠다고 하여 1년 정도 태권도도 했다.

이처럼 공부 외적인 것에 관심이 많았지만, 공부를 하지 않아도 늘 반 수석을 할 정도로 기본기가 탄탄했다. 중학교를 거쳐 한영외고에 진학했으나, 두 언니가 과학고와 외고를 나와 −3점, −9점의 내신 감점을 받아 입시에 불리했던 것을 고려하여, 2학년 때 일반고로 전학시켰다. 그러나 전학 후 곧 일반고의 분위기에 영향을 받아 머리를 노랗게 물들이고 다니기 시작했다.

심지어 수능 100일 전에는 고등학교 3학년 행사 때문인지 술까지 마시고 돌아와 부모들을 충격에 빠뜨렸다. 나무라면 늘 큰소리로 "수능만 잘 보면 되잖아!" 하며 되받아쳤다. 전학으로 내신을 높이려던 기대와는 달리 내신도 크게 오르지 않았고, 공부 습관만 해이해졌지만, 수능에서는 큰소리치던 대로 거의 학교 최고점에 가까운 점수를 받아 울산대학교 의과대학에 입학했다.

그러나 입학 후에도 공부에는 관심이 없어 보였고, 서울대의 쉬운 학과에 가서 1년 휴학하고 놀고 싶다고까지 말했었다. 실제로 의과대학에 들어가서도 1년을 신나게 놀아 결국 유급을 하고 말았다. 걱정이 되어 엄마가 울산까지 내려가 함께 지내며 학년을 겨우 올라갔으나, 또다시 방심해 다시 유급을 맞았고 결국 휴학까지 시켰다.

한때는 "그냥 이대 같은 데 보내서 놀게 둘걸." 하는 후회도 있었지만, 언니들의 조언을 듣고 마음을 고친 딸은 본과에 들어가자 성적이 급상승해 최상위권에 오르며 매우 우수한 성적으로 졸업했다. 진단검사의학과를 전공했는데, 전문의 시험 때는 스스로 수석을 하겠다고 선언했고, 실제로 실기와 필기 모두 수석을 차지해 500만 원의 상금을 받았다.

이 수석 기록은 나중에 취업 시 전문의 수석 경력으로 대학교수 임용에 큰 힘이 되었고, 결국 대학병원 부교수 자리까지 오르게 되었다. 공부 외에도 재봉틀로 옷을 만들고, 가죽 공예, 구슬 공예, 피겨스케이팅, 첼로 연주 등 다양한 취미에 능숙했다.

예과 시절 부모의 간담을 서늘하게 하던 딸은 이제 전문의 수석이라는 최고의 스펙으로 승승장구하고 있다. 의사로서도 성공했고, 35세가 넘어

웃음과 눈물의 흰 가운

서야 결혼해 또 한 번 부모를 놀라게 했지만 지금은 아들을 낳고 행복하게 살고 있다.

나 자신의 행복은 내 성취나 성공보다는 바로 이 세 딸의 존재에서 비롯된 것이다. 내 세 딸에게 진심으로 감사한다. 나는 평생 이곳저곳을 다니면서 외롭게 살았기에, 내가 가정을 이루면 절대로 자식들을 멀리 떠나보내지 않겠노라고 맹세했다. 아내는 지금 모두 결혼해 가정을 이루고 있는 딸들을 불러들여 같은 아파트로 모이도록 했다. 우리는 이렇게 한층 더 행복해질 수 있었다.

아내는 세 딸의 집을 다니며 손자들을 돌보아주기도 하고 가끔 집을 지켜 주기도 한다. 자신의 약국도 경영해야 해서 더 바쁘긴 하지만 절대로 가족들과 떨어져 지내지 않겠다는 내 소망은 이루어지게 되었다. 부모와 떨어져 있어 사춘기 관리에 실패해 스스로 무너진 나와는 달리, 현명한 아내의 적극적 지지로 이루어진 안정된 가정이 이룩해 낸 성과가 아닐까 생각한다.

의료 분쟁과 행정 사고,
생사의 갈림길

1984년 8월 1일 개원한 제천서울병원의 경제적 성과는 좋았고, 경영은 순조로웠다. 그러나 응급실 당직을 3일에 한 번씩 돌아가며 해야 했고, 당직 다음 날에는 밤을 새운 몸으로 소아과 외래 진료까지 해야 했다. 특히 독감철이 되면 환자가 100명이 넘고, 중환자 수도 많아져 체력적으로 매우 힘들었다.

한번은 응급수술 중인 환자에게 급하게 수혈이 필요했지만, 야간이라 피를 구해 오기가 어려워 내 피 한 병을 직접 뽑아 수혈했다. 나는 체격이 작아 피 한 병을 뽑는 것도 큰 부담이었고, 다음 날은 독감에 걸려 열이 나는 몸으로 밤을 새워야 했다.

더욱이 그다음 날은 당직인 동업자가 병원 대표로 외부 모임에 참석해야 해서, 내가 당직 근무를 잠시 대신하고 있었다. 그날 밤 심근경색 환자가 왔지만, 내가 초진을 마치기도 전에 환자가 급격히 악화되어 결국 사망하고 말았다. 이 사건은 의료 분쟁의 씨앗이 되었다.

설상가상으로, 내가 병원의 약품 구입을 담당하고 있었는데, 약품 구입과 관련한 행정적 착오가 있어 법적 책임 공방이 벌어졌다. 진료와 당직을 병행하며 의료 분쟁 소송과 행정 사고 관련 검찰 조사를 받아야 했고, 오늘은 이 검찰청, 내일은 저 검찰청을 오가며 진술하는 일이 반복되었다.

그 와중에 응급실 당직 중 또 하나의 위기가 찾아왔다. 독사에 물린 60

대 환자가 실려 왔다. 항독소 주사를 투여해야 했지만, 이 주사는 아나필락시스 쇼크를 유발할 수 있어 매우 조심스러웠다. 피부 반응 검사까지 시행하며 "괜찮으세요?" 하고 물었더니 "조금 가려워요."라는 대답이 돌아왔다. 그런데 그 직후 환자가 의식을 잃고 심장이 멎어 버렸다.

심폐소생술을 시작했지만 시간이 지나도 반응이 없었다. 20분 가까이 지났다. 환자의 죽음을 받아들여야 할 순간이라 생각했다. 그리고 이 환자마저 죽는다면 나는 세 건의 의료 분쟁을 한꺼번에 감당해야 했고, 차마 살아갈 용기가 나지 않았다. 그 순간 나는 '이 환자가 죽으면 나도 죽자.' 하는 결심까지 했다. 진심이었다.

그런데 기적처럼 포기하려던 그 순간, 환자의 심장이 다시 뛰기 시작했다. 환자가 살아나며 내 삶도 다시 이어졌다. 한 사람의 삶과 죽음이 갈리는 순간, 나 자신의 삶과 죽음도 함께 갈렸다. 그 고비를 넘긴 이후, 나는 의료인의 삶이란 결국 끝없는 책임과 감당의 연속이라는 사실을 깊이 절감했다.

제천 지역에서 발생하는 변사체에 대한 검안 또는 부검은 제천의 의사들이 돌아가며 맡게 되었다. 그중에서도 제천서울병원 소속인 나는 제천서울병원 의사 6명에게 배정된 대부분의 검안과 부검을 도맡아 하게 되었다. 다른 의사들보다 6배 이상 많은 검안과 부검을 경험하면서, 다양한 죽음의 형태와 마주해야 했다.

검안은 사망 원인을 밝히고 타살 가능성이 있는지를 판단해, 타살이 의심되면 본격적인 부검으로 전환하고 그렇지 않으면 추정 사망 원인을 기록해 사망 신고와 매장이 가능하게 하는 절차였다. 시간이 흘렀어도 아직도 기억에 남아 가슴 아픈 죽음들이 많다.

의림지에 걸어 들어가 자살한 할머니. 그 추운 날에 어떤 사연으로 물속에 몸을 던졌을까. 가슴이 저렸다. 또, 친구와 술을 마시다 싸움이 붙어 옆구리를 걷어찬 노인. 그 친구는 집에 돌아가 잠든 뒤 결국 사망했고, 부검 결과 비장과 신장이 파열되어 있었다. 나는 가해자에게 "술 먹고 친구 신나게 패고 죽여 감옥 가면 좋으냐?"라고 묻고 싶었다. 그런 사람은 오히려 오래 감옥에서 고생해야 한다고 생각했다.

정신질환이 있는 한 여인은 눈보라 치는 산 정상 부근에서 사망한 채 발견됐다. 성폭행 흔적을 확인하기 위해 속옷까지 벗겨야 했지만, 의외로 몸과 입속이 매우 깨끗하게 정돈되어 있었다. '누군가의 딸이었을 텐데, 그 부모가 알게 된다면 얼마나 가슴이 아플까.' 하는 생각에 눈물이 났다.

도둑질로 감옥에 다녀온 뒤 아내가 도망가고, 아이 셋만 남긴 한 남성은 개를 잡아먹고 술을 마신 후, 초가지붕 처마에 목을 매 자살했다. 어린 세 아이는 집 안에서 울부짖고 있었고, 그는 죽기 직전 발버둥 쳤는지 발가락 끝에 진흙이 잔뜩 묻어 있었다. 사정을 한 흔적도 있었다. 나는 아이 중 한 명이라도 입양할까 고민하며 밤새 마음을 앓았지만 그러지 못했다.

또, 호숫가에 살던 극빈자의 아내가 가출했다가 돌아왔고, 가출 시 함께 살던 남성이 찾아와 여인을 돌려달라고 했다가 말다툼 끝에 그 여인을 빼앗지 못하자, 단 30분 만이라도 빌려달라고 요청했다가 결국 싸움이 벌어져 그 남성이 폭행당해 사망했다. 시신은 마당에 거적으로 덮여 있었고, 사고 원인이었던 여인은 껌을 딱딱 씹으며 아무 생각 없이 앉아 있었다. 가난과 부도덕이 결합한 비극이었다. '이 사람들은 도대체 왜 이렇게 살아야 했을까?' 하는 생각이 들었다.

고추 모종을 기르기 위한 비닐하우스에서 연탄가스에 중독되어 사망한 노인도 있었다. 타살 가능성을 확인하기 위해 구더기가 들끓는 시신을 뒤집어 가며 살펴보았고, 그때 '사람이 죽으면 반드시 묻어야 한다.' 하는 생각이 강하게 들었다. 어느 날은 젊은 남성이 호수를 건너다 익사한 사건이 있었다. 그는 큰 죄도 아닌 죄로 경찰을 피해 달아나다 수영 도중 지쳐 익사했다. 죽지 않아도 될 사람이 어이없이 목숨을 잃은 것이었다.

또, 어느 날 당직 중 30대 남성이 심근경색으로 응급실에 실려 왔지만 끝내 사망했고, 그 충격으로 그의 아내가 병원에 입원했다. 위로하러 온 아내의 오빠는 저녁식사를 하러 나갔다가 낙지가 목에 걸렸는지, 심근경색이 왔는지 불분명한 상태로 사망했다. 한 집안에 줄초상이 나는 참극이었다.

어느 아침, 당직을 마치던 중 한 60대쯤 된 여성이 이미 사망한 채 병원에 도착했고, 그녀의 세 딸이 대성통곡하며 "엄마! 죽으면 어떻게 해?" 하고 울고 있었다. 그 남편은 담담하게 "울지들 마라. 네 엄마가 너희들 늙어 죽을 때까지 살아 있어야 하냐?" 하며 딸들을 위로했다. 그 장면을 보며, 나도 죽으면 내 세 딸이 저렇게 울겠구나 생각하며 가슴이 멍해졌다. 모든 죽음은 슬프다.

오만과
겸손

다시 군대 시절, 1980년으로 돌아간다. 한 번은 부대 장교들이 테니스를 치기 위해 부대 내 테니스장이 아닌 외부의 사설 테니스장으로 가게 되었다. 이름은 외국어가 섞인 복잡한 이름이었고, 지금은 기억도 나지 않지만 낯선 곳이었다. 일요일이라 그 근처까지 갔다가 위치를 몰라 인근 파출소에 들러 물어보게 되었다.

파출소 안에는 졸린 듯한 말단 경찰인지 중간 경찰인지 모를 경찰이 앉아 있었다. 사복 차림인 나는 공손하게 테니스장 위치를 물었는데, 그 경찰은 그 이름을 듣더니 거만하게 "아, 아주 어려운 이름이네." 하며 나를 가지고 놀려는 태도를 보였다. 민간인 복장이니 잠시 장난을 쳐도 된다고 여겼는지, 혹은 심심해서 그랬는지도 모르겠다.

나는 더 설명하기도 귀찮아 그냥 주머니에서 장교 신분증을 꺼내 내밀었다. 경찰은 깜짝 놀라 바로 일어서서 차렷 자세를 취하며 공손하게 길을 설명해 주었다. 아마 자신이 무례한 행동을 했다는 것을 깨달은 듯했다. 전두환이 국민을 학살한 이 시점에서 소령이라는 계급장이 주는 공포는 적지 않았다. 특히 정부기관 등에서 그러했다. 내가 살인마 전두환이 구축한 이 공포정치의 상황을 이용하고 있다니?

파출소를 나와 얼마 지나 또 길을 물어야 할 상황이 되었을 때, 지나가던 공수부대 소위 한 명이 눈에 띄었다. 나는 아무 생각 없이 "어이, 소위!"

하고 불렀다. 그는 반말을 들었음에도 불쾌한 기색 없이, 친절하게 길을 안내해 주었다. 공수부대 소위를 반말로 부르는 사람은 그럴 만하니 그렇게 부른다는 것을 그는 알고 있었고, 작은 체구이지만 나의 짧은 머리로 바로 분위기를 파악한 것이다.

이 두 사건을 겪으며 느꼈다. 권위주의가 팽배한 조직에서는 겸손보다는 오만이 더 효과적인 무기가 되기도 한다. 사람들은 오만한 태도보다도, 오만을 부릴 수 있는 위치에 있는 사람이라 생각될 때 더 쉽게 고개를 숙인다. 물론 그것이 바람직하다는 뜻은 아니다. 그러나 당시의 사회 분위기와 권위 구조 안에서는 그런 일이 너무도 자연스럽게 받아들여졌다.

축구 시합 로비와
야외 가든에서의 파티

제천에서 준종합병원을 운영하며, 그곳이 제천 최고의 병원으로 자리 잡자, 사회적 부조리에 굳이 동조할 필요가 없어졌다. 대표적인 것이 산재 진료였다. 산재 진료를 병원에서 하겠다고 신청하자, 부패한 공무원들은 인사를 해야 한다며 뇌물 요구를 했다. 하지만 우리는 환자 숫자가 부족하지 않았고, 그 요구를 거절하며 산재 진료를 포기했다. 공무원들은 비웃듯 "그래, 해 볼 테면 해 봐."라는 태도였다.

산재 환자들은 여전히 우리 병원에서 치료받고 싶어 했지만, 산재 처리가 되지 않자 불만이 컸다. 우리는 일단 자비로 결제하게 한 뒤 영수증으로 산재 신청을 하도록 안내했다. 또 하나의 문제는, 야간 교통사고 환자를 택시가 다른 병원으로 이송하고 '시트값' 명목으로 돈을 받는 부조리였다. 우리 병원은 그것이 옳지 않다고 판단해 시트값을 지불하지 않았고, 이 때문에 환자 이송이 차단되는 일이 생기기도 했다.

결국 우리는 축구 시합 로비라는 건전한 방법을 도입했다. 병원 축구팀과 택시기사 조기 축구팀이 친선경기를 하며 내기는 사이다 두 박스로 소박하게 했다. 경기 후에는 병원에서 푸짐하게 저녁을 대접하고 술도 한 잔씩 나누었다. 승부욕은 예상보다 격렬했고, 지면 유리병을 깨는 기사도 있었다.

이 문화는 처음 국민은행과 시작되었다. 우리는 제천에서 꽤 큰 고객이었고, 국민은행에서 친선 경기를 제안했다. 국민은행 팀은 축구선수 출신 직원을 앞세워 자신감을 보였으나, 병원팀에 패했다. 그 순간엔 아무리 큰 고객이라도 적으로 변하는 모습을 보며 인간의 승부 본능이 얼마나 강한지 실감했다.

나는 매번 시합에 참가했고, 특별히 대단한 실력은 없었지만 공간을 잘 찾고 100미터는 남보다 느려도 10미터는 남보다 빨라 순간 슈팅에서 강하지 않은 골을 골대 근처로 흘리는 수법으로 득점을 자주 했다. 병원 간호사들과 조무사들도 서울 출신이 많아 기숙사에 모여 살았고, 특별히 할 일이 없으니 모두 응원을 나와 저녁식사 후 맥주도 함께하며 분위기는 한껏 들떴다.

경기 후에는 앰뷸런스로 직원들을 제천 교외의 야외 가든으로 이동시켜 캠프파이어와 맥주, 음악, 춤이 어우러지는 작은 축제를 열었다. 나도 30대 후반의 젊은 혈기로, 그들과 함께 밤늦게까지 춤추고 놀았다. 그 시간은 내 인생에서 가장 아름답고 싱그러운 추억으로 남아 있다.

축구시합 애프터는 간단히 끝나지는 않았다. 시내로 들어와 3차로 나이트클럽에서 마무리되었다. 내가 있다는 소식에 병원에 남아 있던 직원들까지 가세해 인원은 많아졌고, 비용도 적지 않았지만, 수입이 넉넉했기에 3차만은 내 돈으로 감당할 만했다. 축구 시합이 있는 날은 그야말로 작은 축제였고, 지금도 그 시절의 젊음이 그립다. 공교롭게도 시합마나 믁섬노해서 직원들의 상납 패스 덕이었는지 모르지만, 내 인생 최고의 황금 같은 시절이었다. 아, 정말로 그때로 돌아가고 싶다.

동업의 해산과
주식 대폭락

　　　　　　　병원의 길 건너편에는 동 사무소가 있었고, 그 땅은 면적이 아주 넓었다. 어느 날 세 명의 동업자 중 하나인 김 원장이 저 건물을 사서 병원을 확장하자고 제안했다. 나도 먼 훗날의 일이라고 생각하고 동의했다. 동사무소를 그렇게 쉽게 팔 리가 없고, 현실성도 낮아 보였기 때문이다.

　그러던 몇 달 후, 실제로 동사무소를 판다는 소식이 들려왔고, 김 원장은 사자고 제안했다. 나는 너무 급작스럽고 준비도 되어 있지 않아 거절했다. 그 큰 땅을 혼자서 감당할 수 없다고 생각했기 때문이다. 그러나 또 몇 달이 지나면서 이상한 소문이 돌기 시작했다. 김 원장이 그 동사무소를 혼자 샀다는 것이다.

　이상해서 하루는 직접 물어보았고, 정말로 산 것이 사실이었다. 나중에 알게 된 일이지만, 그의 아버지가 의사였고, 두개 내 종양으로 건강이 악화되어 재산 정리를 해야 할 시점에 좋은 부동산이 나와 병원 확장을 위해 아들에게 땅을 사 준 것이었다. 김 원장은 원래의 동업자인 우리와 병원을 함께 운영하는 대신, 향후에는 형제들이 경영하게끔 계획을 세운 것이었다.

　이렇게 해서 당초 5년이었던 동업 계약은 그 시점에서 해산하기로 결정되었다. 김 원장을 원망할 수는 없었다. 확장하자고 해서 동의했었고,

내가 그 제안을 거절했으니 말이다. 그렇게 나는 5년간의 봉직의에서 병원의 공동 오너로 자존감이 급상승했다가 다시 급락하게 되었다.

병원을 정리하고 나니, 모아둔 돈이 꽤 있었고 재개발 아파트 청약권도 하나 확보해 둔 덕에 수도권의 부동산 폭등 상황에서도 그 파고를 넘을 수 있었다. 5년 전 6,300만 원에 팔았던 아파트와 똑같은 아파트를 다시 구입하려니 단 하나 남은 매물의 가격이 2억 3,000만 원이었다. 3배 이상 오른 가격이었다.

나는 원래 주식에 대해서 전혀 모르고 있었다. 병원 오너로서 매달 고액의 배당을 받아 현금 흐름이 여유로웠던 우리는, 개업 초기 우리에게 많은 돈을 빌려주고 미국으로 유학을 떠났던 처가 식구가 귀국하면서, 아내의 언니가 공모주 청약을 위해 일시적으로 필요한 자금을 수시로 빌려 달라 하여 도와주고 있었다.

그러다 보니 자연스럽게 우리 자금이 그들의 증권 위탁 계좌로 흘러들어갔고, 우리도 시세가 좋다는 금융주를 보유하게 되었다. 그 시점에는 병원을 정리하고 받은 돈을 포함해 총 7억 원가량의 자산이 주식에 묶여 있었는데, 이는 당시 강남의 32평 아파트 세 채를 살 수 있는 수준이었다.

금융주들은 유상증자를 잇달아 단행했고, 우리는 매번 그 주식을 받아 더 많은 금융주를 보유하게 되었다. 그러던 중 1989년 12월경 국가가 주식 폭락을 막기 위해 발권력을 동원하겠다고 발표하자 주가가 연일 전 종목 상한가로 폭등했다. 이때가 매도 마지막 타임이었는데 놓치고 말았다. 그 후 다시 하락한 후 주식을 전량 매도해 땅을 사기로 했다. 원래는 병원 부지가 목표였지만, 이제는 꿈을 접고 그냥 몫이 좋은 다목적 토지 구입으로 바꿨다.

그렇게 회수한 자금을 가지고 병원 재개업을 포기하고, 인덕원 전철역

예정지 근처의 토지 일부를 잘라 88.7평, 7억 6,000만 원에 매입했다. 하지만 주식으로는 약 3억 원 정도 손해를 본 셈이었다. 병원을 다시 열 수 없어 자존감은 바닥을 쳤고, 개인 병원에 취업하며 시간을 보내야 했다. 학회에 나가면 듣도 보도 못한 최신 의학 지식들이 넘쳐났고, 뒤처진 느낌을 지울 수 없었다. 공부를 다시 해 보려 해도 쉽지 않았다.

그러던 중, 우리 땅 옆에 대형 상가를 신축해 분양하던 건설업자가 있었는데, 아내가 그에게 "건물을 먼저 지어 주시면, 분양 보증금으로 후불 결제를 하겠다."라고 제안했고, 그는 흔쾌히 동의했다. 그렇게 아무런 자금 없이 건물 공사가 시작되었다. 공사 중 삼풍백화점 붕괴, 성수대교 붕괴 같은 사건들이 터졌고, 현장 소장은 "우리는 절대 부실공사를 하지 말자."라며 튼튼하게 지었다.

결국, 7억 6,000만 원의 토지에 토지초과이득세 약 1억 원, 건축비 11억 원이 들어 총 20억 원 상당의 건물주가 되었다. 그 건물에서 나오는 임대료로 병원 시절과 비슷한 수입을 얻을 수 있었고, 자존심도 절반쯤 회복되었다.

연풍초등학교 동창회와
첫사랑

이즈음 초등학교 동창들로부터 전화가 왔다. 나는 사실 그 초등학교를 졸업하지 않았지만, 제천에서 병원을 개업하자 연풍 출신의 초등학교 동창들이 믿고 진료를 받으러 오곤 했다. 당시 우리 병원은 규모는 작았지만, 충청북도에서는 드물게 CT를 보유하고 있었기에 진단에 강점이 있었다.

실제로 어느 동창은 원인을 알 수 없던 두통으로 내원했는데, CT 촬영으로 수두증을 발견해 대학병원에서 수술받고 완치된 사례도 있었다. 이런 일이 있어, 나는 졸업생이 아님에도 동창회에 초청되게 되었다.

나는 전화를 받은 김에 Sun도 나오느냐고 물었다. 나온다고 하기에, 내친김에 농담을 던졌다. "Sun은 나한테 오는 게 더 낫지 않았을까?" 그러자 상대 동창은 "아니, 너한테 안 가길 잘했어. 지금 떼부자야."라고 웃으며 말했다. 그 말을 듣고 문득 우스갯소리가 떠올랐다. 첫사랑이 파출부를 하며 어렵게 살면 가슴이 아프고, 너무 잘살면 배가 아프고, 지금이라도 같이 살자고 하면 머리가 아프다는 말. 나는 그 순간 '배가 아픈' 사람이 되어버렸다.

그래도 동창회에 나가기로 했다. 25년 만의 재회였다. 아내와 함께 차를 타고 갔고, 아내는 차 안에 머물고 나는 모임에 참석했다. 아내와 Sun은 잠깐 인사를 나누었다. 수십 년 만에 마주한 우리는 반가웠고, 그는 나를 진심으로 환영해 주었다. 동창회가 끝난 후, 우리는 따로 만나 이야기를 더 나누기로 약속했다.

그러고도 몇 해가 흘러, 우리는 다시 만났다. 이번엔 동창회 같은 공개적인 자리가 아니라, 별도의 날에, 별도의 장소에서 조용히 마주 앉았다. 그는 삼풍백화점이 무너지기 전, 그 아파트에 살았었다고 했다. 다행히 사고 당일엔 외출 중이어서, 무너지는 건물에 깔리진 않았다고 했다. 하지만 그 충격은 그의 삶에 깊은 균열을 남긴 듯했다. 그날의 공포와 허무, 그리고 그 뒤로 이어진 삶의 재정비 과정은 그의 목소리에서 오랜 그림자처럼 느껴졌다.

우리는 오랜만에 마주 앉아 식사를 하며, 수십 년의 시간을 건너뛰듯 이야기를 나누었다. 이상하게도, 그와 함께하는 대화는 여전히 행복했다. 마치 젊은 날의 감정이 아직도 어디엔가 숨 쉬고 있다는 듯이. 그는 한때 아주 특별한 기회를 가졌다고 했다. 어느 저녁, 길을 걷다 우연히 들린 교회에서 울려 퍼지던 종소리에 마음이 끌려 교회에 들어갔다. 마침 마당에 나와 있던 목사가 무슨 일로 왔느냐 묻자, 종소리가 너무 좋아서 들어와 봤다고 했고, 그 인연으로 교회에 나가기 시작했다고 했다.

얼마 후, 그 교회에서는 특별한 행사가 열렸다. 신도 중 대학생 한 남자, 한 여자를 뽑아 미국 유학 기회를 주는 것이었다. 그는 여자 대표로 뽑혔고, 남자 대표는 서울대학교 상대 학생이었다. 그들과 함께 미국행을 준비하던 그는, 뜻밖의 이유로 비행기를 탈 수 없게 되었다. 미국 출국을 위한 신원조회 과정에서, 6.25전쟁 당시 부역자로 몰려 산속 동굴에서 화염방사기로 죽임당한 삼촌의 기록이 문제로 불거진 것이다. 결국 그는 출국이 거부되었고, 평생에 단 한 번 올 수도 없는 기회는 그렇게 사라지고 말았다.

"그때 그 일만 없었더라면….." 하고 그는 조용히 웃었지만, 나는 그의 마음속에 스며 있던 상실감을 읽을 수 있었다. 인생의 방향이 송두리째 바뀌었던 그 이야기 앞에서, 나는 아무 말도 할 수 없었다. 어쩌면 나는 그의 그런 이야기들을 듣기 위해 그날 그 자리에 있었는지도 모른다.

그 후 또 얼마 지나 우리는 다시 만났다. 이번에는 그의 결혼 이야기를 들을 차례였다. 그에게는 나이 어린 삼촌이 한 명 있었는데, 당시 군대에 사병으로 복무 중이었다. 어느 날 어떤 군인이 그가 다니던 회사로 찾아왔다. 나가 보니 삼촌과 같은 부대에서 온 군인이 삼촌의 편지를 전해 주었다고 했다.

당시 한국에서는 징병제가 엄격하게 시행되었고, 대부분의 가정이 가난했기에 군 복무 중 용돈이 필요한 병사들은 집에 편지를 보내 도움을 청하곤 했다. 하지만 그의 삼촌은 마땅히 용돈을 구할 곳이 없어, 그나마 취직해 회사에 다니던 조카에게 편지를 보낸 것이다. 편지에는 용돈을 조금 보내 줄 수 없겠느냐는 내용이 담겨 있었다.

그녀는 비정규직 정도의 일을 하며 야간 고등학교 야간 대학을 자비로 다니던 사람이었으므로 당연히 여유가 없었다. 그래서 그 편지를 전해 준 군인에게 화를 내며 "이런 편지를 가져올 거면 다시는 오지 말라."라고 쏘아붙였다고 한다. 그런데 알고 보니 그 군인은 삼촌과 같은 병사가 아니라, 그의 상관인 소대장, 즉 장교였던 것이다. 자존심이 상한 그 장교는 부대로 돌아가 삼촌을 불러내 호되게 구타했다고 한다.

이 일로 삼촌이 곤란한 상황에 처하게 되자, 그는 뒤늦게 면회를 가서 그 소대장을 만나 사과하고, 삼촌을 잘 부탁드린다고 정중히 부탁했다. 그런데 그 장교는 그 자리에서 그녀에게 호감을 갖게 되었고, 이후 데이트를 시작하게 되었다. 그는 결혼까지 원했지만, 그녀는 당시 아직 친정의 뒷바라지를 해야 한다며 처음에는 거절했다고 한다.

하지만 장교는 계속해서 대시했고, 결국 그녀는 그의 진심에 마음을 열고 결혼을 승낙했다. 그 집안은 사회적 지위가 높았고, 형제들의 배우자들도 모두 대학교수 등으로 구성된 명문가였다. 그녀는 그 집의 막내며느리가 되었다. 하지만 문제는 그 이후였다. 그녀는 학력이 낮다는 이유로 시댁에서 무시당했고, 시집살이도 매우 심했다. 심지어 친정에 갈 때면 시댁에서는 "무슨 물건을 가져가려는 게 아니냐?" 하는 의심까지 했다고 한다.

당시 대한민국은 6.25전쟁 이후라 가난이 만연했고, 실제로 많은 여성들이 친정에 갈 때는 불쌍한 부모를 위해 선물이나 돈을 챙겨 가기도 했다. 그녀도 결혼할 때 어머니가 기른 누에로 짠 명주 이불을 챙겨 왔지만, 그 귀한 이불은 시집살이가 심한 시댁에서는 제대로 사용할 수 없어 결국 버리려고 했다. 하지만 어머니가 해 준 이불을 버릴 수 없어, 다시 친정에 가져다주려 가방에 싸 두었다.

그날 친정에 가려 하자, 남편이 가방에 뭐가 들었냐고 물었고, 열어 보라고 하기에 보여 주었다. 이불을 본 남편은 "왜 그걸 가져가느냐?"라고 물었고, 그녀는 충격을 받았다. "아니, 이 남편이란 놈도 나를 도둑년 취급하네?" 그녀는 그 자리에서 결심했다. '이런 집에 있을 필요가 없다.' 그날로 친정에 갔고, 다시는 돌아가지 않았다. 이후 시아버지가 그녀를 데려가려고 연풍까지 찾아왔고, 한 달 동안 여관에 머물며 설득했다. 하지만 그녀는 끝내 돌아가지 않았다.

나는 그 이야기를 들으며 마음속으로 생각했다. '나한테 왔으면 이혼하지 않아도 됐잖아.' 그 말이 목구멍까지 올라왔지만, 끝내 삼켰다. 이혼 후, 그녀는 한동안 세상과 담을 쌓았다. 직장도 그만두고, 사람들의 시선이 부끄럽기도 하고 지치기도 했단다. 마침 친척이 작은 책방을 운영하고 있었고, 그녀는 그곳에서 조용히 일을 도우며 지냈다.

  웃음과 눈물의 흰 가운

그즈음 그 동네에 살던 한 노인이 병원에서 청천벽력 같은 진단을 받았다. 전신에 암이 퍼져 6개월밖에 살지 못할 거라는 사망 선고였다. 노인은 장남을 불러 앉히고 말했다. "너는 장남이다. 빨리 장가를 들어 이 집안을 건사해야 한다." 그러나 장남은 막막했다. 연애를 하는 것도 아니고, 당장 결혼할 상대가 있는 것도 아니었다.

답답해하고 있던 그때, 중학교에 다니던 막냇동생이 슬쩍 말을 꺼냈다. "형, 저기 책방에 예쁜 누나 있어. 한 번 가 보자." 반신반의하며 따라간 책방에서 그는 그녀를 처음 보았다. 고요한 표정으로 책을 정리하던 그녀. 그는 머뭇거리다 말을 걸었다. "저기… 잠깐 이야기 좀 나눌 수 있을까요?"

그녀는 놀란 눈으로 그를 바라보았다. 그는 숨을 고르고 솔직하게 말했다. "웃기는 이야기지만… 우리 아버지가 갑자기 장가를 들라고 하셔서요. 연애를 하던 것도 아니고, 어디서 사람을 만나야 할지도 몰라 고민하고 있었는데, 막냇동생이 책방에 예쁜 누나가 있다고 해서… 이렇게 왔습니다." 그녀는 잠시 침묵하다가 조용히 말했다. "저는 아직 혼인신고를 하지 않아 법적으론 처녀지만, 실제로는 결혼 후 이혼한 사람입니다. 이혼녀인 제가 감히 '좋다, 싫다.' 말할 처지가 아닌 것 같아요."

그는 고개를 끄덕이고 돌아갔다. 그리고 두 주가 지나도록 아무 소식이 없었다. 그녀는 역시 그도 사라졌구나 생각하고 있었는데, 어느 날 그가 다시 나타났다. 그는 짧게 말했다. "저는 좋습니다. 결혼합시다. 부모님께는 이혼한 적 있다는 건 말하지 않겠습니다." 그렇게 두 사람은 결혼했다. 그는 떼부자까지는 아니었지만, 적어도 나보다는 훨씬 부유한 집안의 사람이었다.

그녀는 말한다. "사람들은 이혼한 사람에게 쉽게 말하죠. 잘못 살았다고, 실패했다고. 하지만 나는 말하고 싶어요. 당해 보지 않으면 모른다고."

그녀의 눈빛은 담담했지만, 그 안에는 수많은 고비를 지나온 사람만이 가질 수 있는 단단함이 있었다. 그렇게 그녀는 다시, 누군가의 사랑을 받고, 존중받으며 살아가게 되었다. 그리고 나는… 첫사랑이 너무 잘돼 버린 덕에, 그냥 배가 아픈 사람이 되어 버렸다.

그리고 이어서 하나의 이야기를 더 해 본다. 이 이야기는 그녀에게서 전해들은 것이니 100% 사실인지 확신할 수는 없다. 우리 어릴 적, 반 전체 남학생 중 단연 돋보이던 알파 남자, 반장. 공부면 공부, 운동이면 운동, 노래면 노래, 못하는 게 없던 소년이었다. 인품 또한 훌륭해 선생님들의 사랑은 물론이고, 친구들의 존경을 한 몸에 받았다. 그가 없는 곳에선 늘 '그래도 반장처럼만 살면 인생이 성공이지.'라는 말이 돌았을 정도였다.

그는 집안 형편이 무척 어려웠다. 아버지가 안 계셨던 걸로 기억하고, 어머니마저 일찍 돌아가셨는지, 고아처럼 자라났다. 하지만 그런 환경을 탓하지 않고 묵묵히 제 길을 걸었다. 중학교를 졸업한 후, 서울의 한 공업 고등학교에 진학했다. 그리고 그 공고 출신 중 특별 입학 제도를 통해 한양대에 입학한 것으로 보였다. 확실하지는 않지만, 그 고등학교와 한양대가 모종의 계열이었던 것 같기도 하다.

그는 대학 시절에도 모범생이었다. 하지만 한양대의 높은 학비는 그의 어깨를 무겁게 짓눌렀다. 방학 동안 고향에 내려온 그는, 우연히 고향 중학교 동창이 운영하던 양장점에 들르게 되었다. 인구가 많지 않은 면 단위 마을에서 운영되는 작은 양장점이었기에 큰 수익이 나진 않았겠지만, 정겨운 고향 친구의 가게였다.

거기서 그는 넌지시 등록금 사정이 어렵다고 털어놓았고, 그 말을 들은 동창 여학생은 아무 말 없이 등록금을 빌려주었다고 한다. 처음 한 번만 도운 게 아니라, 아마 이후에도 몇 번 더 도움을 준 것 같았다. 그렇게 도움을 받아 어렵사리 대학을 마친 그는 결국 그 양장점 동창과 결혼하게 되었다.

이 소식이 들려왔을 때, 고향 동창들 사이에서는 한마디가 돌았다. "야, 그 결혼 한 달 가면 길게 가는 거다." 모두 그렇게 말했단다. 누구보다 우수한 '알파남'과, 객관적으로 평범해 보였던 그녀. 겉보기엔 어울리지 않는 한 쌍처럼 보였기 때문이다. 하지만 예상은 보기 좋게 빗나갔다. 둘은 오래도록, 그리고 아주 행복하게 잘 살고 있다고 한다.

아마도 그것은 반장의 본질적인 인품 때문이었을 것이다. 어려운 상황 속에서도 인간적인 품위를 잃지 않고, 누군가의 작은 선의를 잊지 않는 사람. 그에게 있어 결혼은 보상이나 동정이 아닌, 진심의 연장이었을 것이다.

나는 속으로 생각했다. 여자가 누구와 결혼하느냐는 운이 아니라, 그 운을 알아보는 눈에 달린 것인지도 모른다. 그리고 그 기회를 붙잡는 용기. 그 여동창은 단순히 '좋은 일'을 한 것이 아니라, 가장 현명한 '투자'를 한 셈이다. 방탄소년단을 스토킹하며 시간을 보내는 누군가보다, 그녀는 백배, 아니 백두산만큼은 더 똑똑한 여인이다. 그녀의 삶이 부디 앞으로도 오래도록 평안하고 행복하길 바란다.

그렇게 몇 번, 조심스레 만나 이야기를 나누던 어느 날, 결국 문제가 터졌다. 아내가 우연히 걸려 온 전화를 보고 화를 냈다. "애는 왜 자꾸 만나는 거야? 전화번호 알려 줘. 내가 전화할 거야." 그 말에 나는 순간 아찔했다. '아차, 일이 커지겠구나!' 싶으면서도, 괜한 오기가 치밀었다. 나도 모르게 입을 열었다. "전화해서 그 애 집에서 쫓겨나고, 나는 우리 집에서 쫓겨나면, 둘이 진짜로 붙지 않겠냐? 진짜 전화하려면 해라."

아내는 말없이 나를 바라보다, 결국 전화하지 않았다. 하지만 그날 이후로도 분위기는 좋지 않았다. 나는 또 어이없는 변명을 늘어놓았다. "그를 만날 때 너를 데리고 간 건, 내가 '너보다 잘난 여자와 산다.'라는 걸 보여 주기 위해서였어. 그러니까 너무 화내지 마." 그 말에 아내는 말문을 닫았다. 무언가 납득했다기보다는, 더는 피곤한 싸움을 원하지 않았던 것 같았다. 그 이후로는 조심했다. 동창회처럼 모두가 공식적으로 모이는 자리가 아니면 따로 만나지 않았다. 아내도 더 이상은 공식적인 모임에 같이 얼굴을 비추는 것까지는 문제 삼지 않았다.

이제 와서 생각해 보면, 그 모든 일들이 어른들의 사춘기 같았다. 설레고 불안하고 좋았지만, 지킬 것이 많았다. 그리고 나는 다시 어설프게도 삶의 균형을 지켜 내려 애썼다.

새로운
취미

1995년, 인덕원 전철역세권에 아무런 자본도 없이 외상으로 약 500평 규모의 상가 건물을 지었다. 건축비는 11억 원에 달했지만, 임대보증금과 은행 대출을 통해 이를 모두 지불했다. 건물은 곧 임차인들로 채워졌고, 임대 수입이 꽤 괜찮게 들어오기 시작했다. 마취과 전문의로서 프리랜서로도 활동하며 마취료 수입도 생기자, 노후에 대한 걱정은 사라졌고 평화로운 일상이 시작되는 듯했다.

하지만 건물에 입주한 술집들의 영향으로, 어느새 '한 잔만'이 '폭음'이 되어 버렸고, 생활이 흐트러지기 시작했다. 이런 흐트러짐을 바로잡기 위해서는 술 마시고 싶은 시간에 다른 무언가로 채워야 했다. 초조함과 함께 시대에 뒤처지는 것 같은 불안감도 들어, 무언가 공부를 해 보자는 생각이 들었다. 그렇게 시작한 것이 중국어였다.

중국어 학원에 등록해 공부를 시작했고, 결국 수년간의 학습 끝에 중국어 능력시험인 HSK 7급을 취득했다. 원래 목표는 6급이었지만 시험에서 5급이 나오자 오기가 생겨 더 열심히 공부했고, 과잉의 결과로 7급에 도달한 것이다. 7급은 중국의 문과대학 입학이 가능한 수준으로, 어학연수 없이 취득한 성과는 주위 사람들의 인정을 받기에 충분했다.

중국어 이후에는 일본어도 시작했다. 시험에 대한 피로감으로 일본어는 시험을 보지 않았지만, 유학파 학생들이 수강하는 5등급 반에 들어가기까지 4년이 걸렸다. 꾸준한 학습으로 일본 유학 경험자들과 대등한 회화 실력을 갖추게 되었다. 영어도 어느 정도 구사할 수 있었기에, 나의 언어적 영역은 꽤 넓어졌다.

이 무렵, 건물 3층에 세 들어 있던 삼성생명이 나가면서 공실이 생겼다. 여러 업종이 들어오기를 기다렸지만 마땅한 임차인이 없었다. 오직 댄스학원만이 끈질기게 입주를 요청했다. 당시 댄스학원은 불륜의 온상이라는 인식이 있어 거절했으나, 다른 대안이 없어 결국 임대를 허락했다.

처음에는 경멸의 시선으로 내려다보았지만, 자꾸 보다 보니 재미있어 보였다. 아내에게 말하자 의외로 흔쾌히 허락해 주었고, 나는 학원에 등록했다. 그러나 춤은 생각처럼 쉽지 않았다. 사람들은 내 연습을 보며 "저 아저씨가 춤 배우면 이 세상에 춤 못 배울 사람 없다."라고 비웃었다. 오기가 생긴 나는 지하 2층의 안 쓰는 공간을 연습실로 개조했다. 대형 거울을 붙이고 바닥엔 비닐 장판을 깔아 하루에 6시간씩 연습했다. 프리랜서라 시간이 많았던 덕분이었다. 6개월 후, 나는 숙련된 남성 댄서가 되어 있었다.

어느 날, 20대 남녀가 자이브를 추는 것을 보고 충격을 받았다. 전통 춤이 시시해 보일 정도로 그 춤은 화려했다. 시민회관 강좌를 수강했지만 집단 수업의 한계로 별다른 진전이 없었다. 강사에게 물어보니 개인 강습은 종목당 50만 원으로, 총 5종목을 배우려면 수백만 원이 든다는 말에 망설였다.

그러다 한양대 안산캠퍼스에서 사회인 대상 댄스 프로그램을 운영한다는 정보를 듣고 등록했다. 6개월에 30만 원. 수강생 대부분은 학교 선생님들이었다. 진급 인센티브 때문이었다. 무용 전공자와 발레리나들까지 있는 고수들의 세계에서 나는 도전 정신으로 버텼다. 매일 하루 3시간씩 연습하며 라틴댄스, 모던댄스 총 10종을 마스터했다. 살사, 아르헨티나 탱고, 메렝게 같은 낯선 춤들도 배웠다.

그 시절 나는 춤 백치에서 춤 전문가가 되었다. 중국어, 일본어, 춤. 꽤 괜찮은 조합이었다. 수술실에서는 손이 비어 있었기에 긴 수술 중에는 책을 읽기 시작했다. 독서량이 늘어났고, 좋은 책만 고르기 위해 몇 시간씩 책방을 뒤지곤 했다. 책방 주인은 나를 무거운 책 사 주는 '귀한 손님'이라 반겼다. 독서와 함께 천리안이라는 초기 SNS에서 글을 쓰며 많은 독자도 생겼다. 그렇게 나는 학습과 춤, 글쓰기 속에서 다시 평화롭고도 치열한 삶의 균형을 회복하고 있었다.

이후 홍대 근처에서 하는 살사 동호회에서 중국 여행 멤버를 모집하기에 따라나섰다. 젊은 남녀 강사급들로 구성된 여행단이 만들어졌고, 중국 상해의 신천지를 방문하는 일정이 포함되어 있었다. 그들을 따라 신천지 살사 댄스홀을 방문했다. 이 젊은 회원들은 단체로 늘어서서 라인댄스를 하기 시작했는데, 한국에서 왔다는 것을 알고 중국인들이 구름처럼 몰려들어 구경했다. 한국 젊은 여성들의 세련미가 돋보이는 광경이었다.

나는 출중한 나의 중국어 실력을 동원해서 말했다. "我是韩国医生. 我想和你跳舞, 可以吗?(나는 한국에서 온 의사입니다. 당신과 춤추고 싶은데, 가능합니까)?" "好的.(예, 좋아요)." 이렇게 해서 중국인 아가씨와 상해 신천지에서 살사 춤을 한 번 출 수 있었다.

문제는 그 후에 벌어졌다. 밤이 늦어지자 여자 팀원늘은 먼저 숙소로 돌아가고 싶어 하고, 남자들은 남아서 술이나 더 마시고 싶어 하는 듯해서 나는 여자들을 따라 먼저 숙소로 들어왔다. 호텔이 아니고 여자 숙소 한 채, 남자 숙소 한 채, 이렇게 두 채의 아파트를 빌렸다. 여자들이 단체로 숙소로 돌아간 뒤 아차 했다. 나는 남자 숙소에서 함께 나오기만 했어서 동호수를 기억하지 못했다.

말이 아파트지 가로등이 하나도 없는 칠흑 같은 환경이라 주위에 뭐가 있는지 잘 보이지 않았다. 또 아파트 현관마다 잠금 장치가 있어 비밀 번호를 눌러야 현관을 통과할 수 있었다. 그러니 어디인지 들어가서 볼 수도 없었다. 완전히 망한 것이다. 나는 남자 동료들이 들어올 때까지 그 아파트 정문에서 기다려야만 했다. 하지만 정문이 어딘지 관리실이 어딘지도 알 수 없었다. 아무것도 모른 채 그냥 무조건 걸어가니 관리실 비슷한 것이 보였다. 들어가니 중국인 관리인들이 앉아 있었다. 영어는 전혀 통하지 않았는데 다행히 중국어를 할 수 있어 그들과 말을 했다.

여행 가이드는 조선족이었는데, 자기 집에 귀가한 상황이었다. 전화를 걸어 볼까 했는데, 공중전화뿐이었고, 내게 동전이 있을 리가 없었다. 주머니를 뒤지니 센트인지 달러인지 동전 하나가 나와서 그 중국 관리인에게 기념으로 가지라고 하고 줬다. 그러고는 전화 걸 동전이 없으니 동전을 좀 달라고 하니, 좋아하면서 동전을 주었다. 어렵게 가이드와 통화하고 그 관리인들을 따라 숙소로 들어가니, 숙소에는 남자 동료들이 이미 들어와 자고 있었다.

더 놀지 않고 바로 우리 뒤를 따라 출발해서 그들도 들어와 이미 숙소에서 누워 있었다. 그런지도 모르고 밤새 문에서 기다렸다면 나는 밤을 꼬박 새우고도 그들을 만나지 못했을 것이다. 그나마 중국어로 그들과 대화가 가능했기에 위기에서 벗어날 수 있었다. 그 뒤 여행지에서 숙소에서 나갈 때는 반드시 내가 묵는 곳의 연락처 정보를 정확히 기억하는 버릇을 들였다.

또 한 번의 위기,
IMF

평화로운 날들은 약 2년간 지속되었고, 임대 수입으로 부채도 갚아 나가고 있던 중, 1997년 IMF 외환위기가 터졌다. 나와는 아무 상관없을 것 같았던 이 사건은 예상 외로 내 삶에 직접적인 충격을 주었다.

내가 소유한 7층 건물의 1층과 4층은 현대자동차에 전세 보증금 3억 8,000만 원으로 임대되어 있었는데, 현대자동차가 몸집 줄이기 정책을 펼치며 내가 소유한 건물의 대리점도 정리 대상에 포함되었다. 전체 건축비 11억 중 40%에 해당하는 자금을 3개월 내로 현금화하지 않으면 경매로 건물이 넘어갈 위기였다. 그 당시는 강남 아파트 한 채 반에 해당하는 거금이었다.

설상가상으로 다른 임차인들도 단체로 임대료 인하를 요구했다. 은행 대출은 전면 중단되었고, 금리는 천정부지로 치솟았다. 임차인들의 임대료 인하 요구를 들어주면 이자도 감당할 수 없었기에 받아들일 수 없었다. 다행히 계약서에는 연체료 조항이 있었고 5일 연체는 묵인하지만, 그 후 5일을 더 연체하면 5%, 그 후 5일을 더 연체하면 10%의 연체가산금을 물어야 하는 것이었다. 지금 생각하면 악덕 임대인이었지만 당시는 그냥 진짜로 받으려는 생각 대신 엄포용으로 써 놓았을 뿐이었다. 법적으로는 월 10%의 연체가산율은 보호받지 못하고 있었는데 , IMF로 인해 고율 이자도 법적으로 전부 인정되는 상황이 되어 버렸다.

나는 임차인 회의에 참석해 다음과 같이 말했다. "나의 꿈은 병원 경영이지 상업용 건물 임대업자가 아닙니다. 돈이 없어서 어쩔 수 없이 건물을 지어 임대업을 시작했지만, 여러분이 단체로 임대료 인하를 요구하며 임대료를 안 내면 연체가산금은 월 10%이니 1년만 임대료를 내지 않아도 임대보증금은 다 날아가게 됩니다. 그렇게 되면 여러분을 보증금 반환 없이 다 내보내고 이 건물을 병원으로 바꾸려 합니다. 임대료 인하는 없습니다. 두 가지 중 하나를 선택하십시오."

이렇게 해서 임차인들은 단체 행동도 할 수 없는 상태가 되었고, 내 건물은 임대료 인하 없이 IMF 시기를 버틸 수 있었다. 문제는 현대자동차가 나가면서 발생한 전세보증금 3억 800만 원을 3개월 내에 반환해야 한다는 것이었다. 은행 대출은 막혀 있었고, 이대로 가면 건물이 경매로 넘어갈 수도 있었다.

다행히 막내 남동생이 치과 의사로 개업해 많은 수입을 올리고 있었고, 막내 여동생의 남편은 중소기업은행 직원이었다. 여동생은 은행원인 남편이 구조조정 실적 압박을 받고 있어, 치과 의사 동생에게 예금을 자기 남편 은행으로 옮겨 달라고 부탁했고, 막냇동생은 흔쾌히 예금을 옮겼다. 이 예금을 담보로 나는 중소기업은행에서 필요한 자금을 대출받을 수 있었다. 이렇게 해서 나는 구사일생으로 IMF 위기를 넘길 수 있었다. 불행 중 다행이라 할 수 있는 순간이었다.

웃음과 눈물의 흰 가운

다시 병원으로,
그리고 춤과 영어의 시간

　　IMF를 넘긴 후 2000년이 되자 통증클리닉 개업이 성황을 이루기 시작했고, 많은 마취과 의사들이 병원을 그만두고 개업에 나서며 대형병원들에서 마취과 의사 품귀 현상이 발생했다. 마침 서울적십자병원에서 원장을 맡고 있던 대학 동기가 나에게 병원에 들어오라고 권유했고, 나는 그동안 뒤처졌던 의학을 따라잡을 마지막 기회라 생각하고 취업을 결심했다.

　　병원 규모는 컸지만, 기존에 세 명이 근무하던 자리에 혼자서 수술 마취를 전담하게 되어 쉽지 않았다. 특히 적십자병원에 오는 환자들은 대부분 상태가 매우 위중했다. 나는 통증클리닉 공부에 집중했고, 서울대병원에서 휴가를 내 실습을 받으며 시술을 배우기도 했다.

　　외국어 공부도 병행하고 있었으므로 시간이 많이 부족해 출퇴근 시간에는 라디오와 테이프로 영어 공부를 하고 점심시간에는 일본어 공부, 퇴근 후에는 일본어 학원에 다녔다. 그러던 숭 외과 레지던트 한 명이 내가 댄스를 배운 이야기를 듣고 부러워하면서, 병원 내에 댄스 동아리를 만들게 되었다. 우리는 외부 강사를 초빙해 살사를 배우기 시작했고, 여의사들도 참여했다. 하지만 실력이 늘지 않자 홍대 인근의 살사 동호회에 가입했고, 나도 함께 참여했다. 수준 높은 동호회에서 매주 토요일 밤 살사를 배우며 실력이 향상되었다.

어느 날 미국에서 귀국한 동호회 나이 든 교포가 마침 토요일이어서 홍대 거리로 놀러 나온 서양 아가씨들을 보고 "뭐 하러 나왔냐? 할 것 없으면 이곳에 와서 춤추고 놀아라."라고 하니 그들이 한꺼번에 들어와 어울리게 되었다. 그렇게 그들과 자연스레 친해졌다. 특히 영어 강사였던 K와 가까워졌고, 매주 토요일마다 점심과 저녁을 함께하며 댄스를 즐기고 영어 회화를 연습했다. 함께한 시간은 5년간 지속되었고, 영어뿐 아니라 서양인의 사고방식과 문화를 체득할 수 있는 기회가 되었다.

이태원의 외국인 전용 카페에 깔리엔떼에서 함께 춤을 추며 즐긴 날들도 많았다. 나는 이번 기회에 유학 간 적이 없으니 이곳에서 원어민 수준의 영어로 발돋움하기 위해 그녀와 만나서 함께하는 시간을 늘려 보도록 했다. 토요일은 낮에 12시 전에 만나 점심식사를 하고 커피를 마시며 후에 영화를 보고 또 저녁에는 저녁식사를 하고 난 후 살사 동호회에 참석, 그녀와 춤추고 놀다가 밤 9시면 귀가를 한다. 귀가하면서 남은 시간을 이태원에서 자기 동료들과 더 놀고 싶어 하는 그녀를 이태원에 데려다주고 귀가했다.

가끔 이태원 카페에 직접 가기도 했는데, 이 외국인 전용 살사 카페인 깔리엔떼에는 장미꽃을 파는 아주머니가 들어와 커플들이 장미 한 송이를 사 주게 하는데 그날은 또 장난기가 발동해 그녀에게 "저거 전부 다 사 줄까?"라고 말했더니 그녀가 다 사 달라고 한다. 나는 이미 뱉은 말이니 그 아주머니에게 붉은 장미 한 아름을 전부 사서 그녀에게 주었다. 장미값이 많이 비싸지는 않았다.

그는 장미를 한 아름 안고 헤어질 때 횡단보도 푸른 신호가 떨어지자 인사를 하고 건너가기 시작했는데 중간이 안 되게 가다가 다시 무슨 생각에서인지 다시 뛰어 돌아와 나를 포옹하고 갔다. 신호 대기로 서 있던 택

   웃음과 눈물의 흰 가운

시 버스의 모든 승객이 그 장면을 다 쳐다보고 있었는데 무슨 생각들을 했을까? 말 안 해도 다 이렇게 상상했을 것이다. '저 작은 한국 노인이 저 거구의 젊은 백인 아가씨 꼬시려고 저렇게 많은 장미를 사 주었구나.' 아무튼 한 아름이나 되는 장미를 안고 그는 매우 행복해했다. 쪽이 좀 팔리긴 했지만 그다지 싫지는 않았다.

사실은 호기 부리다가 다 사 주게 되었다고 그 많은 택시 버스 승객들에게 일일이 설명할 수가 있겠는가. 여자들은 왜 먹을 수 있는 케이크 같은 것도 아닌 장미를 그렇게 좋아할까? 옛날 왕눈이 누나도 꽃을 한 아름 주니 그렇게 좋아하더니. 5년이나 우리는 매주 토요일을 이렇게 보냈다. 그가 귀국할 때는 인천공항까지 바래다주었다.

그녀는 차 안에서 나를 쳐다보며 차에 같이 타고 있던 자기 친구에게 이렇게 말했다. "He used me for English." 그리고 "People say that men and women can't be just friends, but we did." 이 에피소드는 내 인생에서 5년간이나 차지했던 특별한 시간이었다. 지금 생각해도 그리운 추억이다.

나는 지하철에서 파는 올드팝이라는 씨디를 사서 노래를 들으며 가사를 외웠다. 오랜 시간에 걸쳐 이 대여섯 장의 올드팝에 나오는 영어 가사를 다 외웠으므로 그 양이 적지 않았다. 노래도 물론 몇 년에 걸쳐 따라 부르면서 외웠지만 음악적 소질이 없어 그중 한개도 제대로 못 불렀다. 노래를 따라 부르고 가사를 외우며 대부분의 노래 가사가 영시라는 것을 알았다.

나는 매주 토요일 20살 차이가 나는 캐나다 아가씨 K와 낮 12시경 만나 밤 9시까지 점심식사를 하고 영화를 보고 또 저녁식사를 하고 또 홍대 카페 동아리 모임에 가서 살사 춤을 추곤 했는데, 같이 있으면서 영어로 말하는 시간을 되도록 늘리려는 의도였지만 당연히 젊은 외국인 여성을 데리고 다니는 즐거움도 없었다고 할 수는 없다. 영어 실력을 늘리는 와중에 영어 대화도 좋지만 노래 가사 같은 시적 표현도 해 보았으면 좋겠다고 생각이 있어 이런저런 말을 만들어 시도해 보곤 했다.

그는 가슴이 너무 커서 사이즈가 맞는 것이 없었는데 이를 억지 영시로 만들어 놀리곤 했다. "K는 한국에서는 브래지어를 살 수 없다네." 그는 미소 지으며 늘 같은 대답을 했다. "그래도 이태원에는 가끔은 있다네."로 받곤 했다. 그녀와 한번은 강변로를 차를 타고 달리는데 갑자기 핸들이 크게 흔들리는 일이 발생했다. 그러자 그녀는 "Are you going into the river?"라고 했다. 나는 장난기가 발동하고 또 시적 표현을 하고자 하는 의도가 있던 때였으므로 "Why not? I am old, you are young and pretty, if I could be with you in heaven, I'll do it willingly, say ok, say it."라고 말했다.

그녀가 대답이 없어 재차 "Say it , say it."라고 했고, 그녀는 끝내 한마디도 말이 없었다. 아마도 강변도로가 끝날 때까지 그녀는 공포에 떨었으리라. 영어로 시가 됐는지는 잘 모르겠다.

사랑한다고
말하라

내가 인덕원 전철역에 상업용 건물을 짓고 있던 때, 어렸을 적엔 무서웠던 나의 아버지가 나를 보물처럼 여기기 시작하며 진정으로 나를 사랑했다는 것을 느꼈다. 우리는 같은 취미를 공유했는데, 개들을 데리고 산에 가서 사냥을 하는 것이었다.

나는 학교나 병원에 다니느라 자주 가지는 못했지만 틈만 나면 고향집에 내려가 아버지와 함께 사냥을 나갔다. 건강이 좋을 때는 아버지와 함께, 나빠진 후에는 혼자 갔다. 오랜만에 집에 가면 밤늦도록 사냥 이야기로 꽃을 피웠고, 때로는 토끼나 노루를 잡았던 일화들을 나누며 시간 가는 줄 몰랐다.

아버지는 산속의 토끼 서식지를 손바닥 보듯 꿰뚫고 있었고, 토끼의 행동 패턴도 정확히 알고 있었다. 한번은 바위 절벽 아래 굴로 토끼가 도망칠 거라며 미리 개를 토끼가 도망해 들어가는 굴 입구에 배치하라고 했지만, 나는 "아이고 아버지, 어쩌다 한 번 그리로 도망갔겠지요."라고 믿지 않고 개를 자유롭게 풀어두었다. 결국 토끼는 아버지 말대로 그 굴속으로 도망쳤고, 뒤늦게 후회하며 굴 근처의 흙을 파는 중 토끼가 밖으로 튀어나와 개에게 잡히고 말았다.

우리는 이런 경험을 수십 년간 공유했고, 수많은 사냥 이야기로 밤을 지새웠다. 한번은 너구리 두 마리를 잡고 세 번째를 쫓느라 앞선 두 마리를 땅에 놓아두었더니, 돌아왔을 때는 그중 하나가 도망쳐 다시 두 마리가 되었다는 이야기 등, 추억은 무궁무진했다.

건물을 짓던 해, 아버지는 위암으로 수술을 받고 항암치료를 받기 위해 서울에 오셨고, 우리 집에서 머무르곤 하셨다. 아산병원에서 수술 후 입원 중, 추석 연휴로 의료진이 부족하던 어느 날 병원에서 심정지 환자가 발생했다. 나는 직감적으로 상황을 파악하고 "도와드릴까요?" 하고 묻자, 나를 알던 인턴이 부탁해 기관 삽관과 제세동으로 환자의 생명을 구했다. 이 일은 아버지를 기쁘게 했고, 병원에서도 고마움을 표했다.

암이 전이된 상태였기에 항암치료가 이어졌고, 어느 날 나는 술에 취한 채 아버지 방에 들어가 말했다. "아버지께서 엄하게 키워 주신 덕분에 좋은 학교도 갈 수 있었고, 감사합니다. 아버지를 사랑합니다." 무뚝뚝하던 아버지는 그 말을 듣고 정말 그렇게 생각하냐며 매우 기뻐하셨다.

『백 년 동안의 고독』을 쓴 마르케스는 "사랑한다고 말하지 않으면 사랑하는 줄 모른다. 그러니 늦기 전에 사랑한다고 말해야 한다."라고 했다. 그 말을 들은 후 나는 그 말을 실천했다. 나는 내가 한 일 중 가장 잘한 것이 그날 그 말을 한 것이라 생각한다. 물론 술의 힘을 빌렸지만, 그날 술도 잘 마셨다고 생각한다.

그 후 충주의 의료원장으로 부임하면서 평일엔 혼자 지내야 했고, 주말에만 집에 돌아갔다. 술을 마신 날이면 아내에게 꼭 전화를 걸어 사랑한다고 말했다. 술기운을 빌린 고백이었지만, 그래도 매번 말한 것이 잘한 일이라 믿는다. 마르케스의 말처럼, 사랑한다고 말하라. 늦기 전에 말하라. 어느 날 예기치 못하게 내가 문득 사라져도 내가 여러 번 말했으므로 아내는 내가 자기를 사랑하는 것을 확실히 알았을 것이다.

암 투병을 하시던 아버지가 돌아가셨을 때, 나는 울지 않았다. 너무 많

　　　　　　　　　　　웃음과 눈물의 흰 가운

은 죽음을 보아 온 의사였기 때문이었을까. 치과 의사인 막냇동생은 집 뒤
뜰에 나가 조용히 울었다. 아버지가 돌아가신 후, 충주 살미에 있던 집의
진돗개 다섯 마리의 처리가 곤란했다. 어머니는 나를 따라 서울로 오셔서
함께 살게 되었다. 초등학교 5학년 때 작은 새재를 지나며 어머니와 영영
같이 살 수 없겠구나 생각했었는데, 그런 생각과는 달리 결국 함께 살게
되었다.

진돗개 두 마리는 다른 사람에게 보냈고, 세 마리는 빈집을 지키고 있
었다. 사료는 포대를 통째로 개집 앞에 두고 오곤 했다. 어느 날 고향집
에 갔을 때, 암컷 한 마리가 철사 올가미에 걸려 앞발이 거의 절단될 지경
이었는데, 그걸 풀어주려 하니 아픈지 살짝 이빨로 내 손을 누를 뿐, 물지
는 않았다. 해가 뉘엿뉘엿 지고 슬픈 마음이 그지없었지만, 그때도 울지
않았다.

사료를 주고 서울로 돌아오는 길, 용원 호숫가를 따라 운전하며 라디오
를 틀었더니 〈하와이 연정〉이 흘러나왔다. "사랑이란 즐겁게 왔다가 슬프
게 가는 것…. 훌라 춤에 흥겹던 기쁨도 모래알에 새겨진 사연도…."라는
가사가 가슴을 후벼 팠고, 나는 흐르는 눈물을 주체할 수 없어 운전을 멈
추고 목 놓아 울었다.

슬픔에도 역치가 있다는 말이 있다. 아주 큰 슬픔 앞에서는 멍하니 있다
가, 작은 슬픔이 마지막 역치를 넘기면 눈물이 터진다고 한다. 몽테뉴는『수
상록』에서, 이집트의 왕이 전쟁에 져서 딸이 노예가 되고, 아들이 처형될
때도 울지 않다가 신하 한 명이 죽을 때 울었다는 이야기를 썼다. 정말 큰
슬픔보다 그 뒤를 잇는 사소한 슬픔이 더 큰 눈물을 부르기도 한다는 것
이 실감 나는 순간이었다.

내가 목 놓아 운 두 번의 경우가 더 있다. 하나는 장애를 안고 태어나 사

람답게 살지 못하고 젊은 나이에 내 남동생이 세상을 떠났을 때, 그리고 또 하나는 제천에서 병원을 개원할 때 함께 사무장으로 일하며 수고하던 내 젊은 매제가 50대의 이른 나이에 세상을 떠났을 때였다.

웃음과 눈물의 흰 가운

모든 죽음은
슬프다

1963년 살미에 집을 짓고부터 1995년까지 30년간, 늘 두세 마리씩 개들을 키우며 살아왔다. 자연사한 개들도 많지만, 특별한 죽음의 기억은 더욱 깊게 남아 있다. 개의 수명은 보통 15년 정도이고, 이가 다 빠져 먹이를 제대로 먹지 못한 채 점차 쇠약해져 죽곤 했다.

내가 군대에서 우유를 먹이며 키운 '삐삐'는 집 마당 나무에 묶인 채로 꿀벌 떼의 습격을 받았다. 분봉 중이던 꿀벌들이 개 몸에 까맣게 들러붙었고, 가족들이 돌아와 풀어줬지만 벌에 너무 많이 쏘여 결국 죽고 말았다.

또 다른 개 '캐리'는 하얀 진돗개였다. 묶어 두면 살이 빠지고 윤기가 사라졌지만, 풀어놓으면 건강하고 아름다웠다. 새끼를 낳을 즈음, 토한 음식에서 새끼들이 고깃덩어리를 먹고 있어 병이 있는 줄 알고 막았고, 쥐약을 먹은 줄 알고 위세척을 하며 호스로 물을 억지로 먹였던 일이 있다. 놀란 캐리는 집을 나가고 말았다.

며칠 후 돌아온 캐리는 묶인 채 새끼를 낳았고, 풀어주자 새끼를 물고 사라졌다. 이후 밥때만 되면 돌아오는 캐리를 따라가 보니, 산속에 새끼들을 숨겨 기르고 있었다. 우리는 새끼들을 모두 데려왔다.

어느 날 외사촌에게 전화가 왔다. 꿩 사육장에 새벽 2시마다 하얀 개가 들어와 꿩을 잡아먹는데, 공기총으로 지키겠다고 했다. 우리 집 개 같으니 개를 매 달라고 했으나 우리는 믿지 않았다. 하지만 다음 날, 캐리는 총에 맞고 집 근처에서 죽어 있었다. 쥐약을 먹고 죽은 암캐도 있었다. 죽은 어미를 떠나지 못하고 깽깽거리는 강아지들의 모습은 너무도 애처로웠다. 아버지가 돌아가시고 빈집을 지키던 세 마리의 개 중에서 다리가 올가미에 걸려 반쯤 절단된 것을 풀어주어 살린 그 암캐는 언젠가 개울 물가에서 엎어져 죽어 있었다고 했다.

모든 죽음은 슬프다. 그래서 살아 있는 것을 사랑하지 말라는 말도 있다. 살아 있는 것은 결국 죽게 마련이고, 그 이별의 슬픔은 감당하기 어렵기 때문이다.

    웃음과 눈물의 흰 가운

적십자병원에서의
직장 생활

나는 약 5년간 서울 적십자병원에서 직장 생활을 했다. 공공병원이라 경영에 문제가 많았고, 적십자사의 보조가 있었지만 늘 적자가 문제였다. 환자들은 상태가 몹시 안 좋은 경우가 많아 일의 난이도도 높았다. 그동안 의학 연구의 중심에서 떨어져 있었던 나는 이 시기를 기회로 삼아 눈부시게 발전한 의학, 특히 통증의학을 따라잡기로 마음먹었다.

레지던트 시절에는 경막외신경차단술을 본격적으로 배우지 못했지만, 적십자병원에 다니면서는 기초부터 통증의학을 공부하고, 틈나는 대로 서울대병원 통증클리닉에 가서 실습도 병행했다. 휴가도 모두 실습에 사용하며 집중적으로 의학적 스킬을 향상시켰다. 병원에 통증클리닉 진료실을 정식으로 설치해 달라고 요청했고, 환자 치료를 하며 스스로를 단련해 나갔다.

당시 나는 영어, 중국어, 일본어를 구사할 수 있었고, 병원에 몽골 환자들이 많아지자 몽골어까지 공부하기 시작했다. 어학 공부는 점심시간을 활용하고, 출퇴근길엔 영어 회화 방송을 들으며 시간을 아꼈다. 그러던 중 외과 레지던트와 함께 댄스 동아리를 만들었고, 그 계기로 홍대 근처 살사 동호회에 나가게 되었다. 그곳에서 만난 서양 여성과 매주 주말마다 시간을 보내며 영어 회화 실력을 자연스럽게 향상시킬 수 있었다. 점심, 영화, 커피, 저녁을 함께하며 가능한 많은 대화를 나눴다.

당시 나의 세 딸은 모두 의과대학에 재학 중이었는데, 장래 어떤 과를 선택해야 만족도와 전망이 좋을지를 고민했다. 큰딸은 서울의대를 상위 성적으로 졸업했지만 경쟁이 치열한 안과를 하기 위해 강남성심병원에서 전공의 과정을 시작했다. 열악한 기숙사 환경에도 장래를 위해 감수하게 했다. 이후 서울대 전임의, 강남성심병원 전임의를 거쳐 교수로 임명되어 부교수까지 올랐다.

둘째 딸은 아주대를 3등으로 졸업했지만 피부과에 떨어져 결국 안과를 선택했고, 막내는 울산의대를 졸업해 아산병원에서 진단검사 수련을 받은 후 전문의 시험 수석 합격으로 한양대 교수까지 되었다. 세 딸 모두 외모도 좋고 인품도 뛰어난 배우자를 만나 결혼했는데, 큰딸은 '구하라법'을 만든 인지도 있는 변호사와, 둘째는 안과 의사와, 셋째는 진단검사의학과 전문의와 결혼했다. 모두가 마음에 드는 짝을 만났다.

적십자병원에서의 경험은 나에게 뒤처진 의학을 따라잡고 통증클리닉을 개원할 수 있는 실력을 갖추게 한 중요한 전환점이었다. 60세 정년에 따라 병원을 떠났고, 내가 소유한 건물의 한 층에서 통증클리닉을 개원했다. 그 무렵 인터넷 의료 상담도 시작했는데, 이에 재미를 붙여 네이버에서 전국 의사 중 가장 많은 상담 건수를 기록했다. 매일 수십만 명이 내가 쓴 상담 글을 읽었고, 약 1만 3,000건이 등록되었다. 제주도, 부산 등 전국 각지에서 전화 문의가 왔고, 환자 수도 증가했다.

그러던 중 충북 도지사 선거에 당선된 친구가 충주의료원장을 제안했다. 의원 경영이 막 궤도에 오르려는 시점이라 망설였지만, 당시 의대생이던 막내딸이 "아버지, 가셔야 해요. 하기 싫으면 1년만 하고 오셔도 돼요."라고 말해 결심을 굳혔다. 어린 딸의 눈에도 놓쳐선 안 될 기회로 보였던 것이다. 개원 4년째였던 의원은 서울대병원 출신 후배에게 월 50만 원의

     웃음과 눈물의 흰 가운

상징적 임대료로 맡겼다. 후배 역시 경영을 경험할 기회라 생각해 흔쾌히 수락했고, 나는 다시 인생의 큰 전환점을 맞이하게 되었다.

적십자병원에서 퇴직하고 의원을 개업하기 전 약간의 시간이 있었다. 이때 승마동호회에서 대관령으로 승마 여행을 가기로 했다. 대관령 승마장에 도착해 보니 말 상태가 좋지 않았다. 잘 조련된 말이 아니었다. 승마장까지는 산길을 오래 가야 하고, 말을 끌고 가야 했다. 그래서 타고 가는 게 낫겠다고 생각해 서양인 회원에게 말을 좀 잡아달라고 한 뒤 말 위에 올랐다.

그런데 그때 말이 움직이니 초보 서양인이 말고삐를 힘껏 잡아당겨 버렸다. 말이 날뛰면서 나는 낙마하고, 그렇게 말 배 아래 앉게 되었다. 말은 입이 아프니 더욱 길길이 뛰기 시작했다. 나는 밟히면 죽을 것 같아 앉은 상태로 뒤로 물러나기 시작했는데, 뒤쪽은 낭떠러지처럼 경사가 급했다. 그래서 상체가 뒤로 쏠리며 팔로 짚었다. 체중이 너무 실렸는지 팔의 관절이 한계를 넘어 꺾여 버려 왼쪽 팔꿈치가 탈골되어 버렸다. 오른손으로 잡아당겨 뼈를 맞추니 아주 심하게 아프지는 않았으나 통증이 시작되고 있었다.

나는 다시 서울로 돌아가야 했다. 내 차를 두고 갈 수 없어 내 차를 한 손으로 운전하면서 돌아가야 했다. 그 길이 정말로 멀게 느껴졌다. 가는 길에 정형외과를 하는 선배 병원에 연락을 하고 도착해서 팔에 스플린트를 댔다. 관절 주위의 인대가 모두 끊어졌고, 인대가 뼈를 물고 손상되면서 골 조각들이 생겼다.

이 사고로 나는 수술을 해야 했다. 수술을 한 번 하고 손상된 인대가 제대로 붙기 전에 관절이 빠져서 다시 수술을 해야 했다. 팔을 못 쓰는 장애인이 될까 봐 걱정했으나 팔을 사용하는 데는 큰 지장 없이 회복되었다. 약 1년이 걸렸으므로 의원 개원은 그해 12월에 겨우 할 수 있었다. 3월에 다친 후 9개월 만에 하게 된 것이다.

충주의료원장이
되다

　　　　　그렇게 내가 경영하던 의원은 후배에게 맡기고 충주의료원장 공모에 응모하게 되었다. 의료원장은 도지사가 임명하는 자리이기에 정치적 요소가 완전히 배제될 수 없었다. 병원 경영 경험과 적십자병원에서의 5년간 공공병원 경력이 있었지만, 행정 경험은 많지 않았기에 공모에 필요한 경영계획서 작성은 쉽지 않았다. 이미 적십자병원을 떠난 상태여서 내부의 도움도 받을 수 없어, 인터넷 공고를 통해 전문가의 도움을 받아 서류를 준비했다.

　면접에서는 준비 부족으로 엉뚱한 답변도 했지만, 최종적으로 임명이 되어 충주의료원장으로 부임하게 되었다. 당시 충주의료원은 전국 35개 의료원 중 유일하게 흑자 상태였고, 이 상태를 유지하는 것이 도지사에게도 중요한 정치적 과제였다. 더욱이 새로운 병원 부지는 시 외곽 산 중턱으로 이미 착공된 상태여서 이전도 불가능했다.

　이 자리를 제안한 도지사는 나의 고등학교 동기이자, 중학교 한 해 선배로 사립도서관에서 책 도난 사건의 억울함을 함께 겪으며 가까워진 인연이었다. 대학 시절엔 서울 홍제동에서 자주 어울리던 친구들 중 하나로, 훗날 정치, 기업, 의학, 법조계 등 각 분야에서 성장한 친구들과 함께 '홍우회'라는 친목 모임을 구성하게 된 배경이 되기도 했다.

　충주의료원은 과거 내가 치료를 받았던 병원이었고, 아버지도 이곳에서 돌아가셨기에 나에게는 남다른 기억이 있는 장소였다. 병원은 낡고 허름한 상태였고, 더 이상 미룰 수 없는 개혁이 필요한 시점이었다. 고등학교 동기였던 충주 출신 국회의원에게도 도움을 청해 취임식에 함께해 주도록 부탁했고, 나는 "가족 같은 병원으로 만들겠다."라는 다짐의 첫 연설을 했다.

의사에서 경영자로의 전환은 쉽지 않았다. 나는 병원 경영 실력을 갖추기 위해 병원 회계와 경영학을 본격적으로 공부하기 시작했다. 텔레비전 인터뷰 요청이 왔을 때도 사전 연습 없이 촬영에 임했지만 무난히 소화했다. 아마도 평소 SNS와 블로그에 매일 글을 쓰며 논리 전개 훈련을 한 덕분이었을 것이다.

첫 번째로 읽은 책은 병원 회계학 관련 서적이었고, 이어서 디즈니 병원 서비스 관련 책, 병원 중장기 계획서 등을 차례로 읽었다. 중장기 계획서에서 다소 시대에 맞지 않거나 틀린 부분이 보여 저자인 병원 경영 전문가이자 회계사에게 직접 연락을 취했다. 몇 차례의 문의 끝에 그는 나에게 자신의 병원 경영학 관련 저서 세 권을 선물로 보내 주었고, 나는 그 책들을 정독하며 재무제표를 분석하고 경영 기초를 다져 나갔다.

이 과정에서 깨달은 중요한 사실은 다음과 같았다. "진료는 의학으로 하지만, 병원 경영은 병원 경영학으로 해야 한다. 의사는 의학을 배웠지만, 병원 경영학을 배운 적이 없으므로 별도로 공부해야 한다. 내과나 외과처럼 병원 경영도 전문지식이 필요한 분야다."

병원의 경영 목표는 일반 기업의 그것과는 다르다. 일반 회사는 수익 극대화, 즉 재무적 성과가 경영 목표지만, 병원은 양질의 의료 제공과 재무적 성과라는 두 가지 목표를 동시에 달성해야 한다. 문제는 이 두 가지 목표가 서로 상충되는 경우가 많다는 점이다. 양질의 의료에 집중하면 비용이 증가해 재무적 성과가 악화될 수 있고, 반대로 비용을 절감해 재무적 성과를 개선하려 하면 의료의 질이 훼손될 수 있다. 따라서 병원 경영은 단일 목표를 추구하는 일반 기업보다 훨씬 더 복잡하고 어려운 과제임을 인식하게 되었다.

이렇게 병원 경영학의 기초를 착실히 다지며 8월에 부임한 후 어느덧 12월이 되었다. 처음 부임 당시 의료 분쟁 사건이 네 건 있었는데, 이 네 건 모두를 4개월 만에 원만하게 해결할 수 있었다. 충주 사람들은 제천 사람들보다 온화한 성격이라 협상이 쉽기도 했으나, 제천에서 병원 경영을 하며 겪었던 분쟁 경험, 임대사업을 하며 익힌 계약과 협상술, 인터넷 상담 경험을 통해 쌓은 커뮤니케이션 역량과 논리적 설득력, SNS를 통한 인터넷 대응 능력도 분쟁 해결에 큰 도움이 되었다.

또한 회계 기초를 점검하는 과정에서 의료원이 수십 년간 잘못된 계정 사용을 해 온 것을 발견했다. 과거 기록을 모두 수정하는 것은 현실적으로 불가능했기에 과거는 그대로 두고, 앞으로는 정확한 방식으로 개선하도록 지시했다. 이 경험으로 "세상의 모든 지식은 세상의 모든 경영에 다 쓸모가 있다."라는 생각을 굳히게 되었다.

나는 병원 전체의 경영 실력을 높이기 위해 직원 교육의 중요성을 깊이 인식했다. 간부급 직원들에게는 병원 경영서인 『병원 경영분석과 진단』을 사서 나눠 주고, 공부 후 시험까지 보게 했다. 과거 군 복무 시절 부하 장병들에게 한자 공부를 시켰던 경험이 떠오르기도 했다.

정부 보조금으로 진행되는 직원 전체 대상의 병원 회계 교육 과정도 적극 활용했다. 기존에는 일반 기업 회계 중심의 교육을 받아 왔지만, 내가 직접 선정한 병원 회계 전문 서적으로 교육 과정을 구성하게 했다. 직원들 사이에서 "이제야 진짜 우리 병원 실정에 맞는 공부를 하게 되었다."라는 평가가 나왔고, 어떤 직원은 강사에게 "이 책을 원장님께도 드려야 하지 않겠냐."라고 했다는 이야기도 들렸다. 강사는 "이 책은 원장님께서 직접 선정하신 겁니다."라고 답했다고 한다.

조직은 결국 사람이고, 조직의 실력은 구성원의 실력이다. 실력은 교육에서 나온다는 확신을 가지고 나는 병원 전반에 걸친 교육 시스템 정비와 경영 기초 강화에 전념하게 되었다.

의사는 환자의 언어로
말해야 한다

충주의료원은 공공병원이다. 충주라는 도시는 내게 낯익은 곳이었지만, 외국인 노동자들과 다문화 가정, 청각장애인 환자까지 다양한 배경의 환자들이 있었다. 그들은 불편한 언어로 병의 고통보다 소통의 고통을 먼저 겪고 있었다. 나는 영어와 중국어, 일본어는 비교적 능숙하게 대화할 수 있었고, 몽골어로도 기본적인 의사 표현이 가능했다. 수화도 어느 정도 할 줄 알았다. 그러나 내 개인 능력만으로는 한계가 있었다. 진정한 변화는 조직 전체가 그 철학을 공유하고 실천할 때 일어난다.

그래서 시작한 것이 '직원 수화 교육'이었다. 병원 내 수화 교실을 만들었고, 직원들이 퇴근 후 수화를 배울 수 있도록 했다. 복지부에서 인증받은 강사를 초빙했고, 의료 현장에서 실제 사용할 수 있는 기본 수화부터 하나씩 익히게 했다. 처음엔 어색해하던 간호사들이, 어느 순간 청각장애인 환자 앞에서 수화로 "괜찮으세요?"라고 묻는 모습을 보았을 때, 나는 울컥했다.

또 하나, 의료 영어 교육도 도입했다. 점점 늘어나는 외국인 환자, 특히 영어 사용자와의 소통을 원활하게 하려고 복지부 강사를 초청해 의료진 대상 영어 회화를 정기적으로 진행했다. 이 역시 단순한 지식 전달이 아니라, 환자를 존중하는 방법의 하나였다. 이 모든 과정은 '공공병원은 형식만 갖추면 된다.'라는 인식을 깨고 싶었던 내 작은 도전이었다.

 웃음과 눈물의 흰 가운

다문화 시대, 공공의료기관이 먼저 '말을 걸 수 있는 병원'이 되어야 했다. 말이 통하지 않으면 진단도, 치료도, 공감도 이루어지지 않는다. 언어는 생명을 살리는 가장 작은 도구였고, 가장 큰 다리였다. 나는 직원들에게 자주 말했다. "청진기보다 먼저 꺼내야 할 건, 여러분의 눈빛이고, 표정이고, 말 한마디입니다."

지금 돌이켜보면, 수화 교육이나 의료 영어 수업은 병원의 수익을 늘리는 전략도 아니었고, 외형을 꾸미기 위한 홍보도 아니었다. 그것은 다만 우리가 사람의 고통을 진심으로 대하고 있는가를 묻는 내부의 소리였다. 그리고 나는 병원장으로서 그 대답을 조직 전체가 함께 내기를 바랐다.

한번은 병원을 방문한 청각장애인 환자가 수화로 "감사합니다."라고 말했을 때, 옆에 있던 간호사가 그 수화를 똑같이 따라 하며 "다음에 또 뵙겠습니다."라고 답했다. 나는 그 장면을 멀찍이서 보며 생각했다. '말은 기술이 아니라 마음이다.'

충주의료원장으로 지내면서 있었던 몇 가지 에피소드가 또 떠오른다. 충주의료원장이 된 지 오래되지 않은 시점에 한 분이 비서를 통해 면담을 신청해 왔다. 초등학교 동기, 기타 친척 등 이런저런 면회 손님들이 많았는데, 그중에 의료원장 면담을 만취 상태에서 신청한 사람은 처음이었다.

아주 만취 상태인 노인분이 원장실로 안내되었는데, 한참을 이야기하다가 그분이 누구신지 알게 되었다. 내게 셰익스피어 책을 읽어 오라는 숙제를 내주셨던, 그리고 예쁜 교생선생님에 대한 농담 실수로 교실을 시끄럽게 만들었던, 그 교생 선생님이었다.

그래도 어떻게 그 오랜 세월이 지난 후에 나를 기억하고 내 이름을 기억하고 만취한 가운데 면회를 신청해 오셨는지 감사한 마음이 들었다. 교장 선생님을 끝으로 정년퇴직하셨다 한다. 정중하게 대화를 나누고 배웅

해 드렸다. 오랜 세월이 흘러도 나를 기억에 남겨 주셔서 감사했다.

의료원장직에 있으면서 나는 거의 매일 대기 환자들로 빡빡한 외래를 순시하고 전 병동을 한 번씩 돌아보는데, 그중 중환자실도 자주 들어가 보게 되었다. 대부분 며칠 못 넘길 것 같은 중증 환자들로 세상만사 다 귀찮아하는 분들이 많았다. 하루는 환자 한 분이 나를 안다고 말한다고 했다. 다가가서 인사를 나누고 대화를 이어 가는데, 그분은 숨쉬기조차 벅차 쉬엄쉬엄 설명을 했다.

26년 전쯤 제천서울병원 개원식 날 충주시 살미면 농협에서 농협 조합장으로 계시던 분으로, 아버지와 함께 오셔서 병원의 예금 부탁을 하고 가셨다. 이미 30년 가까이 흘러 생의 마지막 며칠만 남겨 놓은 상태에서도 그 먼 옛일을 기억하고 말을 붙여 주신 것에 감사했다. 인생의 마지막 과정에 접어든 그분의 여행길에 따뜻한 위로의 말씀을 전했다.

슬픈 얼굴의
사랑

제천에서 병원을 경영하던 시절, 내가 목격한 수많은 죽음 가운데 가장 잊히지 않는 건, 젊은이들의 자살이었다. 아직 피지도 못한 생들이 그토록 쉽게 꺼져 가는 모습을 지켜볼 때면, 인간의 삶이란 얼마나 연약하고, 또 사랑이란 얼마나 잔혹한 것인가를 깊이 느끼곤 했다.

한 젊은 여성, 막 고등학교를 졸업하고 서울대 간호학과에 합격한 아이가 있었다. 그 앞날이 구만 리 같은 그녀가 제초제를 마시고 병원에 실려 왔다. 그람옥손. 한 번 입에 들어가기만 해도 생명을 앗아가는 무서운 제초제였다. 입에 넣었다 뱉기만 해도 간과 폐를 갉아 먹는 그 물질이 그녀의 마지막 선택이었다. 나는 이 어린 생이 왜 그렇게 절망했는지 끝내 듣지 못했다.

그녀 곁에는 서울대 상대에 합격한 남학생이 조용히 앉아 있었다. 그 여학생이 그를 병실로 불렀다. 말없이 앉아 그녀의 마지막 시간을 지키고 있었다. 그런데 어느 날, 그 남학생의 어머니가 병실에 들어와서 매몰차게 소리쳤다. "너, 여기 왜 와 있니? 당장 가자." 그러고는 아들을 데려가 버렸다. 곧 그녀는 숨을 거두었다. 나는 그 장면을 잊을 수 없다. 차라리 끝까지 곁을 지켜주게 했으면 어땠을까. 삶과 죽음의 경계에 선 이에게 마지막 온기 하나 남겨주었다면, 조금은 덜 쓸쓸했을 텐데.

또 한 명은 약사였다. 그녀는 제천에서 꽤 잘나가던 약국을 직접 운영하던 미모의 젊은 여성이었다. 어느 날, 다량의 수면제를 복용한 채 병원에 실려 왔다. 온몸이 감각을 잃은 그녀는 바늘로 찔러도 반응이 없었다. 인공호흡기를 달고 일주일 만에 의식을 되찾았고, 나는 다행이라는 안도감과 함께 이상한 무력감을 느꼈다.

6개월 후, 그녀는 또다시 같은 약을 한 병이나 마시고 실려 왔다. 이번에도 살려 냈다. 당시 내 병원엔 제초제를 먹은 환자만 아니라면 거의 다 살릴 수 있는 장비와 인력이 있었다. 나는 그를 보며, "왜?"라는 질문만 되뇌었다. 미모도, 직업도, 사회적 평가도 갖춘 그녀. 도대체 무엇이 그녀를 두 번씩이나 절망의 구렁텅이로 밀어 넣은 걸까. 소문엔 '사랑' 때문이란다. 결혼한 상태였지만, 어딘가 이루어질 수 없는 사랑에 마음을 내주었다는 이야기였다.

나는 그때 사랑이란 도대체 어떤 감정이기에 사람을 이토록 무너뜨릴 수 있는가, 깊은 회의에 빠졌다. 몽테뉴의 『수상록』에 이런 구절이 있다. "사랑의 목적은 그 육체에 있고, 육체를 내어주면 공복감이 사라져 다시 찾지 않는다. 사랑은 눈 덮인 산을 넘고, 얼어붙은 강을 건너 산토끼를 뒤쫓는 사냥꾼의 마음과 같다. 토끼를 잡으면 거들떠보지 않고, 놓치면 허겁지겁 뒤쫓는도다." 정말로 사랑이란 이렇게 아름다울 구석 하나 없는 감정일까? 사랑이 사람을 살게도 하지만 죽게도 만든다면, 그건 과연 축복일까, 저주일까.

나는 행복한 사람을 곁에 두고 있으면서도, 놓쳐 버린 사람을 자꾸만 떠올린다. 그건 인간이라면 피할 수 없는 마음의 구조인지도 모르겠다. 그러나 그런 회한마저 사랑의 일부라면, 결국 우리는 그 슬픔을 껴안고 살아갈 수밖에 없는 존재가 아닐까.

주말부부와 드럼,
그리고 작은 불

충주의료원장으로 임명되면서 나는 자연스럽게 주말부부가 되었다. 월요일부터 금요일까지는 충주에서 일하며 지내고, 주말엔 서울 집으로 올라가는 생활. 새로운 도시, 새로운 사람들, 그리고 새로운 직책 속에서 나는 퇴근 후의 시간을 어떻게 채워야 할지 고민하게 되었다.

하루는 퇴근 후 시내를 걷다가 '드럼 학원'이라는 간판이 눈에 들어왔다. 몇 년 전, 서울에서 잠깐 배웠던 적이 있었던 드럼. 다시 시작해 보고 싶은 마음이 들어 등록을 했다. 그 근처에는 중국어 학원도 있었다. 충주의료원이 지역 공공의료기관인 만큼, 다문화 환자들과의 소통도 중요할 것 같았다. 망설임 없이 중국어 강좌에도 등록했다. 이렇게 해서 퇴근 후의 시간은 자연스럽게 드럼과 중국어로 채워지기 시작했다. 원장이 끝날 때쯤이면 나도 꽤 괜찮은 드러머가 되어 있을 것 같았다.

병원장으로서의 역할에도 새로운 시도를 시작했다. 우선 Facebook 계정을 새로 만들고, 충주의료원의 잠재적인 고객이 될 만한 인접 지역 주민들과 친구 맺기를 시작했다. 의료원장이 먼저 친구 신청을 하면 대부분 반갑게 수락해 주었고, 그렇게 단시간에 약 2,000명의 SNS 친구가 생겼다.

나는 매일 의료원 관련 글을 올렸고, 그 글들은 충청북도 전역으로 퍼져나갔다. 병원의 홈페이지에 올라오는 민원에도 직접 댓글을 달았다. "이 문제는 직접 챙기겠다. 시정하겠다." 하는 식으로. 직원이 아닌 병원장이 직접 응답하는 모습에, 민원을 올린 이들도 대부분 긍정적인 반응을 보였다. 또 서울대병원에서 운영하는 의료기관장 대상 경영자 교육 프로그램에 등록해, 부족한 경영 지식을 보완하기 시작했다. 병원 근처에 마련된 숙소에는 헬스장이 있었고, 매일 운동으로 체력을 관리했다. 낯선 도시의 외로움은 점차 자기개발이라는 형태로 이겨내고 있었다.

어느 날, 휴일임에도 나는 서울로 가지 않고 원장실에서 책을 보고 있었다. 병원 회계, 병원 경영학, 환자 만족도 관리 등 머릿속은 온통 숫자와 보고서, 경영 용어들로 가득했다. 잠시 창밖을 내다보았을 때였다. 의료원 뒤편 창고 근처에서 희미한 연기가 올라오는 것이 보였다. 처음에는 쓰레기 소각인가 싶었다. 그러나 이내 '일요일에 소각을 할 직원이 있을 리 없다.' 하는 생각이 들었다. 불길한 예감이 들어 급히 밖으로 나갔다.

예상은 적중했다. 창고 앞에 쌓여 있던 포장재에서 불이 나기 시작했고, 이미 연기가 치솟고 있었다. 나는 직원들에게 소방서에 신고하라고 지시하고, 소화기를 들고 불에 달려들었다. 그러나 불길은 이미 소화기로 감당할 수 있는 수준이 아니었다. 사람들이 소화전을 끌고 왔지만, 호스의 길이가 짧아 불이 번지는 지점까지 닿지 않았다.

앞쪽 건물을 돌아가려면, 그 건물의 지붕 위로 올라가야 했다. 누구도 나설 엄두를 내지 못하는 상황이었다. 나는 '내가 올라갈 수 있을까?' 하는 의심을 품고도, 처마 밑 물건들을 디딤돌 삼아 지붕으로 뛰어올랐다. 뜻밖에도 쉽게 올라설 수 있었다. 나중에 안 일이지만 내가 오르기 힘든 지붕을 간단히 오른 것은 약 1년간 했던 헬스 덕택이었던 것으로 밝혀졌다. 아무리 작은 것도 갖춰 놓으면 다 쓸데가 있다.

지붕 위에서 호스를 들고 불을 끄기 시작했다. 내 앞에서 함께 호스를

　　　　　　　　　　　　웃음과 눈물의 흰 가운

들고 있던 직원은 화상을 입어 내려갔고, 나는 혼자 남아 물줄기를 불길에 뿜어댔다. 창고 밖의 불은 간신히 진압했지만, 내부에서 번지던 불은 쉽지 않았다. 그때 드디어 소방차가 도착했다. 그들은 창고 문을 부수고 들어가 단숨에 잔불을 정리했다.

"최초 발견자가 누구냐?"라고 묻는 소방관의 질문에 나는 손을 들었다. 이후 작성된 소방 보고서에는 "초동 조치가 빠르고 정확해 피해 없음."이라는 평가가 담겼다. 나는 안도의 한숨을 내쉬며, 원장으로서의 사명도, 인간으로서의 책임도 다했다는 뿌듯함을 느꼈다. 동시에, 내 임기 전체를 흔들 수도 있었던 위기를 피한 순간이기도 했다.

그날 이후, 나는 '불을 끈 원장'으로 직원들에게 조금은 다르게 보이게 된 듯했다. 누군가에게는 그냥 일요일의 작은 사건이었을지 모르지만, 나에게는 리더십의 의미를 다시금 확인한 하루가 되었다. 이 사건을 계기로 좀 더 철저한 방화 매뉴얼을 만들었다. 이후에 직원 한 명이 조용히 내게 이렇게 말했다. "원장님, 다음에는 절대로 그렇게 높은 곳에 올라가지 마세요."라고. 걱정스러웠던 모양이다.

새 병원으로의
이사

2012년 5월 계명산 자락에 신축한 연건평 9,500평의 새 병원으로 이사를 했다. 병원 이사는 큰 행사로 우선 병원에 입원치료 중인 환자 중에서 이동 때문에 상태가 나빠질 가능성이 있는 환자를 선발해서 충주건국대학교 부속병원으로 전원을 시켰다. 그리고 마지막 날 점검을 위해 내가 환자 들것에 누워 신축병원으로 갈 때까지 환자 역할을 하면서 이사 시뮬레이션을 했다.

문제는 맨 처음부터 발생했다. 우선 예정되어 있던 카트가 병실 문이 작아 들어가지 않았다. 이에 다른 작은 카트로 변경했다. 그 나머지는 크게 문제가 없었다. 엠뷸런스에 실려 약 3킬로가 넘는 이사 길을 이동해 갔다. 이사 가는 날에 빠지고 싶어 하는 의사들이 두 명 있었다. 한 명은 진료 부장을 하던 사람이었는데, 의료 경영자 수업을 서울에서 받고 있었기 때문이었다. 그 수업에 그날 꼭 참석해야 한다고 했다.

하지만 나는 그의 휴가 신청을 거부했다. 그는 크게 반발하며 따졌다. 나는 황당했다. 그는 아주 성실한 의사이며 또 진료 부장을 맡고 있어 중요 인물이기 때문에 병원이 이사 가는 날은 당연히 병원에 있어야 한다고 여겼다. 그렇게 성실한 사람이 강하게 반발하는 것을 보며 사람을 잘못 봤다고 생각했다.

그날의 일로 그와 나 사이에 형성되었던 인간관계는 간극이 발생하고 말았다. "왜 안 되느냐?"라는 그의 물음에 나는 "당신은 병원에서 너무 중요한 사람이기 때문에 그날 있어야 한다."라는 논리로 대응했다. 정말로 그렇게 생각하고 있었으나 그 중요한 날 빠지려 하다가 좌절되자 강하게 항의하는 그를 보고 나는 마음속에서 조용히 그를 지웠다.

또 한 명은 외과 과장으로, 당연히 그날은 중요한 날이니 자신이 병원에 있어야 한다고 생각할 줄 알았는데, 그날 휴가를 가겠다는 것이다. 나는 거부했다. 의사들의 휴가를 거부해 본 적은 없었는데, 그날 그의 태도를 보아 끝까지 휴가 허가를 내주지 않았다. 나가면서 원장실 문을 쾅 닫고 나갔다. 그날 그도 나의 마음속에서 확실히 지웠다. 이렇게 해서 병원 이사는 대한통운 차량 100대를 동원해 순조롭게 끝마치게 되었다. 한 건의 사고도 없이.

새로 지은 병원은 너무 훌륭했다. 아름다운 자연 속에 위치해 있고 산의 공기가 상쾌했다. 병원을 방문한 환자 보호자들이 공기가 좋다며 신기해하는 것을 본 적이 있을 정도였다. 예상과 달리 환자가 많아 순식간에 모든 병실이 만원이 되었다. 그러나 막 신축을 끝낸 병원이어서 여기저기 위험한 곳들이 널려 있었다.

어차피 나는 혼자 생활하고 있었으므로 퇴근 후에 갈 곳도 별로 없어 퇴근 후에도 남아서 책을 보곤 했다. 여름날 더운 날씨가 계속되는 가운데 밤 12시가 되어 퇴근하려다 병원을 돌아보기로 했다. 그때 병원 잔디밭에 누워 있는 한 환자를 보았다. 더위에 지친 환자들이 이곳저곳에 편한 자세로 있었으므로, 이상할 것도 없었다. 하지만 어쩐지 느낌이 이상해서 가까이 가서 보니 환자가 그 위 보호망이 없는 낭떠러지에서 휠체어를 타고 있다가 떨어진 것이었다.

직원들을 동원해서 병실로 옮겼는데 다행히 큰 부상은 없었다. 그곳은 안전 펜스를 설치해야 마땅한 곳이었는데, 건축을 맡은 현장 소장이 내가 경고했음에도 불구하고 건축 설계에 없다고 하지 않은 곳이었다. 전화를 해서 그 환자가 떨어져서 죽었으면 당신은 내가 안전장치를 하라고 했음에도 하지 않은 것이기 때문에 감옥에 갔을 것이라고 협박을 했다. 바로 다음 날부터 대대적으로 공사를 재개했음은 물론이다.

이렇게 해서 새 병원에서의 생활이 시작되었다. 병원이 기존 병원의 세 배 정도로 커졌는데 환자 수는 비슷하거나 약간 많아 병원 경영에 부담이 클 수밖에 없는 상태가 되어 버렸다. 수입이 일정한 사람이 세 배짜리 아파트로 이사를 간 것과 같기 때문이었다.

특이 9,500평이나 되는 엄청난 크기의 병원에서 소비되는 에너지 양은 엄청났다. 겨울이 되자 환자들은 툭하면 춥다고 난리였고, 그들이 충분히 따뜻하다고 느낄 정도의 난방을 한다면 병원은 부도가 날 지경이었다. 난방비 절감을 위해서는 특단의 조치가 필요했다. 병원 전체가 거의 유리로 되어 있어 이 유리창에 뽁뽁이를 붙일 수 있다면 획기적으로 난방비를 줄일 수 있었는데, 불법인지 알 수 없었다. 또 가연성이어서 화재가 발생해 인명 피해가 나기라도 한다면 감당하기 곤란하리라.

마침 Facebook 활동을 활발히 하고 있던 때고, 친구 중에 소방관들도 많이 있었다. 나는 소방관들과 의사들이 밤낮 가리지 않고 열악한 상황에서도 응급 상황에 대기하며 헌신한다고 이야기하며, 소방관들에 대한 이야기를 늘 우호적으로 썼다. 그래서 소방관 우군을 많이 확보할 수 있었다. 그래서 소방관들에게 뽁뽁이를 붙이면 좋겠는데 붙여도 합법적으로 괜찮은지 물어보았더니 대답이 괜찮을 것이라 했다. 이에 다음 날 정식으로 뽁뽁이를 붙이려 한다는 공문을 소방서에 제출해서 허가를 해 달라고 요청했다.

공문을 보내니 소방서에서도 한 걸음 물러나 검토를 위해 며칠이 필요하다고 했다. 며칠 후 뽁뽁이 시공 가능이라는 답이 왔고 병실 문 전체에 시공을 시작해 며칠 내에 끝냈다. 비용은 단 600만 원. 그 후 난방 시간을 늘리지 않았는데도 춥다는 민원은 씻은 듯이 사라졌다. 병원 건축에 관한 공부도 했다. 병원 건축은 일반 건축과 다른 점이 많았다. 가장 특이한 것은 병원은 신축과 동시에 성장한다는 것이다. 즉, 신축한 날부터 그 병원이 성장할 방향으로 성장 가능하게 토지를 확보해 두어야 한다는 것이다.

충주의료원은 성장이 여러 방향에서 가능은 하지만 비탈로 쉽지는 않은 상태였다. 병원 내부 설치도 그냥 현재의 의료진에게 맡겨 놓을 수 없었다. 각자 자기 부서를 위해 더 넓은 공간을 확보하고 더 좋은 곳을 가지려 하므로, 그렇게 맡겨 두면 결국 힘이 강한 직원의 의견으로 병원 내 배치가 왜곡될 수 있었다. 이런저런 병원 건축에 대한 특수성이 많았는데, 병원 건축에 대한 공부를 건축 전에 해 두었으면 좋을 텐데, 끝난 시점에서 한 것이 좀 후회가 되었다.

병원 시설 중 가장 잘되어 있는 곳은 식당이다. 조리 과정에서도 감염으로부터 완벽히 보호될 수 있도록 설비되어 있다. 외부 병원에서 벤치마킹을 하겠다고 시찰을 오면, 자신 있게 이 식당과 조리실의 감염관리를 자랑할 수 있었다. 그곳을 본 모든 병원 경영자들은 한 번도 본 적도 생각해 본 적도 없는 새로운 시설이었다고 입이 마르게 찬사를 했다. 이는 식당을 책임진 영양실장의 덕이었다. 병원 신축 전 전국 여러 곳의 식당 및 조리 시설들을 벤치마킹해서 완벽하게 시설을 배치할 수 있었다고 한다. 충주의료원 최고의 직원이었다. 이런 직원들이 많이 있어야 조직이 크게 성장할 수 있다.

병원 설계 과정에서 진료 부장이 관여를 많이 해서, 의사들의 공간을 쓸데없이 많이 확보한 게 문제가 되기는 했다. 의국이라는 이름 아래 각 과마다 사무실 하나씩을 확보했는데, 이 장소는 의사들의 휴게실로 쓰였다. 하지만 이렇게 쓸데없는 공간이 있는 것이 반드시 나쁘지는 않았다. 새 병원으로 이사 가면서 투석실을 만들었다. 그곳의 인기가 좋아 10병상으로는 모자라고, 또 경제적 규모에도 미치지 못해 확장이 필요한 상태.

물론 의사들은 강력하게 반대했다. 그 안에 간호사들의 회의실이 있어 간호사들도 대대적으로 반대했다. 하지만 밀어붙여서 20병상의 멋진 투석실을 만들었다. 이로써 투석 환자들에게는 의료의 질을 높이고, 병원 경영에도 도움이 되었다. 이 사건으로 "새 원장은 의사들을 업신여긴다."라는 평이 생기기 시작했다. 하지만 의사들이 원하는 대로 하면 대개는 병원의 경영에는 나쁜 방향으로 작용하게 된다. 그들의 이익을 위해 병원 경영을 훼손시킬 수는 없는 일이었다.

웃음과 눈물의 흰 가운

신축 병원
개업식

공공병원이므로 도지사를 비롯하여 공무원들, 많은 시민이 참여한 성대한 개업식이었다. 연풍의 초등학교 동창들도 충분치 않은 형편에도 불구하고 적지 않은 돈을 거두어 좋은 벽시계를 사서 선물로 가지고 왔다. 원장실에 걸려 있던 시계를 떼고 자신들이 선물한 시계를 걸라고 했다. 모두 연풍에서 곶감을 재배하거나 소를 키우거나 농사를 짓는 친구들이었다. 나는 흔쾌히 그들의 시계를 걸었다. 연풍초등학교 47회 일동. 그들은 그것을 보고 흡족해했다.

시간차를 두고 서울 지역에 거주하던 동창들도 축하 방문을 했다. 나는 그들과 즐거운 담화를 했고, 그 일행 중 Sun도 함께 참석했다. 그들과 사진도 찍었다. Sun과 별도의 사진을 찍은 것은 물론이다. 그녀에게도 즐거운 방문이었던 것 같았다. 나는 그와 사진을 찍을 때 그의 어깨를 살그머니 잡아당겨 안았다. "사랑은 눈 덮인 산을 넘고 얼어붙은 강을 건너 산토끼를 뒤쫓는 사냥꾼의 마음과 같다. 잡은 토끼는 서들띠보지도 않고 놓치면 허겁지겁 뒤쫓는도다."라고 몽테뉴는 그의 『수상록』에서 말했다.

그때 놓친 토끼는 지금 나의 품안에 와 있다. 나의 마음은 아직도 꿈속에 머물러 흔들리고 있는가? 이렇게 오랫동안 마음을 어지럽게 만드는 것의 정체는 뭐지? 세월이 흘러 시행착오를 바로 잡을 시간은 이미 지났다. 그저 지나가 버린 것은 모두 아름답고 그리울 뿐이다.

병원
경영 악화

이사 첫해의 적자는 약 5억 원으로 감당 가능한 상태였다. 이사 오기 전의 구 병원 실적까지 포함된 상태였다. 그래서 큰 걱정을 하지는 않았다. 다음 해가 되자 적자가 15억으로 확대되었다. 그래도 병원 위치가 시 외곽으로 3킬로미터나 떨어진 상황이었기에 용납될 만한 정도로 인정되었다.

문제는 세 번째 해부터였다. 적자 25억 원. 내가 원장으로 활동했던 첫해는 2억 5,000만 원 흑자, 두 번째 해는 6억 8,000만 원 흑자, 신축 병원으로 이사한 세 번째 해는 5억 원 적자, 네 번째 해는 15억 적자, 다섯 번째 해는 25억 적자로 적자 규모가 늘어났다. 여섯 번째 해는 적자가 5억으로 줄어 많은 칭찬을 받았다.

이 25억 적자의 원인은 이랬다. 우선 시 외곽으로 3킬로미터나 떨어진 병원으로 시내버스도 제때 다니지 않아서 간호사를 뽑기가 어려웠다. 그래서 잠시 병원의 빈 병실을 간호사들의 숙소로 사용했는데, 그게 결국 관용화되어 입원실 수가 줄어들고, 경영 수지도 악화되는 원인 중 하나가 되었다. 또 하나는 병원 의사 중에서도 가장 수익성이 좋은 심장내과 의사가 개업을 하면서, 심혈관 스텐트 시술을 하는 멋진 개인 의원을 만들었기 때문이었다. 그가 병원에 기여한 바가 커 그를 항상 중용했는데 결과적으로 그 때문에 병원 자체가 약해지게 된 것이었다.

웃음과 눈물의 흰 가운

직원들을 표창할 때 구태의연하게 "귀하는 성실하게 근무해서 타의 모범이 되므로 이 상을 준다."라는 문구를 쓰는 대신, 구체적으로 그가 무슨 상 받을 일을 했는지를 쓰게 했다. 즉, "귀하는 열심히 근무해서 충주의료원이 심혈관평가 1등급 병원이 되게 했다. 이에 표창한다." 하는 식으로 쓰게 했다. 이렇게 해서 의사들이 내게 받은 표창패는 진짜 보물과 같은 대우를 받았다. 그 심장내과 의사는 내가 준 그 상패를 자랑스럽게 개업한 대기실에 모셔 두었다 한다.

그가 개원한 의원으로 많은 환자들이 따라가는 바람에 쓰나미처럼 충주의료원에서 환자가 빠져나가게 되기는 했지만, 그래도 내가 준 상패를 실질적으로 잘 활용하고 있었다는 점은 일면 뿌듯한 면이 없다고 아니할 수 없다. 다른 의사들에게 주는 상패에도 이처럼 구체적인 공적을 기재해서, 그들이 개업 시장에서 실제 영광스럽게 쓸 수 있는 실질적 효과가 있도록 했던 것을 지금도 잘했다고 생각한다.

이렇게 해서 두 번째 해에는 적자 폭이 대대적으로 커졌다. 그리고 도지사와 반대편에 있던 정당의 정치인들이 대대적으로 도지사에 대한 정치 공세를 펼치면서, 그의 친한 친구이자 그에 의해 충주의료원장으로 임명된 내게도 영향이 있었다. 충주의료원이 타깃이 된 것이었다.

일단, 병원이 시내에서 3킬로미터나 멀리 떨어져 있어 출퇴근이 어렵고, 응급환자에 즉각 대처하기 힘들다는 점을 들어, 국가에 숙소 건축비를 신청해서 약 40억 원을 받아 냈다. 이 돈으로 건축 설계를 해서 건축을 시작했는데, 땅을 파고 건축을 시작하자 문제가 되었다. 인근에 이미 좋은 풍경을 무기로 건축 토지를 만들어 사업을 하던 업자와 이미 분양되어 들어와 살던 주민들이 조망권 훼손이 되니 건축을 중단하라고 시위를 했다.

이미 건축을 시작했으므로 허가가 난 건축을 중간에 중단할 수 없어 싸우며 계속했는데, 주민들이 와서 아예 들어 눕는 방식으로 공사를 방해하기 시작했다. 건축 허가를 내준 담당 부서도 이 민원을 감당할 수 없어 공사 중단을 명했다. 공사가 중단된 상태에서 시간을 너무 끌면 안 되니, 검토 결과 그들의 조망권이 유지되는 상태로 아예 양보도 그들의 기대를 넘어서는 정도로 해 주고 이 위기를 넘겼다. 아주 힘든 시간이었다.

힘들여 건축해 놓은 직원 숙소는 좋았다. 지대가 높아 충주 시내가 다 내려다보였다. 의사 숙소가 16동, 간호사 숙소가 14동으로 계단식으로 비탈에 세워졌다. 나는 전망이 좋은 앞동에 암묵적인 우선권이 있었겠지만, 뒷동의 아래층으로 들어갔다. 나는 잠을 잘 때 옷을 다 벗고 자는 악습이 있는데, 앞동의 전망 좋은 곳은 로마 원형경기장의 무대라면 병원의 병실은 관중석에 해당해 한 눈에 다 들여다보이기 때문이었다. 한밤중 혹시라도 화장실 갈 때 깜빡 불이라도 켠 채 간다면 보통 문제가 아니리라. 잘 모르는 직원들은 양보심이 강해서 가장 비인기층으로 갔다고 생각했겠지….

봄철이 되자 신기한 현상이 일어났다. 집마다 모든 동의 편지함에 새들이 입주해서 알을 낳았다. 이에 2013년이 되면서 아예 새집을 만들어서 달아 주었고, 또 인접 산에는 20개의 새집을 만들어 달아 주었다. 새집을 만들어 나무에 올라가서 달아 주는 일이 별로 어렵지 않을 것이라 생각했으나 엄청나게 힘들었다. 몇 개를 내가 달았는데 죽는 줄 알았다.

2013년에 달아 준 인접 산의 새집에 누가 입주했나 가 본 적이 있었다. 대부분의 집에 누가 들어왔는지 알기 어려웠지만, 한 집에는 다람쥐가 얼굴을 내밀고 있어서 알 수 있었다. 그 다람쥐는 나올 생각을 않고 있기에, 좀 미안하기는 했지만 막대기로 좀 위협해서 나오게 했는데, 무려 천연기념물인 하늘다람쥐였다. 충주의료원과 붙어 있는 산에서 살고 있었다니. 아무튼 경영에는 한없이 불리했지만 주거 환경으로는 최고의 지역이었다.

당시 나는 고향집이 살미에 있었고, 그곳에서 텃밭 가꾸기를 하고 있었다. 그래서 텃밭 가꾸는 데 관심이 많이 있었다. 충주의료원에는 약 40명의 진폐 환자들이 있었는데, 이분들은 겉으로 보면 사지가 멀쩡해 노동력에 큰 문제가 없었다. 하루 종일 멀뚱멀뚱 있으면 심심하고 건강에도 좋지 않을 것 같아 주위에 널려 있는 수용된 논밭에 텃밭 가꾸기를 장려해 주었다.

그 결과 한번은 노동부에서 만족도 조사를 나왔는데 그 노동부 직원이 내게 감사하다고 말했다. 뭐가 감사하냐고 했더니 전국 진폐 병원 중에서 가장 만족도가 높게 나왔다 한다. 아마도 이 텃밭 가꾸기의 위력이었을 것이다.

깃발,
그리고 기본적인 애국에 관하여

2015년 삼성병원 메르스 환자 대량 발생 후, 밤 12시경에 보건복지부 공공의료과장으로부터 "전국의 메르스 환자를 충주의 자활센터 한국자활연수원으로 격리 수용 후, 증상을 나타낸 환자를 음압 격리병동이 있는 충주의료원으로 옮겨 치료할 계획을 세웠으니 준비하라."라는 이야기를 개인 전화로 들었다.

다음 날부터 충주시는 바쁘게 움직이기 시작했는데, 당시는 메르스에 걸리면 다 죽는 줄만 알고 있었고, 그 전염 속도가 엄청나 메르스 환자 근처에도 가기 싫어했다. 메르스 환자와 접촉했던 삼성병원 의사가 메르스에 걸려 사경을 헤매는 것을 본 전 국민은 패닉에 빠져 있었다.

충주시는 자활연수원을 접촉자 격리 시설로 삼는 데 대대적 반대운동을 시작했다. 경악한 것은 충주시 공무원들이 국가가 필요하다고 해서 결정한 메르스 환자 격리 시설로 접촉자가 들어오는 것을 물리적으로 막기 위해 대기하고 있는 것이었다. 국가적 위기에 공무원들이 국가를 위해 일을 하지는 못할 망정, 지역 이기주의에 편승해 공무원들을 동원해 메르스 접촉 환자를 물리적으로 막는다니. 놀라운 행동이었다.

우리나라 최고 병원인 줄만 알고 있었던 삼성병원에 음압격리병동이 없다는 것이 밝혀져 국제적인 망신을 당하던 그때, 충주의료원에는 전국에서 유일하게 40병실의 음압격리병동을 보유하고 있었다. 가장 최근에 신축된 병원이었고, 음압격리병동의 중요성이 있어서 설치해 두었기 때문이었다. 2010년 8월에 부임해 2012년 5월 완공 후 신축 병원으로 이사갈 때까지 1년 8개월 정도의 시간이 있어서 공사 감독을 했기 때문에, 당시 응급실에 감염병 환자가 들어오면 동선을 달리해서 응급실에서 환자가 섞이지 않도록 하려고 여러 가지 시설을 변경해 보고 있었다.

당시 나는 제천서울병원이라는 준종합병원 창업을 경험해 보았지만, 감염병에 대한 지식은 별로 없었다. 하지만 사스라는 조류독감이 홍콩에서 문제를 일으킬 때 왕성한 SNS 활동을 하고 있었다. 그래서 이에 대한 글쓰기를 위해 마침 갖추고 있던 일본어 실력을 동원해 일본 방송 홈페이지를 들여다보고, 또 중국 중앙 텔레비전 홈페이지를 들여다보며 감염병 격리 치료에 대한 지식과 국제적 상황에 대한 인식이 상당히 높은 상태에 있었다.

당시 충주시 시장은 조길형 씨였다. 그때 나는 충주시 공무원들이 메르스 환자도 아닌 접촉자를 충주자활연수원에 수용하는 것을 몸으로 막기 위해 길에서 보초를 서는 것을 맹비난하는 Facebook 글을 올린 바 있다. 이것은 정치적으로 미묘한 파장을 빚어 내부 직원으로부터 그 글은 옳지만 지역 정서 때문에 내리는 것이 좋겠다는 건의가 빗발쳤다.

나는 할 수 없이 살기 위해 비겁함을 감수하며 그 맹비난 글을 내리는 타협을 하고 말았다. 그러나 충주시의 처사를 우회적으로 비난하는 글을 다시 올렸는데 지금은 내 Facebook이 해킹 때문에 폭파되어 원본을 찾을 수 없다. 하지만 당시 내 생각을 더듬어 또렷하게 기억해 낼 수 있기에 이곳에 적어 본다.

깃발, 그리고 기본적인 애국에 관하여

의료원장실에서 창밖을 내다보면 세 개의 깃발이 바람에 날리고 있다. 하나는 충주의료원기, 다음은 충청북도기, 그리고 태극기이다. 이 세 개의 깃발을 다는 이유는 다음과 같다.

내 개인의 이익과 충주의료원의 이익이 반할 때는 충주의료원의 이익을 따르고, 충주의료원의 이익과 충청북도의 이익이 배치될 때는 충청북도의 이익을 따르고, 충청북도의 이익과 대한민국의 이익이 배치될 때는 대한민국의 이익을 따르라는 뜻이다.

이렇게 하면 김구 선생님의 애국처럼 대단한 애국은 아니더라도 기본적인 애국은 하는 것이 된다. 요즘처럼 지역 이기주의, 집단 이기주의가 팽배한 시기에 국민들은 이 기본적인 애국에 관하여 좀 더 집중해야 하지 않을까?

이 글에 어느 시민이 감사하게도 "짧은 글, 긴 감동"이라는 댓글을 달아 주셨다. 나는 지금도 이글을 올린 것을 자랑스럽게 생각한다. 충주의료원은 메르스 환자를 받아야 해서 밤중에도 환자를 받으라는 질병관리청의 연락이 오면 대기해야 했는데, 이렇게 밤마다 불려 나와 대기하기를 수시로 했다.

충청북도에서는 메르스 대책회의를 수시로 열었다. 당시 나는 이시종 도지사에게 다음과 같은 제안을 했다. 이 메르스 환자 확산을 막으려면 메르스 환자가 입원했던 삼성병원을 방문한 적이 있는 환자 인적 사항을 그 환자가 방문하는 병원 접수창구에서 접수 시 팝업으로 뜨게 하여 확인할 수 있게 해야 한다. 그게 좋은 의견이라고 생각되어 중앙정부에 이 의견을 공식적으로 건의하게 되었다.

그러나 무슨 이유인지 이 건의는 받아들여지지 않았고, 삼성병원을 방문했던 환자들이 이곳저곳 지방의 병원들을 방문해 메르스가 대대적으로 번지기 시작했다. 이 건의는 발생한 지 며칠 안 된 상태에서의 이야기였으므로, 그때 받아들여졌다면 전국적인 메르스 전파 방지는 성공했을 것을 확신한다.

이때 책임자는 아마도 정은경 현재의 복지부 장관 후보자였을 것이다. 임기 말에 서울시 감염관리관 교육을 받고 있었는데, 정은경 씨가 당시 강의를 위해 참석했다. 그때 왜 충청북도에서 올린 이 건의가 받아들여지지 않았는지 물었지만 아무 대답도 하지 않았다. 무슨 말인지 이해도 못 하는 듯했다.

이후 어느 날 충남 충무병원에서 메르스 접촉자들인 간호사 세 명을 격리 치료하라는 질병관리본부의 연락이 있어 이 세 명을 격리했다. 그러나 입원한 지 하루도 안 되어 그들을 다시 서울중앙의료원으로 옮겨 격리 치료하라는 연락이 질병관리본부에서 왔다. 나는 질병관리본부에 소리를 질러 버리고 말았다. 음압격리병동에 입원시키는 데 여러 가지 감염 관리 수속이 복잡하고, 또 방제복 등의 낭비도 많고, 애써 구성해 놓은 의료진들을 다시 해산시켜야 했기 때문이다. 이 소리에 놀라 질병관리본부는 그냥 충주의료원에서 치료하라고 했다.

이때 입원했던 간호사 세 명은 중앙의료원 격리병동이 더 좋은 곳이라 생각하고, 원장이 못 가게 했다고 불만이 많았다. 중앙의료원 격리병동은 그냥 아주 낙후된 병동 또는 컨테이너를 간이 음압격리병동이라 이름만 붙여 둔 곳일 뿐 아니라 다 낡아서 형편없는 시설이었는데 말이다. 신축 병원이고 시설도 완전한 우리 병원이 훨씬 더 좋다고 해도 모르는 것 같았다.

당시는 메르스에 걸리면 죽는다고 생각해 의사들도 모두 격리 병동에 들어가기를 완강히 거부했다. 간호사들도 모두 들어가고 싶어 하지 않아 할 수 없이 수간호사들로만 편성된 간호진을 만들었다. 모두 죽는 줄 알고 울고불고했다. 의사에 대해서는 할 수 없어 강제로 가정의학과 젊은 의사 한 명을 지명했다. 그는 곧 사표를 가지고 왔고 사표를 수리했다. 다시 호흡기내과 의사를 지명했고 사표를 내든지 아니면 들어가서 격리 환자들을 치료를 하라고 했다. 한 나절을 고민하던 그는 들어가겠다고 했다. 이렇게 의료진이 결정되었다.

그때 사표를 냈던 젊은 의사가 자신의 결정을 되돌리고 싶어 했지만, 나는 수리한 사표를 반려해 주지 않았다. 그 의사는 비교적 성실하고 괜찮은 의사였지만 사표를 반려해 주면 앞으로도 다른 일에서도 비슷하게 느끼지 않을까 생각했다. 다른 사람과도 사표 내기를 수시로 하지 않을까. 얼마 후 몇 명의 의사들이 단체로 찾아와서 다시 사표 반려를 청원했지만 들어주지 않았다. 맨 마지막에는 거의 전체 의사들이 다 한꺼번에 와서 수리된 사표 수리를 반려해 주면 더 열심히 일하겠다고 단체 청원을 했지만 끝내 반려해 주지 않았다. 냉정해 보이기는 하지만 이렇게 하는 것이 옳다고 생각했기 때문이다.

이렇게 해서 몇 주씩이나 걸리는 위험하고 지루한 격리 치료가 진행되고 끝이 났다. 그에게 격리 동안의 충분한 대우를 약속했지만 수간호사들과의 형평성 때문에 너무 많은 돈을 지급하는 것도 문제일 것 같아 대우를 특별히 더 해 주지는 못하고 단체로 유럽 여행을 보내 주는 것으로 끝을 냈다. 나중에 이 일 때문인지 그 호흡기내과 의사는 다른 병원으로 이직을 했다. 미안하기는 했지만 의사들도 국가 전체를 생각하는 태도를 좀 더 강하게 가지고 있어야 하지 않을까?

 웃음과 눈물의 흰 가운

의사들의
반란

병원 경영에서 의사들에 대한 관리는 가장 중요하다. 병원 직원의 약 10% 정도를 차지하지만, 의료 수익의 80% 이상을 결정하기 때문이다. 의사도 병원의 고객이다. 그들 또한 이직을 할 수 있다. 의료원 의사들의 지위는 아주 위태롭다. 1년 단위로 계약을 하기 때문에 1년 만에 계약을 해지할 수 있다. 그래서 의료원장의 권한이 막강하다 할 수 있다. 자조적으로 의료원 의사들이 자기들은 1년 살이이고 원장님은 3년 살이(임기 3년이니)라고 하곤 했다.

병원을 신축해서 옮기고 공간도 3배 이상으로 늘어나면서 첫해에는 의료 사고가 빈발했다. 자리가 잘 잡히지 않으면 이런 일이 벌어진다는 것을 그때 알았다. 이 의료 사고를 미연에 방지하기 위해서 무언가 방법이 필요했다. 우선 인증을 해서 의료의 질을 높이고 또 의사들에게 경각심을 줄 필요가 있어 보였다. 그래서 의료 사고로 소송이 걸리면 그때 배상금을 의료 사고를 일으킨 사람에게 물리겠다고 말했다.

사실 그전에 병원에서 생긴 의료 사고를 그 담당 의사에게 물리는 경우는 거의 없었는데, 충주의료원에서 와서 보니 그런 경우 의사들에게 배상금을 물려 왔었다고 한다. 그 사실을 알고 나는 꽤 충격을 받기는 했다. 따라서 내가 의사에게 손해 배상을 하도록 하겠다 공언한 것은 전에 이미 해 오던 것을 한 번 더 말한 것밖에는 안 된다. 그럼에도 의사들은 불만이 많았던 모양이다.

　내과 의사 한 명을 뽑는데 서울의대 후배가 오겠다고 했다. 만나 본 결과 매너가 아주 좋고 의료원에 근무한 적도 있어 아주 행운이라고 생각해 그를 뽑았다. 하지만 그는 당초 기대한 것과는 달리 인센티브가 크지 않아 불만을 품었다. 그 외에 또 한 명의 의사가 불만을 많이 이야기했다. 직원 한 명 한 명과 점심식사를 하며 정치인들 하듯 직원들과의 접촉을 늘리고 있었는데, 문제는 항상 나에 대해 부정적인 발언만 한다는 것이었다. 이런 정보들은 병원장들에게 생각보다 자세하게 올라오는데 그 의사도 처음 뽑을 때는 좋은 의사라고 여겼었다.

　이렇게 불만이 있는 의사들이 점점 많아지던 이때, 세계 조정 선수권대회 의료지원을 충주의료원이 맡았다. 선수만 2,300명 정도였고, 그 외 인원까지 하면 4,000명은 되는 그 대회였다. 그런데 우리 충주의료원 직원은 겨우 300명이다. 그냥 맡고 싶다고 맡은 것도 아니고 경쟁 입찰을 해서 건국대 부속병원을 이기고 맡게 되었다. 아무래도 무리가 따르니 직원들의 고생은 극심했다. 나도 야간 당직을 나누어 하며 진료지원을 했다.

　세계 조정 선수권대회가 끝나고 한 달도 안 되는 시점에 그 어렵다는 인증을 받도록 계획이 되어 있었다. 너무 힘드니 조금 늦추자는 건의가 있었으나, 그냥 밀어붙여 한 달도 안 되는 사이에 이 전력투구해야 할 양대 사업이 벌어지게 되었다. 그런데 세계 조정 선수권대회가 끝난 후, 인증이 일주일 정도 남은 시점에 서울대 후배 내과 의사가 직원들의 서명을 받은 건의서를 가지고 올라왔다. 건의서에는 의료 사고의 배상 책임을 의사들에게 지운다면 다음 주에 실시하기로 한 인증에 의사들이 협조를 하지 않겠다고 적혀 있었다.

　의료 사고 의사 배상은 사실 진짜 시행하려던 것은 아니었다. 의료 사고가 너무 많이 발생하니 경각심을 주려고 했는데, 일이 이렇게까지 번지고 원장으로서 협박을 당하니 별로 기분이 좋지는 않았다. 그러나 현실은 현실이니 강대강으로 나가면 인증에 실패할 것이고 실패는 고스란히 원장 책임일 것이므로, 좀 유연성을 발휘에 그 의견을 받아들이겠다고 물러섰다.

의사 배상은 꼭 시행할 생각은 없었지만 의료 사고 건수가 감당하기 힘든 정도로 나니 경각심 차원에서 말한 것이라고 이야기를 전하며, 의사들의 협조를 받아 인증을 마쳤다. 그 후로도 내가 그렇게 흡족해했던 그 서울대 후배는 늘 부정적인 발언만 했다. 진료 부장을 시켜 식사를 하면서 그러지 말라고 회유를 시도했다. 그러나 그는 말을 듣지 않았다. 적대적 발언을 하면서.

이 일을 알고 나서 몇 달이 더 흘렀다. 태도를 바꾸지 않은 그에게 기회를 주기 위해 진료부장을 시켜 다시 식사하면서 회유를 하게 했다. 그러나 그의 태도는 여전히 똑같았다 한다. 그 보고를 하면서 한 번 더 회유할지를 묻기에, 하지 말라고 했다. 결심을 했기 때문이다. 의료원장은 의사를 1년 단위로 해고할 수 있었으나, 후임자를 꼭 구한 뒤에 해고해야 했다. 해고부터 하고 후임자를 구하지 못하면 대참사가 난다.

의사 구인 공고는 메디게이트에 낸다. 하지만 의사들도 항상 메디게이트를 보고 있으므로, 구인 공고를 내면 다들 암암리에 알게 된다. 당사자가 알게 되면 먼저 자리를 뜨는 문제가 생길 수도 있다. 그래서 공고를 아주 잠깐 내고 내린 후 몇 명의 지원자를 확보한다. 그 사이에 제삼자가 당사자에게 말해 주는 경우가 있기도 하지만, 그때는 부인하면 된다. 그렇게 후임자를 미리 확보할 수 있었다.

그렇게까지 하고 싶지는 않았지만, 자신의 무덤을 스스로 파는 의사들이 많았다. 부정적인 발언만 하던 정치 의사나 이 서울대 후배는 결국 해

고했는데, 마지막 날 서울대 후배를 데려다 놓고 잘해 주지 못해서 미안하다고 말하니, 그렇게 말씀해 주시는 것만도 고맙다고 말했다. 그 두 사람은 얼마 뒤 다른 곳에 지원해서 의료원장이 되었다. 정치적 야망이 있는 사람들이 항상 그때의 원장에 대해 부정적으로 말하고 행동하는 듯하다.

박정희 등의 정치인들이 2인자로 부상하는 사람이 있으면 하루아침에 잘라서 없애 버리는 것을 이상하게 생각했었는데 이해할 수 있었다. 그런 사람들이 있으면 늘 부정적인 태도로 조직을 망가뜨리기 때문이리라. 이렇게 해서 두 명을 소리 없이 제거했다. 그중 한 명은 다른 도의 도지사가 충청북도 도지사를 통해 탄원을 해 오기도 했지만 그대로 시행했다. 작은 병원인 의료원에서도 이런 종류의 정치적인 사건이 끊이지 않았다.

의료원장직을
마무리하며

　　　　우리나라 의료원장들은 의료원들이 대개 적자를 보고 있어 경영에 어려움을 겪고 있다. 또 의료원 민주노총의 보건의료노조로 강성 중의 강성 노조라 노조 문제로도 고통을 받고 있었다. 의료원의 적자는 일반 회사의 적자와는 의미가 다소 다르다. 정부에서 매년 보조금을 주어 의료장비를 사도록 도와주는데, 그 의료장비의 감가상각은 의료원들이 부담해야 한다. 그래서 보조금으로 의료장비를 사고 5년을 사용하고 나면 그 의료장비를 살 때의 돈에 해당하는 돈을 감가상각비로 떼어 놓아야 한다.

　즉, 의료원이 손익계산서상 적자도 흑자도 아닌 0의 상태가 되어도, 의료원 예금통장에는 감가상각에 해당하는 몇 십억의 돈이 있게 마련이었다. 즉, 감가상각이 보조금보다 많지만 않으면 병원은 돈 걱정 없이 경영할 수 있는, 말하자면 땅 짚고 헤엄치기 경영에 해당한다. 충주의료원은 흑자 상태를 오랫동안 유지했으니 병원 내에 현금이 많이 있을 수밖에 없다. 그때까지 부채가 몇 억 남아 있었는데, 임기 중 이 부채를 모두 갚아 버려 부채 없는 병원이 되었다. 즉, 나는 재임 중 의료원의 경영에 필요한 돈 걱정은 한 번도 해 보지 않았다.

　또 간호사 출신의 노조 지부장 또한 내게 호의적이어서 큰 어려움이 없었다. 이 여성은 아주 힘들게 하는 노조 지부장이라는 소문이 있었다. 전에 의료원장이 이 지부장이 보기 싫어 사표를 내고 나갔다는 이야기도 돌았다. 나는 늦게까지 남아서 책을 보다 늦게 퇴근하거나 일요일에도 나와서 책을 보곤 했다. 그는 노조 지부장에 당선되기 전 방문간호를 담당하고 있었다. 그는 방문간호를 해야 하는 환자가 콜을 하면 시간도, 휴일 여부와도 관계없이 병원에 의료장비를 가지러 출근했는데, 그때 나와 맞닥뜨린 적이 여러 번 있었다. 이때 내가 일요일도 나와야 하고 밤중에도 퇴근했다 나와야 하니 힘들겠다고 말하면 그녀는 상냥하게 "아닙니다. 당연히 해야 하는 일인데요, 뭐." 하면서 항상 밝게 웃곤 했다.

나는 속으로 '누가 이런 여성이 노조 지부장이 되면 큰일 난다고 했지?' 하는 생각을 하곤 했는데, 그녀가 노조 지부장이 된 것이었다. 나는 그녀의 근무 태도를 보고 좋은 직원이라고 생각하고 대우하고 있었다. 그녀는 노조 지부장이 된 후, 예상과 달리 내게 호의적으로 행동했다. 호의를 떠나 거의 전적으로 대부분의 의견에 걸쳐 협조를 받을 수 있었다.

물론 그녀도 노조의 이해에 관한 사항에서는 물러서지 않는 부분들이 많았으나, 대체로 노조 문제가 크게 골치 아프게 느껴지지는 않았다. 즉, 의료원장 6년을 하면서 돈 걱정, 노조 걱정을 해 본 적은 없다. 여러 가지 약간의 우여곡절은 있었지만 나의 일에 거의 협조적이었다. 지금도 그의 협조에 심심한 감사를 표한다.

의료원장이라는 자리는 다른 병원장의 자리보다 어렵다. 정치인이 임명하는 자리여서 대개 임명권자인 도지사와 인적 연결이 있는 경우가 많고, 도지사의 반대당들은 항상 도지사를 공격하기 위해 의료원을 공격하기를 마다하지 않았다.

우리 고등학교 동기생들이 몇 명 충주에 살았다. 전에는 친하게 지내던 동기들이 공직에 나가 고급 공무원을 하다가 정치계로 진출하기 시작

　　　　　　　　　　　웃음과 눈물의 흰 가운

했다. 그런데 도지사가 국회의원이던 시절 상대 당의 후보도 고등학교 동기여서 점점 정적으로 변모하는 상황이 벌어졌다. 이것이 점점 문제가 되었다.

나는 원래 그들 둘과 모두 친하게 지냈다. 내가 필요하면 그들에게 도움을 요청했고, 그들도 흔쾌히 도와주려 했다. 하지만 그렇게 맞붙으며 정적이 되고 말았다. 국회의원을 중간에 그만두고 도지사가 된 친구가 나를 임명했는데, 이 틈에 공석이 된 국회의원 자리에는 지난번에 낙선했던 반대 당 친구가 당선되었다.

집권당 출신 국회의원이었으므로 당연히 의료원의 신축병원 기숙사용 국비 배정에서 배제되지 않도록 그에게 부탁을 했다. 처음에는 긍정적 자세를 취하던 그가 마지막 단계에서 전화도 받지 않더니, 그의 보좌관이 전화를 받았다. 이유를 물어보았더니 "지지하시지 않잖아요." 이렇게 말했다. 즉, 반대당 지지자이니 도와줄 수 없다는 말이었다. 나는 몹시 불쾌하여 내가 활발히 활동하던 Facebook을 통해 그를 비난했고 이 일은 크게 번져 지방신문을 뒤덮었다. 처음으로 정치적 공방에 직접 휘말리게 된 것이었다.

서둘러 진화했지만 잘 진화되지 않았다. 나중에 그와 화해하면서 일단락되었는데, 이때 처음으로 SNS를 통한 논란이 얼마나 큰 여파를 초래하는지 피부로 실감을 하게 되었다. 이렇게 해서 동기들 간의 문제는 수면 아래로 내려갔다. 하지만 이후 또 한 번 국회의원을 하던 친구가 그만두고 도지사에 도전해서, 도지사 두 번째 선거에서 동기들끼리 또 맞붙게 되었다. 둘 다 친구이지만 나는 나의 직접 임명권자이며 직속상관인 동기를 지원할 수밖에 없었다.

나의 임명권자 동기가 낙선하고 반대당의 동기가 당선되면 보통 의료원장들은 임기가 남아 있어도 사표를 내기 때문에, 임명했던 도지사가 당선되어야 하는 것이다. 이렇게 해서 나는 내가 할 수 있는 SNS를 통해 우회적인 지원은 했고, 나의 임명권자가 다시 당선되어 의료원장으로서 안정적으로 두 번째 임기를 마칠 수 있었다. 정치가 그렇게 좋았던 친구들 관계를 불구대천의 원수로 만드는 과정을 보고, 또 원하지는 않았지만 그 과정에 참여하며 정치의 냉혹함을 깨달을 수 있었다. 이런 과정을 겪으며 두 번째의 의료원장 임기는 끝나 가고, 6년째의 경영은 그 전해의 25억 적자를 5억 적자로 선방하며 전국적으로 칭찬받는 위치를 확보했다.

12월 말일이 되기 직전에 의료 분쟁으로 인한 소송에서 4억 5,000만 원이라는 거금을 손해 배상액으로 지불해야 했으므로 이것만 없었으면 거의 흑자를 회복할 수 있었는데 너무 아쉽다는 생각이 들었다. 마지막 해에는 경영 성과가 좋았고 임명권자와의 관계 등을 고려해 나는 보통 두 번 하고 마는 의료원장직을 한 번 더 욕심내서 세 번 하고 싶다고 생각했지만, 점점 그런 희망이 옅어져 가는 상황이 되었다.

어느 일요일, 서울에서 가족과 함께 보내고 낮에 충주로 돌아오니 노조 지부장이 만나자고 해서 만났다. 그는 자기가 나의 3연임 청원을 도지사에게 냈다고 했다. 나는 '아차, 그러면 내게 해로운데.' 하는 생각을 했다. 그러나 그의 성의에 감사하며, 이것은 나에게 해가 되는 일이긴 하지만 그렇게까지 해 주니 감사하다는 인사를 건넸다.

그러나 의료원장 3연임 시도는 허무한 바람으로 끝이 나게 되었다. 내 나이가 이미 70세가 되었고 의료원장이나 비슷한 위치에 있던 출자, 출연 기관장들의 나이 정년도 70세를 넘기게는 하지 않고 있어 내게만 특별대우를 할 수 없었다 한다. 6년간 의료원장으로 일하며 많은 독서, 그리고 현장 경험을 통해 의료 경영에 관한 지식을 쌓아 이제 실력과 경력에서 자신 있게 할 수 있는 때가 되었는데 말이다.

인생은 언제나 이제 제대로 할 수 있는 때가 되었을 때 끝이 나고 만다. 나는 처음 제천에서의 개업으로 약간의 재산을 만들었고, 또 나의 세 딸도 있었다. 그래서 별로 더 가지고 싶은 것은 없었다. 개업에 대대적으로 성공한 것도 아니고 그렇다고 대학병원 교수를 해서 명예를 확보한 것도 아니었으나, 마지막으로 의료원장이라는 직책에서 나의 마지막 결핍이었던 명예를 갖출 수 있었다. 그래서 더 이상 더 갖고 싶은 것은 없어졌다고 할 수 있게 되었다.

인생은 노력한다고 원하는 대로 흘러가는 것도 아니고 행복은 노력한다고 얻어지는 것도 아니다. 밀란 쿤데라는 『참을 수 없는 존재의 가벼움』에서 이렇게 말했다. 사람은 모두 "마치 한 번도 리허설을 하지 않고 무대에 오른 배우"같다고. 나의 인생도 그처럼 많은 시행착오와 실패를 거치며 부침을 거듭했다.

그러나 마지막 부분은 내가 생각했던 것 이상으로 행복하게 전개되었다. 이 모든 행복은 나의 보물단지인 세 딸과 거의 이름도 제대로 모른 상태에서 나의 어머니와 장모님이 결정해 엉겁결에 나와 결혼한 아내 덕이라 생각한다. 행복의 원천은 결혼에 있고 그 결혼으로 파생된 가족과 함께 만든 가정으로 완성된다. 이것이 나의 생각이다.

요즘 결혼할 생각이 없는 젊은이들을 이해할 수 없다. 내가 행복해질 수 있도록 나의 인생의 기초를 단단하게 다지게 만들어 준 Sun에게, 또 나를 깨물어 나의 운명을 바꾸어 준 세퍼드에게도 감사를 표한다. 인생이라는 긴 항로에서는 전화위복은 흔히 있다. 오늘 당한 불행한 일은 전화위복의 첫 단추일 수 있다. 그러므로 너무 슬퍼하지 말고 미래를 향한 준비를 하는 것이 좋다.

높은 산을 오를 때, 산꼭대기만 보고 오르면 질려서 포기하기 쉽다. 방향을 한 번 정했으면 그다지 부담되지 않는 10미터 앞만 보고 걸으면 된다. 그냥 계속 걸으면 되는 것이다. 조금 빠르게, 조금 늦게 도착하는 것은 중요하지 않다. 포기하지 않고 도달하는 것이 가장 중요하다.

웃음과 눈물의 흰 가운

마지막으로
충주의료원장 시절을 되돌아보며

돌이켜보면 2010년 여름부터 2016년 여름까지, 충주의료원장으로 보낸 6년은 내 인생에서 가장 치열하고 뜨거웠던 시간이었다. 의사로서, 그리고 경영자로서 나는 매 순간순간 '공공병원'이라는 한계와 싸우며 우리 병원만의 색깔을 만들어내기 위해 고군분투했다.

나는 책상머리에 앉아 보고만 받는 원장이 되고 싶지 않았다. 환자들의 진짜 목소리를 듣고 싶어 매달 간호부장과 함께 병실을 돌았다. 홈페이지에 올라오는 불만 섞인 글 하나하나에도 직접 답글을 달았다. 홍보팀 직원이 아니라 병원장이 직접 사과하고 해결을 약속하는 모습에 차갑게 돌아섰던 환자들의 마음도 조금씩 녹아내리는 것을 느꼈다. 인터넷 구석구석에 박혀 있던 우리 병원에 대한 오해와 비난의 글들을 찾아 지워달라고 요청하는 일도 마다하지 않았다. 그것은 내 얼굴을 닦는 일이나 다름없었다.

안전은 타협할 수 없는 가치였다. 화재가 발생하면 소방차가 오기 전까지는 우리가 환자들의 생명을 지켜야 한다고 생각했다. 그래서 입원 환자 모두에게 30분 동안 버틸 수 있는 일회용 방독면을 지급하고, 초동 진화에 참가하는 사람이 방독면을 쓰고 직접 진화에 나설 수 있도록 매뉴얼을 뜯어고쳤다. 신축 병원으로 이사한 뒤에는 옥상 문을 자동 개폐식으로 바꿨다. 평소에는 잠겨 있어 자살 사고를 막고, 불이 나면 자동으로 열려 생명의 문이 되도록. 그것은 법이나 규정을 넘어서는, 생명에 대한 예의였다.

직원들과의 소통도 나에겐 중요했다. 누구의 손을 빌리지 않고 모든 연설문을 직접 썼다. 내 진심이 투박하게나마 직원들의 가슴에 닿기를 바랐기 때문이다. 전체 직원에게 수시로 이메일을 보내고, 답장을 통해 그들의 속내를 들으려 애썼다. 또한, 우리 병원이 단지 시골의 작은 병원에 머물지 않기를 바라는 마음으로 복지부 강사를 초청해 수화와 의료 영어를 가르쳤다. 그 덕분이었을까. 우리는 세계조정선수권대회라는 큰 국제 행사의 의료 지원을 성공적으로 해냈고, 그 경험은 인천 아시안게임과 광주 유니버시아드 대회의 러브콜로 이어졌다.

자연과 함께하는 병원을 꿈꾸며 병원 뒷산에 새집 20여 개를 달아주었던 일도 기억에 남는다. 그 작은 상자 안에 천연기념물인 하늘다람쥐가 둥지를 틀었다는 소식을 들었을 때의 기쁨이란. 병원은 단지 사람만 고치는 곳이 아니라, 생명 전체를 품는 곳이어야 한다고 믿었다.

얼마 전, 재미 삼아 인공지능(AI)에게 내가 했던 이 모든 일들을 이야기해주고 평가를 부탁해 보았다. AI는 내 6년의 시간을 두고 "공공병원의 한계를 뛰어넘는 혁신 모델"이라며 거창한 칭찬을 늘어놓았다. 환자 안전을 최우선으로 한 결단, 진정성 있는 소통, 그리고 사회적 책임까지. 기계가 뱉어낸 분석이었지만, 그 문장들 속에서 나는 지난 6년간 흘렸던 땀방울이 헛되지 않았음을 확인받은 것 같아 뭉클했다.

물론 이것은 나 혼자만의 힘으로 이룬 것이 아니다. 묵묵히 따라와 준 직원들이 있었기에 가능한 기적이었다. 우리가 함께 만들었던 그 치열했던 변화의 기록들이 훗날 누군가에게 작은 길잡이가 되기를, 그리고 충주의료원이 앞으로도 지역 주민들의 든든한 쉼터로 남기를 간절히 소망한다.

웃음과 눈물이
머물다 간 자리

글로는 다 담지 못한,
내 인생의 소중한 순간들을 여기 남깁니다.

세 딸과 아내 그리고 나

고향집과 세 딸

가족들과 충주호

군대 의무중대장 시절 부하들과 회식

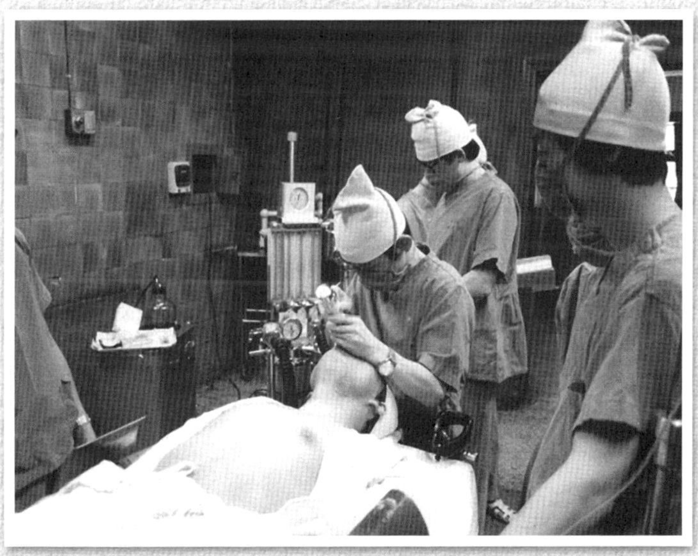

마취과 수련의 시절

몽고 승마 여행

캐나다 K와 동호회에서

제천서울병원 개업 시절

충주의료원 신축 병원 개원식

충주예술인협회 미술 전시회 개회식

작가 인터뷰

의사로서 바쁘고 치열한 삶을 살아오셨는데, 어떻게 그 이야기를 책으로 집필하게 되셨는지 계기가 궁금합니다.

계기는 아주 사소했어요. 딸이 컴퓨터를 286에서 386으로 바꾸면서 남은 286 컴퓨터를 제가 쓰게 됐는데, 타자 연습 프로그램이 있더군요. 그걸로 연습하다가 뭐라도 써봐야겠다 싶어서 일기처럼 끄적이기 시작했죠. 대기 시간이 많은 마취과 의사의 특성 덕분이었어요. 손과 눈이 자유로운 시간이 많다 보니 그 시간에 책도 정말 많이 읽었습니다. 그러다 PC통신 시절에 '천리안'의 '나도 한마디'라는 게시판에 읽었던 것들을 바탕으로 글을 올리기 시작했는데요. 반응이 꽤 좋았죠. 그때부터 책이나 사회 문제에 대한 생각들을 논설문처럼 쓰기도 하고, 제가 살아온 이야기도 쓰곤 했어요. 그렇게 습관이 된 글쓰기로 이렇게 제 이야기를 담은 책까지 출판하게 되었네요.

에세이 대신 '자전적 소설'이라는 형식을 빌린 이유는 무엇인가요?

책에 담긴 내용은 분명 제가 겪은 사실입니다. 그럼에도 형식을 소설로 정한 가장 큰 이유는 배려 때문이었어요. 등장인물 모두가 아직 살아 계시고, 언젠가 제 책을 보실 수도 있죠. 실명이나 상황을 그대로 노출하면 그분들이 불편해하실 수도 있겠다고 생각했습니다. 기억에 의존해 쓴 내용이고, 전해 들은 이야기도 있다 보니 사실과 다를 수도 있고요. 그래서 제 이야기를 바탕으로 하되, 소설이라는 형식을 빌리게 되었습니다.

입시 실패나 질투, 비겁했던 순간들까지 가감 없이 드러내셨는데요. 이토록 투명하게 자신의 민낯을 고백하신 특별한 이유가 있나요?

저는 원래 성격이 솔직합니다. 살아보니 솔직함이 가장 강력한 무기더군

  웃음과 눈물의 흰 가운

요. 거짓말을 하거나 포장하면 남들이 모를 것 같아도 다 알아채요. 한 번의 거짓말이 그 사람의 모든 말을 의심하게 만들고 신뢰를 무너뜨리죠. 제 부끄러운 부분까지 솔직하게 털어놓아야 독자들도 제 글을 신뢰해 줄 것이라 믿었습니다.

소설 전반에 걸쳐 첫사랑 'Sun'과의 일화가 등장하는데요. 작가님에게 첫사랑은 어떤 의미였나요?

알을 깨고 나온 오리 새끼는 처음 본 대상을 어미로 알고 쫓아다니잖아요. 제게는 'Sun'이 그런 존재였던 것 같아요. 초등학교 2학년 때 처음 그녀를 봤어요. 아주 짧은 순간이었지만 제 인생에 깊이 각인되었죠. 그녀에게 어울리는 사람이 되려고 판사라는 꿈도 꿔보았고, 공부도 열심히 했어요. 비록 이루어지지는 않았지만요. 단테가 평생 베아트리체를 그리워했듯 아련한 마음이 있죠. 남자들 마음속엔 다들 베아트리체 한 명쯤은 있지 않을까요?

집필하면서 다시 마주하기 가장 어려웠던 기억도 있으셨나요?

아버지가 실직하신 후, 갑작스럽게 빈곤이 닥쳐왔던 시절이 떠오를 때 가장 괴로웠어요. 원래는 시골에서 꽤 잘 사는 집이었거든요. 가세가 기울면서 장남으로서 여덟 명이나 되는 형제들과 장애가 있는 동생을 책임져야 했죠. 방학 때 고향에 내려가면 난방도 제대로 안 된 안방에 형제들이 누워 있는데… 그 모습을 보면 정말 막막하고 암담했어요. 그 기억이 떠오를 때 제일 마음이 아팠어요.

갑작스럽게 찾아온 가난을 딛고 존경받는 의료원장이 되기까지, 작가님을 끌고 온 힘은 무엇이었을까요?

'호기심'과 '끈질김' 그리고 '책임감'이었던 것 같아요. 어릴 때부터 집에 있는 시계를 다 뜯어볼 정도로 호기심이 많았어요. 궁금한 건 꼭 해봐야 직성이 풀렸습니다. 제천에서 개원했을 때나 충주의료원장으로 일했을 때는 새롭게 배울 것이 많았어요. 모르는 분야가 있으면 어떻게든 끈질기게 파고들었습니다. 책 읽는 습관도 도움이 많이 되었고요. 끊임없이 배우고 삶에 적용하려는 태도가 위기 때마다 저를 지켜주었죠.

그리고 무엇보다 결정적인 순간에 늘 저를 지탱해 준 아내의 존재가 컸어요. 빚을 내서 병원을 개업할 때 혹시라도 망할까 봐 걱정했거든요. 옆에서 아내가 "망하면 내가 약국 해서 먹여 살릴 테니 걱정하지 마."라고 말해주는 거예요. 그 씩씩한 말이 정말 큰 힘이 됐죠. 항상 나를 열렬히 지지해 주는 사람이 있다는 사실, 그리고 사랑하는 가족에 대한 책임감이 저를 여기까지 오게 했습니다.

원래 육군사관학교를 꿈꾸셨고, 마취과 의사가 되어 방황도 하셨는데요. 몸에 맞지 않는 옷처럼 불편했던 그 '흰 가운'이 지금은 어떻게 느껴지시나요?

고등학교 2학년 때 육군사관학교 교장으로부터 온 편지를 읽고 꿈을 키웠던 기억이 나네요. '귀하와 같은 인재를 국가가 필요로 한다'라는 문장을 보고 피가 끓었었는데… 결국 신체 조건 때문에 좌절됐죠. 한참 뒤에 마취과 의사가 된 후로도 쉽지 않았어요. 워라밸 없이 밤낮없이 불려 다니는 게 너무 싫었거든요. 도망치고 싶은 날이 많았죠. 하지만 제천에서 동업으로 병원을 개원하면서 마취과 의사로서의 한계를 깨부수게 되었어요. 더 나아가 마취과가 통증클리닉으로 따로 개원이 가능해지면서 비로소 흰 가운이 제 옷처럼 느껴지는 날이 왔어요. 돌이켜 보면, 흰 가운은 제게 '인내'와 '도전'의 상징인 것 같아요.

IMF 위기와 주식 실패 등 경제적 시련을 극복하고 재기하는 과정이 드라마틱했습니다. 가장으로서 끝까지 놓지 않으려 했던 신념이 있다면요.

무엇이 오든 '포기하지 않는다'라는 것입니다. 포기하지 않고 기다리면 반드시 기회는 옵니다. 단, 기회가 왔을 때 잡을 수 있는 실력이 있어야 하죠. 그래서 저는 어려운 시기를 단순히 견디는 시간이 아니라, 다음 기회를 위해 '준비하는 시간'으로 썼습니다. 마취과 의사 시절 수술실에서부터 병원 경영이 어려워질 때까지 끊임없이 책을 읽고 공부하며 실력을 쌓았던 것이 위기를 넘기는 힘이 되었어요.

외국어와 춤, 드럼까지 배우며 인생 2막을 뜨겁게 즐기고 계십니다. 그 비결이 궁금합니다.

인생은 짧고 할 건 너무 많습니다. 따로따로 시간을 내려면 도저히 다 할 수가 없어요. 그래서 저는 '융합'을 택했습니다. 예를 들어 영어를 공부하고 싶으면 책상에 앉아서 하는 게 아니라, 영어 자막 영화를 보면서 놉니다. 노는 시간과 공부 시간을 합치는 거죠. 운동도 마찬가지입니다. 억지로 운동장을 돌면 지루하지만, 댄스를 배우면 즐기면서 운동도 됩니다. 기왕 할 거면 재미있게, 그리고 두 가지 효과를 동시에 누리는 것이 제 비결이라면 비결입니다.

리허설 없는 무대인 인생에서 흙수저 소년부터 의사, 병원장, 춤추는 로맨티시스트까지 다양한 배역을 소화하셨는데요. 주연배우였던 자신에게 참 잘했다고 칭찬해 주고 싶은 최고의 명장면을 꼽아 주신다면요.

단연코 결혼입니다. 지금의 아내를 만난 것이 제 인생에서 최고로 뽑는 명장면입니다. 사실 결혼 과정은 엉겁결에 진행됐어요. 어머니와 장모님이 당사자들 합의도 없이 덜컥 결혼을 결정해 버리셨거든요. 우여곡절 끝에 결혼했는데, 약혼식 날 아내를 보니 그렇게 예뻐 보이더군요. 의사로서 성공한 것도 중요하지만, 결과적으로 제 인생 최고의 행운은 아내를 만난 것, 그리고 보물 같은 세 딸을 얻은 것입니다.

마지막으로, 이 책을 읽는 젊은 독자들에게 한말씀해 주세요.

인생은 한 권의 책과 같습니다. 다만, 언제 끝날지 아무도 모르는 책이죠. 장편소설을 기획하고 서론만 잔뜩 썼는데 갑자기 끝나버리면 너무 허무하잖아요. 그래서 저는 인생을 '미니시리즈'처럼 살라고 말하고 싶습니다. 어디서 끊기더라도 그 자체로 하나의 완성된 이야기가 되도록 말이죠. 공부도 하고, 돈도 벌고, 즐기기도 하고, 사랑도 하세요. 매 순간순간을 충실하게 채워나가세요. 그렇게 하루하루를 완성된 단막극처럼 산다면, 언제 마지막 장이 덮이더라도 후회 없는 인생이 될 테니까요.

작가 홈페이지

 웃음과 눈물의 흰 가운

웃음과 눈물의 흰 가운

한 의사의 흔들리는 삶으로 그려낸 자전적 소설

발행일 2026년 1월 30일

지은이 배규룡
펴낸이 마형민
기획 페스트북 편집부
편집 곽하늘 이은주 김현우 유혜수
디자인 김안석 표진아
펴낸곳 주식회사 페스트북
홈페이지 festbook.co.kr
편집부 경기도 안양시 동안구 관악대로 488

© 배규룡 2026

ISBN 979-11-6929-976-3 03810
값 15,000원